第一百封信

听海观澜·著

江苏凤凰文艺出版社
JIANGSU PHOENIX LITERATURE AND ART PUBLISHING

图书在版编目（CIP）数据

第一百封信 / 听海观澜著 . — 南京 : 江苏凤凰文艺出版社 , 2023.10

ISBN 978-7-5594-7748-4

Ⅰ . ①第… Ⅱ . ①听… Ⅲ . ①长篇小说 – 中国 – 当代 Ⅳ . ① I247.5

中国国家版本馆 CIP 数据核字 (2023) 第 085262 号

第一百封信

听海观澜 著

责任编辑 白 涵
策划编辑 唐 婷 波 菲
封面设计 RECNS
插图绘制 天光遥 钢 橘
题　　字 Semerl
赠品设计 天然星
出版发行 江苏凤凰文艺出版社
南京市中央路 165 号，邮编：210009
网　　址 http://www.jswenyi.com
印　　刷 北京盛通印刷股份有限公司
开　　本 880mm × 1230mm 1/32
印　　张 8.5
字　　数 200 千字
版　　次 2023 年 10 月第 1 版
印　　次 2023 年 10 月第 1 次印刷
书　　号 ISBN 978-7-5594-7748-4
定　　价 42.80 元

目录

第一章

燕佳：

见字如面。

眼下已经到了七月，我谨遵你的叮嘱，于今日打开看了你的第二封信，觉得十分满足，往后的三个月里，我有四张写满了你的字迹的信件可以阅读了。

这样想想，日子倒也不算太坏，你给我留下了那么多可以回味的东西，我真要感谢你。

今年的梅雨季比往常来得早一些，离日历上圈起来的那个日子还远，天空就每日阴沉了起来。我没有想到会这样，所以有一天忘记给阳阳带伞了，我要向你道歉，是我做丈夫的没有记住你的话。（我已经向阳阳道过歉了，他表示不介意，只要我带他去吃街尾那家甜品店的冰激凌就好。）

我不太想答应他，因为你说过小孩子吃凉的东西不好。但是他哭起来实在教人心软，我不知道你以往是怎么拒绝他的要求的，这实在是天底下最难的一件事了。最终我还是答应了他，但是跟他讲条件说要等到梅雨季节过去，希望到那个时候他已经忘记了，唉，真让人头痛。

不过除去这点，阳阳总体来说还是个很乖的孩子，总是很听我和老师的话，我想他肯定是像了我。你还记得吗？你小时候总是会把老师气得哭起来，然后又很快把她哄好，班里的同学则大多数同你是很要好的朋友，可能你的天赋从那时候就有了显示。而我这么多年都不太会和人打交道，跟不同的人来往真的很难。还好，我们认识已久，也从来亲密，省去我许多的烦恼。

但是燕佳，我想我应该听你的话，去克服这一点。我的导师，林先生，你应该有印象的，我们去林先生家里拜访过他。

林先生昨天跟我说，有让我留在学校任职的想法，想从下学期开始让我试着开一门课，去跟大一的同学们谈论一下“美”。关于美，我觉得我有很多的话可以说，可是想到可能会面对一二百位同学，我又有些恐惧——燕佳，我实在担心我做不好。

我想你如果在我身边的话，肯定会跳到我的背上，狠狠地搂住我的脖子，然后用那种听起来很凶，其实很可爱的声音威胁我一定要去，不去的话就不可以对晚饭提出要求。

燕佳，我应该从来没跟你说过，你做的饭味道实在不怎么样，所以这一威胁对我并没有什么用处。如今告诉你了，这一招数却也没有失去它的作用。燕佳，为了想象中的你跳到我背上的温暖，我会尽力去试试的。

还有，你告诉我，我应该拥有更多的生活和交际，我正在努力去做。你还记得离我们家不远的那一家花店吗？花店的老板胖胖的，总是带着笑，你曾经说他像是一尊弥勒佛，将来一定会财源广进。我没有注意到他的生意有没有变好，但是他笑起来让我觉得有点像你，有种说不出来的味道，让人非常舒适。

所以我每周会去他那里买一束花，有时候是向日葵，有时候是百合，有时候是玫瑰，现在我们每天见面都会打招呼。

阳阳也认识了新的朋友，就是花店老板家的小女儿。他们在一个幼儿园上课，有时候花店的老板娘会帮我接阳阳回家，我觉得他们一家都是很好的人。

燕佳，两张信纸要用完了，我不得不遗憾地放下笔。

我们的生活像你说的那样在继续，虽然偶尔有点遗憾。

傅闻声放下笔，把两张信纸放到一起，竖起来轻轻磕了两下，随后把它们对齐折了两折，放到了一旁的牛皮纸信封里。

用胶水把信封封好，傅闻声认真地在信封上写上了邮编、地址，神态虔诚又认真，目光中带着些温柔的眷恋。他在信封上贴了足以把这封信寄到远方的邮票，之后握在手里，站起了身。

他坐得有点久了，站起来时不明显地晃了两下，用手指轻轻捏了捏鼻梁，在原地缓了一会儿，轻轻吐出一口气，又环视了一下房间。

这是一间打扫得十分干净清爽的书房，靠墙的红木书架上满满地码着各种各样的书籍，按照高低厚薄排列得十分整齐，有一种奇妙的韵律感。

窗边摆放着一张宽大的桌子，一捧百合被插在花瓶里放在桌子上。傅闻声微微倾身，凑近一些，仔仔细细看了看百合，发现百合的花瓣边缘已经有点发黄了，于是伸手拿起花瓶，迈步出了书房。

客厅的风格和书房完全不同，布艺沙发、软软的抱枕和各种色彩艳丽的毯子、摆件让这个空间充满了凌乱的温馨感。

傅闻声把信封放在茶几上，拿着花瓶进了厨房，出来时，手里提着一个黑色的垃圾袋，已经被折断的百合花瓣张牙舞爪地从缝隙里透出来。

他拿起信封，从门边的柜子上拿了钥匙，推开门出了房间。

傅闻声个子高，腿也长，走在这种有些狭窄的楼道里总显得有些逼仄，层高都因此显得低了些。他没什么反应，目光依旧是平静的，下楼的脚步不紧不慢，不过片刻就出了楼道，迈步进入了夕阳的余晖里。

“小傅去接阳阳啊！”

小区里住的老年人不少，傅闻声已经在这里住了几年，早就成了老人们眼中的熟面孔，大家见了他丝毫不见外。

“是的，赵阿姨，阳阳在钱老板那里，我去接他回来。”傅闻声点点头。

“哎哟，我回来时看到阳阳都在钱老板那里吃上饭了，你先自己找个地方吃了再去接阳阳吧，啊，别再让孩子吃了一半跟你换地方了。”

赵阿姨手里提着沉重的一袋各色蔬菜，看起来是刚从外面回来的模样，傅闻声不由得有点迟疑：他是准备接了阳阳再一起去吃饭的。

这一点迟疑被对面的赵阿姨敏锐地察觉到了，她站定，看着傅闻声：“我说小傅啊，钱老板是人好，见你不去接孩子，就让阳阳直接在家里吃了。你呢，也别赶着饭点去接孩子回来了，显得你不愿意让孩子在人家家里吃饭似的，听赵阿姨一句啊，你先吃完，估摸着钱老板一家也吃完了再去。”

想到以往吃饭时候被打扰，燕佳总是显得很不高兴的样子，傅闻声思索了片刻点点头，表示同意了赵阿姨的建议。

“嗯，谢谢赵阿姨，我过半个小时再去接阳阳。”

“行，你去吧。我也赶着回去做饭呢，不跟你说了。”

老太太提着袋子跟早已经不耐烦的同伴一道，沿着道路走向下一栋居民楼，花白的头发在西沉的太阳照射下泛出金红的色彩，傅闻声有些出神地看着，见老人健步如飞地拐进路口，才放心地回转过去。

路过垃圾桶，傅闻声把垃圾袋丢进去，已经被弯折的花瓣再一次经受摧残，完全失了原本的模样。

傅闻声没在意，丢掉了大包袱似的，脚步轻快地走出了小区。

出了安平小区往东拐，是一条被附近的居民称作安平街的街道。市政几年前翻新过安平街两旁的人行道，眼下都是古朴的红色砖石铺地，高大的法国梧桐几乎将整条路的阳光都遮蔽掉，让这条人来人往的街道平添了几分僻静。

第三棵法国梧桐下面就是傅闻声的目的地之一——这片居民区唯一的邮筒。

邮筒被放置在离梧桐不远的地方，顶部的灰尘已经积得有些厚了，只有边缘处仿佛被谁不慎碰了一把，露出了墨绿的底色。

傅闻声从口袋里拿出手绢，细细地擦着上面的灰尘，确认擦干净后随意把手绢放在上面，郑重地把手里攥了许久的信顺着开口放进去。

“啪”的一声，邮筒深处沉闷地响起来，是纸张碰到纸张特有的声音。

想象着明天早上会有邮政的工作人员打开邮筒，把里面的信收走，接着分拣、派发，最迟大后天，这封信就会到达它应该去的地方，傅闻声微微笑起来。

燕佳，这是我给你的第一封信。

傅闻声所说的花店就在安平街与外面松江路的交接处，是个不大不小的店面，老板姓钱，总是一副笑眯眯的模样，老板娘姓赵，说话干干脆脆，教人想起来夏天咬下一口黄瓜时的清爽劲儿。

店虽不大，但各色花卉新鲜又热闹，簇拥着打理得干干净净的店面，一向生意极好。眼下已经到了傍晚，早晨熙熙攘攘簇拥着各色鲜切花卉的店面多少显得有些寥落。

钱老板正低着头给门口一盆个子不低的迎客松浇水，面上带着一贯的笑，教人一看就觉得心情轻快起来。

旁边角落里蹲着两个胖乎乎的小孩儿，头顶头凑在一起，挤成一团的样子像极了凑在一起吃食的小猫。

当然，这俩小孩儿显然不是正蹲在一起吃东西。

扎着羊角辫的女孩子个头稍小一点，正专心致志地看着脚下排成一行的蚂蚁把一两颗小米往砖缝里一个不明显的蚂蚁窝里运。

她身边的男孩儿一头零落的短发，蹲在她身边，却是一脸的不耐烦，明明脸是圆滚滚的元宵样，却几乎皱成了包子，就差恶声恶气地问一句："什么时候能走？"

几人各干各的事，谁都没看到傅闻声正慢慢朝这边踱步过来。

还是在店里矮下身擦桌子的老板娘先看见了不远处的傅闻声，连忙手脚麻利地把桌子叠起来收到一边，又放好了抹布。随手用柜台上的毛巾擦了两下手，就迎了出去，冲着老板喊了一声："没看到小傅来了吗？老钱，快去把我们给小傅留的玫瑰拿出来。"

又对着男孩儿叫一声："阳阳快来，你爸爸来了，不是一直在念叨吗？"

说话间，傅闻声已经到了花店门前，只来得及朝老板娘笑了一笑，就不得不蹲下，接住了冲过来的阳阳。

阳阳在爸爸怀里狠狠蹭了两下，把原本就不怎么整齐的头发蹭得乱糟糟的，才满意地退出来，对着傅闻声左看右看，然后满意地点点头："爸爸今天也很帅，阳阳很满意！妈妈也很满意！"

傅闻声给他理理头发，认真回复他："阳阳今天也很帅，爸爸妈妈都很满意，要是阳阳没有故意把头发蹭乱就更帅了。"

阳阳颇不好意思地皱了皱鼻子，啪嗒啪嗒地跑到一旁，对着花店的玻璃橱窗十分正经地整理了头发，又跑去给小伙伴看。

"阳阳这是在干吗，怎么臭美起来了？"钱老板刚从店里折出来，只来得及看到阳阳蹦蹦跳跳的背影，不由得多瞧了几眼，见两个小朋友凑在一起不知道在嘀咕些什么，也就不再管，转手将一束紧紧扎在一起的玫瑰递给傅闻声，"还是跟以前一样，我就不多叮嘱了，过几天这花开败了你再来。到时候看看店里有没有什么新品种给你挑挑，天天就是这老几样，也该换换样子了。"

傅闻声接过玫瑰，见花苞大多数还是紧紧闭着，随着动作有水滴滴落，知道这是钱老板一家特意给自己留的，为着能让这花多开几天，不由得谢他们：

“多谢你们肯为我留着这样好的花。”

被傅闻声谢了，钱老板反而有些不好意思，摸着头笑了笑，一挥手：“谢什么谢，给你留束花而已！我们认识也好几年了，算什么大事，再说就客气了。”

傅闻声只好笑笑，刚要说话，被赵夏截下话头：

“小傅啊，你吃晚饭没？以前都是五点半来接阳阳的，今天到点了没见你来接，我就干脆让阳阳在我们家吃了。”

傅闻声有点懊恼的样子：“今天一时没注意时间，出门时正好遇到小区的阿姨，她已经跟我说过了。劳烦你们这样照顾阳阳，给你们添麻烦了。”

“行了行了，客套什么，我们也不是第一天认识了，你就是天天把阳阳放我们这儿，我们也愿意啊。有他跟小鹿一起玩，也省我们好多事呢。”

女孩子小鹿听到了自己的名字，马上抬起头看向这边：“妈妈——你叫我干吗——”

“没叫你，叫你阳阳哥哥呢。傅叔叔来接阳阳哥哥回家了，你们俩明天再一起玩，啊。”

“知道啦！”小鹿有点不高兴，每天这个傅叔叔来了之后阳阳就要跟他走了，每天就只能在一起玩一小会儿。

小孩子藏不住事，心里不高兴了，随时都会表现出来，她脸蛋气得鼓鼓的，看着阳阳：“你快点走吧，明天再来我家玩。”

阳阳歪头，有点疑惑地看了她一眼，不明白为什么刚刚还好好的玩伴突然就生气起来了。

想不通的事也不多想，阳阳丢下一句“明天学校见！”就要跑去爸爸那里。

刚跑了两步，余光看见玻璃橱窗里自己的头发又开始四处飘荡，阳阳连忙慢下来，一步一步走过去，牵住爸爸的手，像以往那样对着老板娘挥挥手，大声说：“伯伯孃孃再见！小鹿再见！”

老板娘也挥挥手：“阳阳再见！”

目送着一大一小走远了，老板娘才叹息一声：“阳阳真是个好孩子。也不知道小傅和燕佳是怎么教出来的，才这么大点儿人，明明比我们小鹿也大不了多少，看着要强出她一百里地去。”

钱老板听了这话，连忙小心翼翼地瞅了一眼自家宝贝闺女，见她蹲在一旁树下不知道在干吗，不像是听到了的样子，才松了口气。

“你也小声点，我们小鹿多有自尊心、多好一孩子，要是知道亲妈这么说她，指不定多伤心呢。”

赵夏翻个白眼：“那哪是有自尊心，纯粹是缺心眼又不愿意听别人说她一句不好的，这狗脾气，跟你一个样。”

钱老板刚要辩驳，赵夏又笑起来，奖励似的搂了搂老板的腰：“今天给小傅留的花不错，他现在正是伤心的时候，多看看以前常买的花，说不定心情也能好点。他跟燕佳多好的一对儿，我们知道了都觉得可惜，小傅只会更伤心。好在还有阳阳要照顾，也省得他天天只顾着一个人伤心，越来越想不开。”

说完放开他，过去一把抱起自家小女儿，亲昵地捏了捏她的鼻子：“小鹿今天晚上跟爸爸妈妈一起去商场逛街好不好？给我们小鹿买几件秋天的好看裙子。”

小鹿被妈妈抱在怀里，自动找了个舒服的姿势，听到妈妈的话，眼睛瞬间亮了起来：“小鹿想要红色的小裙子！像玫瑰花一样好看！”

傅闻声把玫瑰插在花瓶里，仔细整理了一下形状，放回了书桌的一角。

阳阳像只小鸭子似的，一直跟在爸爸后面，从厨房到书房，又从书房到客厅，最后两人一起在沙发上坐好，阳阳马上端正好身子，眼巴巴地看着爸爸，等爸爸说开始。

看着那双与燕佳像极了的眼睛露出这样期待又雀跃的神色，傅闻声实在忍不住笑了一下，揉揉他的头发，也端正坐好，看着阳阳："阳阳小朋友可以告诉爸爸，今天发生了什么有趣的事情吗？爸爸期待好久了。"

阳阳马上眉飞色舞起来，从早上到幼儿园吃了一颗幼儿园老师给的糖开始，一直说到在钱老板家里吃完饭，又去跟小鹿一起看蚂蚁窝。

"蚂蚁窝刚开始看是很有趣啦，可是蚂蚁搬小米搬得太慢了，我蹲在那里蹲得腿都麻了，它们还是没有到家里去，不知道小鹿是怎么对这种东西感兴趣的。

"女孩子都是这样吗？好烦哦。"

说着还似模似样地叹了口气，一脸正儿八经的惆怅。

"所有的动物都有自己的特性呀。你看蚂蚁是很小很小的动物，它们没有办法很快地把食物搬进家里去。而且小米对蚂蚁来说是很大型的东西了，如果把阳阳变小到蚂蚁那样，可能阳阳甚至拿不起来一颗小米呢。"

"啊，我知道了！阳阳觉得小米好小，所以嫌弃蚂蚁拿不动还走得慢，但是蚂蚁就觉得小米好大。就像爸爸觉得墙上的尺子好矮，阳阳就觉得尺子好高好高，是这样吧。"

"对，阳阳真聪明。"傅闻声奖励似的揉揉阳阳的小脸，继续说，"至于小鹿一直看蚂蚁窝，不觉得烦，可能是小鹿觉得蚂蚁很有意思呢？"

"阳阳不觉得蚂蚁很有意思，小鹿却觉得很有意思，每个人是不一样的，不同的女孩子当然也不一定都是这样。就像你妈妈，她最喜欢的花是玫瑰，最喜欢做的事情是摆弄电脑，最喜欢的小孩子是阳阳，这些和其他人不一样呀。"

阳阳皱皱鼻子："妈妈最喜欢的明明是爸爸，只告诉爸爸她去哪里了，都不告诉我。"

傅闻声指尖颤了颤，几乎要拿不稳手里的杯子。垂眸看了看一脸稚气的阳阳，傅闻声把骤然泛起的酸痛压下去，把水杯递给他："因为爸爸已经不是小孩子了，阳阳却还小呀。"

阳阳接过来，几口把已经放凉了些的蜂蜜水喝光，满足地叹口气："唉，阳阳也想快点长大啊，长大了就可以知道妈妈去了哪里，还可以多喝一点蜂蜜水了。还有哦，爸爸，你说话的时候好像老师姐姐！"

"爸爸也许真的要当老师了呢？"傅闻声接过杯子放回去，杯子触碰到桌面，发出清脆的一声响。

"爸爸要来我们幼儿园吗？来我们幼儿园当老师好不好？我去给爸爸当班长！"

"爸爸要去给一群哥哥姐姐当老师，等你长大了，考到爸爸的学校来，爸爸就能给你上课了。"

阳阳捧着双颊，脸蛋被挤出一副皱巴的样子，还似模似样地叹了口气："可是阳阳要好久才能长大，到爸爸的学校里去呀。"

"等阳阳真的长大了的时候，就会觉得时间过得很快了。"傅闻声笑着又给他加了点水，"爸爸像你这么小的时候，也盼着长大呢，一转眼就是二十多年过去了。"

阳阳不再说话，捧着杯子继续喝水，他跟小鹿说了半天的话，着实是渴了。

傅闻声往后靠在松软的抱枕上，有些出神，天平已经渐渐倾斜，他心里却还是有些犹疑：目前来看，按照林先生的建议去试着带一门课，对他来说，的确是个很好的选择。只是他到底能不能胜任还要再想一想。

好在还有一整个暑假，足以让他好好地准备一下。

"闻声，你的想法呢？"是不自信，还是的确不愿意担任一份教职？若是不自信还好说，若是不愿意从事这一行，少不得要帮他寻一寻别的路子。

林先生语气温和又殷切，透着隐隐的期待。

傅闻声已经大约猜到了为什么一向没提起过要让自己留在学校任职的林先生突然有了这个提议，再加上他斟酌过后也认为自己需要一份这样的工作，再开口时说的话就让林先生十分愿意听进去了。

“先生，您也知道，学校一般是不会让刚毕业的学生独立担任教职的，因着毕业不久，能力和经验上都不足以支撑这一份责任。但您既然能直接跟我提起，教务处那边肯定已经答应了，我想为这个先谢谢您。我不知道您费了多大的力气，只是我有些担心我的表现太差，毁了您的名声，所以一直多少有些犹豫。”

傅闻声对自己的能力有数，此时担忧的也不是学识水平的问题，而是去教授学生时，他的表达能力到底足不足以支撑两个小时的课堂。因为林先生为这件事费了大力气，他如果不管不顾地答应下来，既是对林先生的不尊重，也是对未来可能会有的学生们的不尊重。

林先生见傅闻声不是不愿意，就先高兴了起来：

“这才对嘛，我林某人的学生，就应该也来当个老师，收一些学生，好好带一带年轻人。

“至于能力上的问题，闻声啊，你就算不相信自己，也相信一下先生嘛。先生好歹大小也算个名人，那什么百科上都已经能搜到我了。当初从那几个老家伙手里把你抢过来当学生，我可是费了好大的力气。

“就算看在我费的这力气的分儿上，你也得信自己一把啊。也不是人人都值得老师跟那几个人争一把的。”

傅闻声当年在学校读本科的时候就被几个给本科生开课的老师暗自盯上了。一众学生里，长身玉立、斯斯文文的傅闻声光是站在那儿就有股搞文学的气质。

几位老先生观察了好几年，终于等到他顺利上了本校的研究生。

说抢人当然是有些夸大，事实上当时林先生也不过是有些欣赏这个年轻人罢了，若是能把他收入门下悉心培养，自然是好事一桩，也就认真地“招揽”了一番傅闻声，还开玩笑似的跟几位同在学校任职的好友吵了几句。

谁知傅闻声不知道是考虑了些什么，还真选了林先生做导师，让那几个直言想收了傅闻声的老先生不住扼腕。当然，事实证明，傅闻声的确是选对了人。他读研不久，林先生就择了日子按照古礼收了傅闻声做学生，自此更比以往精心三分。

林先生对后辈不吝赐教，傅闻声又向来是你对我好一分，我要十倍回报的性子，几年下来，师徒之间的情分就日益深厚，比之父子大约也就差一点血缘上的联系了。

林先生回想这几年傅闻声对待亲近人和陌生人的“两副面孔”，再看看对面端正坐着的自己的乖学生，就有点无奈：这个学生，哪一点都是无可非议的好，就是不爱跟人交流这一点不知道是什么时候养成的习惯。

“你要是实在担心呢，暑假里头一个月就先把你的教学大纲做了，后一个月过来我这儿，把我当成你的学生，一节一节地讲给我听，我们俩一起修改修改？”

林先生说到这儿简直想叹口气了，真是人越老心越软，早年带学生的时候谁能想到他林问泉还有为学生操心操到这份儿上的一天呢？连教学大纲都要插手改了！

傅闻声有些不好意思：“多谢先生肯这样待我，要是几位师兄师姐知道了，只怕又要说您偏心。只是暂且不用您这样麻烦。我想暑假带阳阳去玩的时候，试着在公共场合讲一讲，也好真的试一试胆量。

“要是单独跟您讲，我知道您待我有多包容，心里就先有了底气，到时候真的站在讲台上，骤然面对那么多学生，我怕我心里先怕了。”

“你心里有数就好。”林先生说着说着又想叹气了，闻声明明也不是不会跟人打交道，怎么偏偏就是能做到社交圈永远这么大点，一只手就能把跟他熟悉的人数出来。

要是燕佳还在，他这样的性子也没什么，总归由着性子来就是了，可偏偏……既是一日为师，也就不得不当这个“恶人”，把他从舒适圈里赶出来了。

“先生，您放心，我既然答应了您，就一定会努力把这件事做好的。等我稍有准备的时候，再回来请您指导，看能不能达到您的要求。”

林先生也知道傅闻声言出必行，就点点头，不再多说。

两人长谈了一番，彼此都得到了满意的答复。林先生刚要扯开话题，问一问别的，书房门突然被敲响。接着就被悄无声息地打开，一个圆圆的小脑袋在两人的注视下从门缝里探出来——是阳阳。

原来是林师母对两人谈话的时间早有估计，估摸着两人话说得差不多了，就让阳阳过来叫两人出去。

阳阳见爸爸和爷爷果然没有说话了，胆子也就大起来，推开门进了书房，兴奋地喊两人：“爸爸！爷爷！快点，奶奶做了好香好香的午饭，让我叫你们去吃！”

四十多岁自觉风华正茂就已经当了爷爷的林先生：“……”

唉，要说收了闻声当学生最苦恼的也就是这一点了，学生成婚生子太早，辈分也就不得不早早地升了上来，每次阳阳一开口叫爷爷，林先生脑海里的自己就自动变成满脸皱纹的白头发老头。

苦恼归苦恼，林先生还是笑呵呵地应了阳阳，一点都没耽搁，顺从着阳阳的力道出了房间，路上还半认真地逗他：“阳阳看我长得像爷爷吗？要不要以后改口叫我伯伯？带着我出去，有个这样的伯伯多有脸面。”

傅闻声有短暂的失神。

“阳阳，妈妈是不是比别的小朋友的妈妈看起来都年轻？阳阳要不要以后改口叫我姐姐？有个这么好看的姐姐，说出去，阳阳肯定会被别的小朋友羡慕的。”

自己牵着阳阳，燕佳在前面倒退着一蹦一跳地走路，发丝在空中一跳一跳的，看起来的确不像是做了妈妈的人，倒像是个还在念书的学生。

“可是妈妈要是成了我的姐姐，不是就要跟我一起叫爸爸了吗？那爸爸是不是要去别的地方重新找一个妈妈回来？阳阳不想要新妈妈！”

燕佳大笑起来，笑声清脆又响亮，傅闻声记得当时有路人好奇地朝这边看，燕佳发觉了，却半点不在意，搂着阳阳笑得走不动。

“可是爷爷要是成了伯伯，以后爸爸要管爷爷奶奶叫什么呢？还叫先生和师母吗？幼儿园的老师姐姐才教过我们，伯伯娘娘是爸爸的哥哥和嫂子，以后爸爸要这么叫你们吗？”

林先生愣了一愣，随即大笑，一把抱起阳阳，捏了捏他的脸蛋，又看向傅闻声：“闻声，你家阳阳你有空带吗？没空的话送来给我，有阳阳在，我跟你师母能多活十年。”

“行了问泉，看你说的是什么话，当着孩子的面，怎么比孩子还像个孩子。”林师母人不在现场，也大抵猜了出来餐厅的情景，传过来的声音里带着无奈。

傅闻声回神，看着阳阳和林先生闹成一团的样子，无奈笑笑，进厨房去帮师母拿碗筷了。

拜访过先生和师母，又波澜不惊地过了段时间，傅闻声就带着阳阳去了相邻的剪霞市——燕佳的父母在剪霞市的郊区居住，他们要在这里住上半个月。

剪霞市是全国有名的旅游大市，有几处颇负盛名的国家级风景区，山明水秀风景极好。傅闻声和燕佳都在剪霞市出生、长大，之后因为一道考上了华阳大学，几年后就顺理成章地在华阳市定居下来，不过每年有比较长的假期时，还是会回剪霞市居住几天，陪伴老人。

今年也一样。

不过和以往不同，傅闻声每天都要抽出半天，去寻一个行人脚步稍缓的公共场所，尝试着讲一讲自己的教案。

起先自然是有些犹疑和不习惯的——他哪里在这么多陌生人面前讲过话？后来也就渐渐好起来了。

待到带着已经乐不思蜀的阳阳返回华阳市准备开学事宜时，傅闻声已不像先前似的，对授课这件事总是充满不确定了。

燕佳，你说得对，只要去做，总能做到的。

你看，当初我们都觉得教师恐怕是我永远也不会去尝试的一个职业，而今我却已做好准备，迎接我职业生涯里面对的第一批学生了。

傅闻声拿着教案，推开这间将要相伴一个学期的教室的门，觉得心里前所未有地平静。

燕佳：

见字如面。

时间过得真快，转眼已经开学一个月了。

我想告诉你一个很好的消息。这学期我在导师的支持下，开了一门谈论“美”的公选课。不过教务处似乎有点担心我的能力，不同意按照林先生说的那样，给这门课两百个学生名额，而是分配了一百二十个。也就是说，如果我表现得好的话，可能会与一百二十位同学共同度过这一个学期。

我觉得教务处的担心是有道理的，因为虽然经过了一些锻炼，并且得到了林先生的悉心指导，但我对于带着两百位同学上课这件事还是有些犹疑。你知道的，两百个人可以把学校教学楼最大的教室填满了，换成一百二十个之后就好很多。

教室安排在逸善楼的一楼，记得我们还在念本科时，因为嫌这里采光不是很好，从没有到这里自习过。我知道教室的具体地点之后去看过一次，发现这间教室依旧是满眼的木桌椅，我担心同学们从明亮整洁的教室到这里时，会觉得有些落差。

不过抛开这些，这间教室非常幽静，推开窗是满眼的绿色，木桌椅虽然老旧，却有一种古朴的质感，我非常满意。在这样的氛围下，来讲一讲美，本身就是一件很美好的事情。

开课的第一周可能大家对于我并不是十分了解，也并不信任，因此选这门课的人并不多。当时我推门进去，看到教室里零散地坐着几十个人，原本有些紧张的心情突然安定了起来——我的担心其实是没有道理的，并且有些过于自作多情了。

一个新老师，并不会有那么多关注的目光。

我跟他们闲聊了一节课，关于大学，关于青春，关于理想，关于爱情。在我看来，这些都是很美且浪漫的事情，很适合唤起大家对于美的感受。

而回想一下，燕佳，这些事竟然都和你有关，我真是个幸运的人。

我自觉完成了第一节课的任务，下课时由衷感到轻松。学生们似乎也因为这门课的内容而感到轻松，这让我感觉很好，当时我希望以后的课也和第一节课一样。

没想到第二节就变了。

我当时以为自己走错了教室，教室坐得满满当当，好像突然之间大家都对美有了向往，晕晕乎乎的一节课过去后，我突然明白了——

燕佳，这不就是我们还在念本科的时候，身边的同学们最喜欢的那种课吗？

内容轻松，或许有趣，而我又在第一节课就说明了并不会点名。

我跟林先生说了我的感受，林先生当时的表情有些奇怪，但是什么也没说，只让我闲暇的时候去关注一下学生们私下里的传言。

说到这里，我又想说明一下我对林先生的感佩了。作为一名教学任务和行政任务都不轻松的教师，林先生是怎么做到在完成自己的责任的同时，还能够和学生们相处得那么好呢？以至于知道学生们私下里的传言。

至于我，林先生说让我关注，估计也只是随口一提，你们都知道的，我并不太善于和陌生的人相处。而在多了一层师生的身份之后，我又怎么能做到私下里和学生们有所交集，甚至知道他们中的一些传闻呢？

而且，燕佳，你大概可以猜到，我现在是很忙的。

不仅仅是在授课方面，也有生活方面的。

阳阳升到了幼儿园的中班，也交到了一些朋友，我为他感到高兴。但是不可避免地，事情也变多了。

有时候阳阳会想去别的小朋友家里玩，我就需要接送他，并且替他准备小礼物。有时候阳阳会带其他的小朋友来家里，我需要做的事情就更多了。

不过根据他的表现，我决定还是收回上封信里说他像我的话——他实实在在是继承了你的天赋的。

我到现在都不敢相信他在短短的一个月内又跟三位小朋友熟悉了起来，还去彼此的家里玩过。

他真是太厉害了，我为他感到骄傲。

希望他能认识更多的人，希望他能像你一样阳光又坚强，希望他能像我们给他取的名字一样，永远快乐，永远阳光。

又及，我尝试着按照你说的方法做了一次甜点，效果不甚如人意。阳阳表示在家里忙这么久，做出来的东西味道却不好，不如用准备材料的钱去准备一些小礼物，那样他还可以带着小礼物去同学家，同学的妈妈会用好吃的食物招待他的。

我觉得可以再尝试几次，如果证明我实在没有这个天分的话，就让阳阳发挥他的天赋去获取食物吧。

像你小时候一样。

大学历来被视作轻松与浪漫的圣地，久经高中折磨的学生们到了大学后就如同被放出了笼子的鸟，这一点在大一的同学身上表现得尤为淋漓尽致。

——刚到了一个宽松的环境中，又暂时没有面临升学和工作的压力，正是最为兴奋和激动、对什么都好奇的时期。

傅闻声开的这门课是只面向新生的，讲台下的学生们也就正是这样的一群人。

结束了这周的课程，傅闻声收好教案，正要宣布下课，第一排坐着的一位同学突然举起手，不等傅闻声叫他，就连忙发问：

“傅老师，我们国庆节没有作业吗？”

傅闻声动作一顿——他还真的没想过这个问题。

那位同学的话却清楚地回荡在教室里，引起一众人窃窃私语。

他似乎也有点后悔如此莽撞，原本不过是仗着傅老师年纪不大，看起来脾气也好，所以大着胆子问了一句，见傅老师不搭腔，就有点臊眉耷眼的样子，低着头不敢说话了。

傅闻声已经想好了，见他懊恼的样子，觉得有趣。于是傅闻声做了个手势，示意班里同学们暂时不要说话，等声音渐渐小到听不见时，才开口道：

“原本我确实没想过国庆节作业的问题。不过既然有同学提到了，那我就姑且布置一项作业吧。我知道国庆节休息的七天对很多同学来说可能是第一个完整的国庆七天假，也应该对此有了许多计划。”

几乎是立刻，众人的目光都看向了开口问作业的那人，成功让他又矮了一截，几乎要钻到桌子下面去了。

傅闻声虚握着拳放在嘴边咳了两下，掩饰住几乎要忍不住露出来的笑容，才继续说：

“那我们这节课的第一次作业就是，用你喜欢的方式，记录下这个假期中你觉得美好的事情，任何方式都可以。

“一张照片、一段文字，甚至你把你觉得美好的东西直接带过来，都可以。”

紧张了大半天，生怕一不留神就多一项作业，导致国庆都不能好好放松的学生们瞬间松了一口气。

下一秒，就像是水滴进了油锅一样，砰地炸裂开来，教室瞬间人声鼎沸。

好在布置作业的这时间，下课铃已经敲过一遍了，班上骤然升起的喧嚣也就不至于被隔壁班投诉。

几乎要钻到桌子下面的那人也悄无声息地坐直了身子，深感逃过一劫。抬起眼却看见傅闻声正怔怔地看着底下互相小声议论着的同学们，眼里有些许怀念。

许是察觉到有人在看自己，傅闻声探询地朝这边看了一眼，温和笑笑，带上东西出了教室。

助教周克连忙也出了教室，小跑着追上去。

“傅老师，我们这个作业到时候该怎么打分呢？”助教周克最关心的就是这个问题。

为了减轻老师的负担，教务处几乎每门课都给老师配备了一个助教，一般由研究生来担任。通常来讲，助教要负责课程平时作业的批改和打分。

周克原本知道是要来给这位传说中的学长当助教时还十分高兴——以这位学长的风评，就算当了老师，也不会布置那么多作业折磨学生和助教。

原本周克已经做好了只需要帮着学长批改期末作业的准备，谁知道突然之间又多了这一项作业，还是十分难以界定评分标准的作业，此时学生们有多高兴，周克心里就有多崩溃。

傅老师，你要不要这么心血来潮啊！

听到身后有人叫自己，傅闻声停下脚步，站在原地回头望，目光自动忽略了来来往往自己不认识的人，看向唯一一个面熟的，正朝这边快步走过来的研究生助教周克。

只是他迷惑的内容却也让傅闻声感到迷惑："这种主观性极强的作业，哪里做得出评分标准？"

见周克更加面露难色，傅闻声略一想也就知道了：怕不是评分标准的问题，而是周克需要一个给分的参考，怕给分完全随心所欲会被质疑。

"那就这样吧，除了可能会有的非常不认真的同学，这个作业我们都给他们满分。毕竟关于美的感受，并不能单以分数来评价。"

傅闻声点点头，下了定论，果然就见周克忙不迭地点点头，原本愁眉苦脸的神色也尽数散去。

"谢谢傅老师！我下面还有课，就先走了。老师国庆快乐！"

"你也国庆快乐。"傅闻声轻轻朝他招了招手，目送他脚步飞快地向求真楼的方向前去，不过两分钟，就转了个弯不见身影了。

此时正是两节课中间的大课间，为了有些需要换教室的学生着想，这个课间专门放的时间长了些，教学楼密集的区域到处都是换教室的、下课了去找地方自习或者课外活动的学生。

来往行人密密如织，傅闻声只得再度放慢了脚步，省得两边相撞，相对速度太快，出什么事故。

好在学校许是觉得文学院需要僻静一点的氛围，在给各个学院分配院楼时，就把学院教学区藏得最深的一栋楼分配给了文学院。

傅闻声下了课往教学楼走的一路上也就愈发人迹罕见，到最后，只有他自己的脚步声伴着他了。

往文学院去的道路两边栽种着各色花木，眼下虽是秋季，没了春夏盛开的繁花，却也有灿若流金的银杏与红若晚霞的枫树点缀。

不过，即便是这样热烈的两种颜色，与深青的松柏相互映衬，也多了几分沉静的美。

正如徐燕佳，即便是张扬到热烈的女子，站在一贯内敛的傅闻声旁边，也仿佛多了几分文静。

为此徐燕佳还被舍友好奇地问过：“你们两个看起来是完全不一样的人欸，为什么会这么早就确定在一起了？相处起来不会很容易闹矛盾吗？”

徐燕佳挠头半晌，实在想不出理由，迟疑许久才道：“……因为我们很早就认识了？”所以在一起也早，“至于闹矛盾，我们好像还没吵过架欸，改天找他吵吵试试！”

舍友听了，半晌无语，再出口时语气颇有几分羡慕：“唉，真好。”

徐燕佳笑笑，心里却有些介意舍友说两个人看起来完全不一样的话，暗道我们怎么看起来不一样了！都说夫妻在一起久了会越来越像，她和傅闻声简直是从小学开始就没怎么分开过，按这个来算，怕是要有双胞胎那样的相像程度才说得过去。

某一次和傅闻声一道去自习的时候，她就特意穿了温柔到让人心头一软的樱粉色，头发散下来拢到一旁，露出小巧的耳垂和光洁如玉的颈侧，唇边的笑任谁看了都觉似水般清透。

——她站得笔直，腰背挺直如一株挺拔向上的木棉。

傅闻声在女生宿舍楼下边看书边等人，余光里突然多出一抹飘逸的裙摆和裙摆下细细的脚踝。

他只当是认错人了，头也不抬，往旁边移了些许，谁知却听到一道熟悉的嗓音："换了件衣服就认不出来啦，闻声同志？"

傅闻声恍然抬头，果然眼前站着的是徐燕佳，只是一反常态，穿了件从来不穿的衣服。

"你不是说阿姨给你买的这粉色裙子你既不喜欢，又不符合你的气质，决定压箱底吗？怎么今天突然想起来穿这件了？"

他一面说，一面已经收好了手里的书，将书包重背回背上。

徐燕佳顺势挽住他的胳膊："我突然想换个风格嘛，这样不好看吗？"

傅闻声："……"你都掐我胳膊了，我当然不能说不好看。

他想了许久，最终诚恳道："好看是好看，就是不太适合你。你应该穿红色那样热烈的颜色，像玫瑰花开得张扬。或者橙黄色，像向日葵，永远追逐太阳。"

徐燕佳诧异地看他，像看一个突然学会了违反校规的乖学生，唇边的笑意几乎要溢出来，却硬是忍住，挂上一副严肃的神情："闻声同志，你忘了一种颜色。"

"什么？"

"白色呀。"徐燕佳笑，"你难道不觉得我穿白色的婚纱会很好看吗？你想不想看？"

傅闻声骤然停了脚步，眼睛里瞬间迸发的光亮让徐燕佳几乎以为她说错了什么话了。

下一秒却又见他回转过去，声音显得闷闷的："当然是想看的。可现在还早呢，你还有六个月才二十岁，我还有两年才二十二岁。"

徐燕佳这才明白傅闻声刚刚在想些什么，又逗他："怎么婚纱店还有二十岁以下女性及二十二岁以下男性不得入内的规定吗？想去拍个婚纱照也这样艰难。"

又装模作样地叹气："唉，这得少赚多少钱呀。"

傅闻声知道自己会错了意，抿着唇不说话了，徐燕佳又想笑又觉得他羞得不想说话的样子实在可爱，一路上絮絮地在傅闻声耳边说话，希望这人能早点把这一节翻过去。

好在去文学院楼的路上一贯没什么人，两人的样子也就没什么人能看到。徐燕佳由衷感谢文学院建得这么偏僻，好让两人得以不受瞩目地慢慢走过去。

当时也是秋天，红得通透的枫叶和灿金的银杏叶落得满地都是，徐燕佳扶着傅闻声的胳膊，蹦跳着专拣没有叶子的地方走路，不知怎么就说起了学校新开设的计算机专业。

“学校新开设了计算机专业欸，还说专业开设初期，对每个年级的学生都开放转入，只是要从大一重新上起，我有点想转到计算机专业去。”

提及这种大事，傅闻声便忽略了那点说不清道不明的小小情绪，沉吟道：

“我认为你的考虑是有道理的。只是互联网毕竟在我国还是个新兴的事物，计算机系在我们学校也是个新生的专业，我不确定在事物出现之初就投入进去是否合适。

“如果按照我的想法来的话，我可能会继续在目前的专业学习，在空余的时间上一些计算机系的选修课，眼下才刚大二，等研究生阶段再考虑转到这个专业去进一步地学习。”

徐燕佳点点头，抓住傅闻声的胳膊晃了晃：“其实问之前就知道你会这么说了，我非不死心要问问试试。我的闻声同志，你肯定就算到老了也是个慢吞吞又古板的老头，不管做什么都喜欢按以前的来。”

“那你老了的话，肯定还跟现在一样，做什么都喜欢图个新奇，没两天又迅速喜欢上别的东西，会是个一直走在时代浪潮前面的老太太。”傅闻声也不恼，顺着她的话继续往下说。

“到时候我就染一头蓝色的头发，穿八厘米的高跟鞋，出门时别人要是问，我就说我是你的女儿。”徐燕佳仿佛看到了路人目瞪口呆的场景，笑容越漾越大。

傅闻声的面容里有几许无可奈何。

徐燕佳只觉有羽毛轻轻落在了心间，回过神时已经踮起脚尖在傅闻声脸颊啄吻了一口，有绯红的颜色从那处扩散开，甚至染红了耳垂。

——说来惭愧，他们虽在一起得早，像亲吻脸颊这样亲密的事情甚至都是第一次。徐燕佳不经考虑先下了手，回过神发现自己干了什么的时候只觉心如擂鼓，一边装作什么都没发生一样继续走路，一边偷眼看傅闻声的反应。

傅闻声也没好到哪儿去，柔软的触感一触即离，快到几乎没能察觉到，脑海中却清晰地认识到这是个吻。

有绯红的色彩从那处蔓延开来，甚至悄悄爬上了耳垂，让傅闻声总显得波澜不惊到有几分像年长者的面颊多了几分青年的羞涩与朝气。

这下徐燕佳反倒镇定了起来，挽着傅闻声的胳膊，颇有几分得意地盯着他的脸颊看，直让傅闻声觉得那里着了火一样热辣辣的，仿佛从那里开始僵硬起来，连走路也走不动了。

傅闻声不记得那天他们用了多久才终于到了往常自习的教室，总归进去时，发现他们常坐的位置已经被另一位在这里自习的人占去了。

两人只得择了另一处位置坐下，徐燕佳还开玩笑道："要是你在文学院楼有办公室就好了，我们可以直接去你的办公室，想想都觉得舒服。"

他无奈地跟她讲："在院楼有办公室的只有老师，你看我像做老师的人吗？"

徐燕佳只笑："确实不像。"

傅闻声推开办公室的门，不意外地发现和自己一间的同事又不在，而他桌子上那盆仙人掌又经受了一个没有主人疼爱的下午，看起来已经有些蔫了。

……真是。钱老板看到能把仙人掌养蔫掉的人估计会叹为观止。

把这节的讲稿和教案仔仔细细地放进对应的文件夹整理好，傅闻声拿起杯子，出门去茶水间接了点水。

捧着杯子回来时恰好碰到了开会归来的刘教授，开学这些日子，身份发生了转变，傅闻声也多少懂了些无声的“规则”，停下脚步率先朝刘教授点头问好：“刘老师下午好。”

刘教授年近花甲，头发已经斑白，却依旧红光满面，双眼湛然有神，显得十分有活力。

傅闻声大致知道今天学校礼堂有个附近学校联合起来的研讨交流会。不过他作为年轻教师，级别还够不上去参与这种会议，就没多关注，见了明显是刚开完会的刘教授也没什么好奇的念头，问了好就打算说再见。

刘教授却不这么想。

刚开完会准备回办公室，就遇到了他最为看好的新教师傅闻声，刘教授觉得简直是天定的缘分，欣然点头回应：“小傅下午好啊！这是刚下课回办公室？”

“是的，刚下课不久。”傅闻声见刘教授站住了，也只得放弃马上转身走人的念头，礼貌地回应。

“上课感觉怎么样？可还能适应？我知道你是林院长的高徒，跟在他手下好几年，能力上自然是没得说，可这上课方面，新老师头一年上课，总是多少有点放不开的。”

“我忝为教授，学术能力不算太合格，于授课一道上却还有些心得，你要是有什么问题，只管来问我。我们办公室离得也不远嘛。”

傅闻声还是头一次跟这位传闻中十分热情的前辈交流，对方态度又是显而易见的真诚，他顿时觉得有些难以招架，只得再次点头：“多谢刘老师，要是我遇到什么问题一定会去找您的，希望您到时候不会嫌我愚笨。”

刘教授就有些满意的样子：“年轻人，就应该这样。到我这个年纪你就知道了，去问有些经验的前辈不是什么丢人的事，要是一直不知道、不了解，也不想着去提高，那才是可怕的事。

“行了，你赶紧回去吧，我取个文件就走，也不跟你多说了，以后有事记得来找我。”

说罢不等傅闻声道别，刘教授已经快步走向了自己的办公室。

傅闻声站在原地，注视着刘教授推开办公室的门，连衣角也消失不见，从他转身开始就微微绷紧的心弦稍稍放松了些，捧着杯子回了办公室。

空无一人，除了傅闻声就只有那棵仙人掌存在生命特征的办公室，让傅闻声的状态更放松了些。

他用指尖蘸着水给仙人掌浇水，心里有些苦恼，不知道该怎么面对这种突然又真诚的好意。

真希望此刻你在我身边，燕佳。你总是很擅长处理这些。

第二章

傅闻声站在桌边，一边慢悠悠地给仙人掌浇水，一边思索该怎么面对这位热情的前辈。

办公室里只有他一个人在动作，越发显得那水滴下来的声音也震如擂鼓一样，搅得他心烦。

偏偏思索半天也无果，花盆里干到龟裂的土，倒都带上了湿润的颜色，显见是不需要再浇水了。傅闻声于是也就暂时把心事放下，倒掉残水，坐回了自己的座位上。

这张办公桌与他家里书房的相差不大，靠窗、宽大，除了桌角并没有常年摆放着花瓶与一束含苞欲放或者已经盛放的花。

傅闻声眼下算是刚入职的新员工，事情并不多，也只带了一门不甚要紧的公选课，教学大纲与内容又是暑假时候已经定下来的，上课时如果没有临时更改的念头，只需要照着讲稿来就是了。

因而虽说严格按照学校要求的时间上下班，傅闻声坐在办公室时多半时间在做林先生布置给他的任务。

近来他的空余时间都在帮助林先生整理文稿。

——林先生经过多年的搜集，从不同人、不同地方借到或者拿到了许多家人间往来的信件，预备整理后集结成一本书，名字就叫作《信》。

这样的书，为了力求真实，对信的内容自然是一字不能更改。虽然省去了许多绞尽脑汁写内容的烦恼，却也多了些整理不易的难处。

有些信件已经在岁月的洗刷下褪了色，字迹几乎看不清楚；有些信件笔迹虽然清晰，却也因为书写问题，有些潦草不清。

林先生整理这些整理得头昏脑涨，恰巧傅闻声知道了，又主动要接过这件事，于是他就如释重负地把事情交给了傅闻声来办。

只有一点要求——千万保存好原件，等整理成书后，大部分信件还要还回去，被它们的主人继续妥善珍藏起来。

傅闻声擦干净手，摊开桌上的大本子，翻到夹了书签的那一页，小心地把在本子里夹得平整的信纸拿出来，开始在另一个本子上誊抄上面的内容。

他看得慢，写得也仔细，速度就不可避免地有点慢，直到闹钟响起，才惊觉下班时间已经到了。

于是他将东西依次收好放回去，起身稍稍揉了揉眼和手指，离开了办公室。

文学院楼里已经没什么人了，各处都十分寂静，只有行政老师的办公室依旧半开着，里面传来喁喁的说话声。

傅闻声没在意，踏出大门。对面花坛里枫叶红得要烧起来一样。

读书的数年间，傅闻声常常在院楼里待到夕阳西下，说不清有多少次，徐燕佳就在那枫树下面一边看书一边等傅闻声出来。

枫叶依旧那样好，像一簇熊熊燃烧的火苗。傅闻声恍惚间以为燕佳会从那火光中跳出来走向自己，然后抱怨："林先生对你也太严格了些，怎么什么都要交给你做？他手下不是还有许多其他的学生吗？"

幽径无人，仅有几声鸟鸣，傅闻声无声笑笑，像在嘲笑自己。

马上就是国庆假期，幼儿园也就没照着原本的放学时间放学，早上就在门口的小黑板上写上了"下午三点半放学"几个大字，通知家长们下午早点过来接孩子。

当然，对阳阳来说，早点放学也就只代表着他能早点去钱叔叔的花店玩。爸爸要到傍晚才有空来接他回家，然后讲故事、洗澡，看一会儿爸爸买来的全是图画的书，再被塞到被窝里乖乖睡觉。

这天下午，幼儿园的老师宣布了放学，阳阳坐在自己的位置上慢悠悠地收拾完东西，站起来朝门外看了一眼，果然就看到钱叔叔家的小鹿已经在门口探头探脑地看进来了。

阳阳背起小书包，出了教室的门，小鹿已经等不及，跑过来拉住阳阳的手，急匆匆地朝幼儿园门口去："阳阳你怎么每次都这么慢！磨叽鬼！"

"小鹿你怎么每次都这么快，小心摔倒。"阳阳被拉着也不肯跑起来，一边一只手拽着小鹿，一边慢慢地走路。偏偏他个头要大一些，力气也大，小鹿只觉得自己像拽了个秤砣似的，怎么也拽不动，只得又气又急地慢下来。

两人终于从一前一后变成了肩并肩，小鹿不满地看阳阳："傅景和你就是头懒牛！怎么拉都使唤不动你耕地，你这样在我姥姥家是要被吃掉的！"

阳阳才不理她，见她只顾着看这边，没注意前面要碰到滑梯的柱子了，用劲把她拽偏了些，见她安全了才跟她说话："你终于能记住我的名字了，小鹿同学，真值得庆贺。"

小鹿脸上一红，想起来自己最开始怎么也记不住阳阳的大名，为此还被妈妈训了一顿。

"我早就记住了，只是没机会喊嘛，大家都叫你阳阳……欸，我看到我妈妈了！"小鹿没慢下来几步路就瞧见了妈妈的身影，拉着阳阳快步走过去，仰着脸看看妈妈，问她，"放假时能让阳阳住我们家里吗，妈妈？我可以把我的小床分给阳阳一半。"

赵夏含笑点点头，一手拉一个带着两个孩子去花店。

幼儿园门口到处都是来接孩子的家长和抱着爸爸妈妈爷爷奶奶撒娇的小孩子，挤挤挨挨像在一个锅里沸腾着的饺子。

饺子们随着沸水不断翻腾，时不时互相碰一下，小鹿被妈妈牵在左手，还要凑着跟右手边的阳阳说话，又犯了不看路的毛病，撞到了另一个没看路的小饺子。

小饺子嘴一撇，正要哭闹，眼睛都眯起来了，却从缝里看到撞到自己的是全幼儿园最可爱的小姑娘小鹿。

小饺子路河就看着小鹿笑起来，笑得忙不迭道歉的小鹿皱起了眉头，疑惑地看了他一眼，拉着妈妈走了。

小路河已经看到了马路对面自己的妈妈，于是也就只能眼睁睁看着小鹿牵着妈妈的手，探头探脑地跟个不认识的小男孩说着话走了。

"是她哥哥？"路河简单的脑回路还不足以让他在看到两个年龄相仿，又被同一个大人接回去的小孩子时，想到比兄妹更复杂的关系，于是虽然猜想时用了疑问的语气，心里却已经认定了。

这个不怎么美妙的误会在种种巧合之下一直持续了许多年，让多年以后知道真相的路河无数次想回到这一刻掐自己。

可惜这一切小路河都无从得知，他只是蹦蹦跳跳地走向妈妈，满脸都写着刚刚跟可爱的小姑娘撞在一起的开心。

阳阳浑然不知自己在别人眼里已经被换了父母，还凭空多出一个只比自己小半岁的妹妹，一路慢慢走着跟去了花店。

许是快国庆了，花店生意比平时好很多，即使是下午了还有不少客人在店里慢慢地看花。钱妈妈嫌两个小孩子在这里碍手碍脚的，就把他们放到了花店的阁楼去，让他们自己玩一会儿。

说是阁楼，其实不过是占着这房顶是斜坡，请施工队在头顶装了结实的钢板，硬生生在原本一层的房间里隔成了一层半。

阁楼栏杆装得紧密，斜斜开着的窗户让这里采光极佳，又安全又半点没有逼仄感。赵夏就索性在这里铺了床褥，有时忙得狠了，晚上就在这里睡下。

小鹿因为要跟着父母，早就在阁楼里睡过好几次了，听说妈妈要让他们去阁楼自己玩，高兴得小小欢呼一声。

倒是阳阳没去过，又见是建在半空中的，多少有点害怕，稍稍有些迟疑。

小鹿没察觉到，牵着阳阳的手慢慢地沿着楼梯上了阁楼，把小鞋子脱下来放到最后一级楼梯上，噔噔噔跑到角落里抱住了自己的小熊玩偶，把脸埋在小熊身上蹭了好久才抬起来。

“阳阳你怎么还站着啊，快点把鞋子脱了过来。”

上面的情景跟阳阳想象中的不太一样，他稍稍放下心，迟疑着脱下鞋子走了过去。他眼角余光从栏杆处越过，看到花店各色花木簇拥间，正在跟客人说着些什么的赵阿姨，心里越发放松了些，跑过去坐到小鹿的身边，好奇地打量着这个自己从来没上来过的私密空间。

“你们经常在这里休息吗？”

阁楼里不仅有被褥，靠墙的地方还有个小小的书柜，上面放着许多五颜六色的图画书，下层还有几个可爱的布娃娃。

小鹿抱着的小熊一看就是放在这里很久了，小鹿扑住它的动作简直太过熟练。

“是呀，有时候爸爸妈妈晚上也要在店里忙，我们就干脆在这里睡觉啦。不过我觉得这里也没什么不好的，晚上躺在这里还能通过这个窗户看星星呢！就是早上太阳出来的时候这里总是亮得太快，没办法睡懒觉。”

说着还似模似样地叹了口气。

阳阳抬头看看天窗，想到昨天晚上他看的那本绘本里展示的银河与星云，对这个总是显得笨笨的妹妹瞬间升起几分羡慕——他也想晚上躺在床上就能看到那样美丽的景色欸。

这可难住了傅闻声。

傅闻声至今为止面临的最难处理的情况，还是阳阳要吃街角的冰激凌，而他并不想让小孩子吃这些太凉的东西。

想要晚上看星星这个愿望与之相比简直不是同一个量级的。

他们家的房子在三楼，最高层是六楼，他是万万不能也在家里搞出个能看星星的阁楼来的。

至于换房子更是天方夜谭。他是今年进入了学校体系开始教书之后，每个月的收入才从博士生那点微不足道的补助成了讲师的薪水，以现在的房价，大约他还要不吃不喝攒上二十几年的钱才足以换一套有阁楼的房子。

……难道以后不仅要托钱老板夫妇先接阳阳回来，还要让阳阳晚上在花店休息？

傅闻声辗转反侧，觉得自己写博士论文那会儿也没这么发愁过。

傅闻声辗转反侧了一个晚上，生怕第二天起来时阳阳还念念不忘要在房间里看星星。

好在阳阳的执念大约不很深，至少远远比不上对吃冰激凌的执念，早上迷迷糊糊被傅闻声叫起来洗脸刷牙之后就没再提起这回事，像忘了一样。

傅闻声心里松了一口气，连做饭的动作都轻快了些，虽然水平摆在那里，轻快的动作也没法让味道好些。

阳阳坐在沙发上看电视，听到厨房里动静停下了，马上拿起遥控器关掉电视，乖乖到餐桌前坐好，先对爸爸说了声谢谢，然后才开始慢慢地吃饭。

他今年才四岁，一举一动间已经有了些小大人的模样，显示出父母对他要求的严格。

傅闻声一面觉得阳阳实在是懂事，一面又有点愧疚。

他既不能满足阳阳在房间里看星星的愿望，还因为极差的做饭水平让阳阳的生活水平下降许多，更在假期第一天就准备带阳阳去自己的办公室，让他看一天绘本，自己则继续昨天的任务，好快点把自己主动从林先生这里揽过来的这件事完成。

燕佳还在的时候就经常带着阳阳出去玩，动物园、植物园、化石博物馆，一边看还要一边小声讲解，不管阳阳能不能听懂。阳阳每次跟她一起出去都很高兴。

几乎是刚转过这个念头，傅闻声就下了决定——今天不去学校了，他要带阳阳去天文博物馆玩。至于工作，可以往后面推一推，林先生想必也不会在意。

阳阳听说今天爸爸竟然有了别的安排，小小地欢呼一声：“谢谢爸爸带我出去玩！”

说完马上放下刚搂在怀里的抱枕，跑回自己的房间，把水杯拿出来问傅闻声：“爸爸能帮我装一瓶温水吗？我跟妈妈出去的时候都要带水的。”

傅闻声给他装了一瓶温水，回到客厅时果然没看到阳阳的身影。走到阳阳卧室门口，傅闻声也不进去，就倚在门框上看着阳阳忙碌的小身影。

已经将近一年没有带阳阳出去玩过了，阳阳倒也还没忘了之前出去时要准备些什么，一件一件地往小书包里装东西。

东西收拾得差不多了，阳阳才有空抬头看门外，连忙小跑几步到傅闻声面前，接过他手里的瓶子，颠倒过来试了试，确认不会漏水，才放心地装到了书包里，颠颠地跑到傅闻声面前：

“爸爸，我们今天去哪里呀？”

傅闻声蹲下来，尽量与阳阳平视：“我们去市里最近竣工的天文博物馆好不好？我注意到你最近把讲银河系的那本图册看完了，我们可以去天文博物馆看一看星球的模型，好不好？”

"好！"阳阳大声回答傅闻声，牵着他的手走路时候几乎是一蹦一跳的。

傅闻声有点后悔，他不该一时冲动就在假期的第一天带着阳阳出来玩的。

作为大部分人一年中仅有的三次长假之一，国庆节的假期简直完美诠释了"人从众"，不管去到哪里都是一片人山人海。

傅闻声几乎是有点狼狈地带着阳阳从公交车上下来，环顾四周，见人不算太多，不由得长长松了一口气。

华阳市天文博物馆早就开始建设，历经数年才终于竣工并赶在国庆节之前开放了。

可惜现如今的宣传手段只有那么几样，饶是博物馆加急在电视上投放了广告，比起华阳市其他的景点，还是多少显得有点不温不火——但也只是相对而言，售票处的队伍还是排得极长。

不过，刚刚经历了公交车的洗礼，傅闻声几乎有点感激这队伍的长度了。

两人排队购了票，跟着指示踏入这座刚刚出生不久的建筑物，穿过一道长廊进入第一个展厅后瞬时眼前一暗，随后两人同时屏气凝神。原本蹦蹦跳跳的阳阳像是一瞬间被人按下了暂停键，牵着爸爸的小手不由自主地收紧，比湖水更清澈的瞳仁里映出漫天的繁星。

——天文博物馆仿佛要存心震撼一下入馆参观的人似的，在刚入馆的地方给所有人来了一个狠狠的"下马威"。

高高的穹顶上悬挂着散发着微光的巨大球体，太阳系的行星们依次展开，如碎钻闪烁的小行星带在代表着火星和木星的球体间划出一道清晰的痕迹。

头顶是深黑的穹顶，脚下是透明的玻璃，玻璃下面是不知深几许的坑洞，银白色的星光从脚下向上扩散，仔细看时，还能发现这些"星星”都在极其缓慢地移动。

所有进入大厅的人仿佛都被这景象感染，一切声音都归于沉寂，安静的空间与移动的星星甚至让人产生了轻微的失重感。

“妈妈我怕……”不知过了多久，稚嫩的童音打破了一室的寂静，随后是一个温和的女声连连道歉，带着孩子出了这个展区，声音也渐渐低不可闻。

傅闻声被惊醒，下意识低头去看阳阳，发现他还在目不转睛地盯着半空中悬挂着的微型太阳系，一点都没受到影响，甚至已经不自觉放开了自己的手。

见阳阳看得入神，傅闻声也不去打扰他，悄悄地往一旁走了几步，举起脖子上挂着的相机，找了个合适的角度，把阳阳和太阳系一同框入镜头中，定格成一幅静止的画面。

阳阳对别人的说话声充耳不闻，对于爸爸却敏感得很，傅闻声刚按下快门，他就转过了头，看到傅闻声手里的相机，马上小跑到傅闻声身边，扒着要看爸爸把自己拍成了什么样子。

傅闻声无奈，只得带着他出了这静谧的空间，蹲下身，把照片调给他看。

阳阳凑近看了半天，十分满意：“爸爸拍得很好，阳阳很满意，妈妈肯定也很满意！爸爸一定要把这张照片洗出来寄给妈妈，妈妈肯定已经想阳阳了，想看阳阳现在是什么样子。”

傅闻声几乎蹲不稳，他低下头状似认真地看着相机，脑海中翻涌的念头却纷杂到难以辨认。

阳阳还在等自己回复呢，他想。

于是他停顿片刻，抬起头，看着阳阳的双眼，认真承诺：“我会把阳阳的照片寄过去给妈妈看的，她肯定想你了。”

阳阳使劲点了点头，更加高兴起来，顺着长长的走廊边走边看，两边摆放的天体模型让他目不暇接，几乎每一个都要痴迷地看了又看。

嫌爸爸碍事，阳阳一个人转来转去，只时不时回头看一眼身后。见爸爸始终不远不近地跟在自己后面，才放心地继续往前走。

天文馆占地十分宽广，阳阳人小，很快就累了，两人就坐在长椅上休息，等他觉得休息够了才继续向另一个方向进发。一大一小走走停停，确认再也没有没踏足过的地方，阳阳才满足了。于是他跟爸爸在附近吃了饭，又搭公交回家。

到家时已经红霞漫天，阳阳早在公交车上时就睡着了。傅闻声小心翼翼地把他放到床上，又给他脱了衣服盖上被子，长长地吁出一口气。

——怕吵醒阳阳，傅闻声一路上连呼吸都是克制的。

阳阳本质上是个很乖的孩子，一点都不是他做父亲的看自己家孩子有天然的偏向，傅闻声又一次这样觉得。

他们假期第一天玩了一天，阳阳已经心满意足。第二天听说要跟爸爸去学校时，阳阳没有半点反对的念头，收拾了自己的小书包，就跟着傅闻声去了学校，坐在他办公室里的沙发上乖乖地看书，直到中午才跑到他身边，喊他吃饭。

如是过了几天，就到了约定好的取照片的时间，傅闻声特意提早规划了日程，回家时带着阳阳去了照相馆，把冲洗好的照片拿出来。

阳阳那天只顾着玩了，看到傅闻声手里厚厚的一沓才知道爸爸给自己拍了那么多照片，一张一张看过去，简直高兴坏了，抱着就不撒手，看了一路，盘算着回去之后把这些照片全都放进自己的小相册里，等妈妈回来时给她看。

想到妈妈，阳阳抬起头问傅闻声："爸爸你给妈妈寄照片了吗？有没有寄自己的？妈妈肯定也想你了。"

傅闻声把定制的相框支起来跟阳阳其他的照片放在一起，仔细用手帕擦掉相框上的灰尘："爸爸的变化不大，妈妈不用知道爸爸现在长什么样子。我们阳阳长大了这么多，是应该给妈妈看一看，我已经把你的照片给她寄过去了。”

“是吗？”阳阳像是接受了这个解释，低下头继续翻看，嘴里嘟囔，“可是我们不是今天才拿到照片吗？爸爸怎么这么快就寄过去了？”

有那么一瞬间，傅闻声后背都僵直了，生怕阳阳借着这个小小的疏忽发现更多的真相，到时候他该说什么呢？

阳阳却只是提了这么一句，很快就回了自己的小房间，开始整理相册了。

傅闻声看着桌子上摆放的阳阳从刚出生躺在襁褓里到站在大厅里盯着天体模型看得入迷的照片，轻轻叹了口气。

几天前阳阳的请求不期然闪回脑海，与那天在天文博物馆看到的景象重叠，他突然有了灵感——是不是可以买一些类似的灯挂在阳阳卧室的天花板上，当作满足他的愿望呢？

把去灯具商场提上日程，傅闻声自己都没察觉到地微微放松了些。

他想对阳阳好一点，再好一点，最好是双倍的好，连着燕佳的份一起。

逛遍了市里最大的灯具商场，傅闻声也没找到满意的东西，假期却已经结束了。

阳阳依依不舍地恢复了每天“家—幼儿园—花店—家”三点一线的日程，傅闻声也迎来了他国庆节后的第一节课。

按照他的规划，两节课中，有一节要留给同学们自由交流，分享自己假期中见到的最美的事或物。

当然，鉴于同学们可能都比较害羞，也许也用不了一节课。

那样的话，就按照教学大纲上原本的内容，继续讲课吧。

傅闻声不得不承认，教学大纲实在给了他一些从容的底气。

刚从高中升上大学的学生们还是第一次完整地度过一个法定的七天假期，大多数人又是头一次离开家乡到外地来上学，国庆自然要好好玩一玩。

这一放风就把心也放了出去，有很多人明显还沉浸在假期中回不过神。傅闻声提前几分钟到了教室开始整理讲稿，下方的同学们则趁着上课前的几分钟争分夺秒地说话，有自来熟的已经开始互相交换着自己的作业来看了。

助教周克照旧坐在教室第一排的右侧，上课铃一响就站起来拍了拍手，确认自己吸引到了大部分人的注意之后才朗声说话："同学们好，相信大家都完成了傅老师布置的国庆节作业。鉴于我们的作业形式比较不拘一格，也不太容易判定分数，傅老师已经决定这次作业只要认真完成了的就给满分。"

不大的教室里骤然爆发出一阵掌声，周克感受到大家的喜悦，却因为还有别的事要说，不得不打断掌声，心里还有点遗憾：这还是第一次这么被欢迎呢。

"今天第一节课是我们的互相分享环节，希望有同学能主动站起来，分享自己的作业内容，把自己心中的美展现给更多人看。"

话音落下，教室里却陷入一片沉寂，仿佛连空气中飞舞的尘埃都变得有趣起来，许多人盯着灰尘看得入神。

周克叹一口气——就知道会是这样的结果，应该再劝劝傅老师的。

也不知道这位稍微带点传奇性质，一直以来都十分顺风顺水的学长这会儿第一次遭受冷遇，会不会觉得尴尬？

傅闻声的确有点遇到意外的愕然，却没有周克想象中的尴尬，对他来说，最怕的不是空气突然安静，而是突然的吵闹。

太过热烈的氛围总让他觉得有些无所适从，不知道该以什么样的状态表现才能够不扫了他人的兴。

没人说话，他只当大家都在思考，过了几分钟，估摸着应该都有腹稿了，傅闻声随意点了一位看起来十分认真的同学："第二排右侧第六位同学，可以站起来分享一下你的国庆作业吗？"

这第六位——就是上次坐在第一排骤然发问的卢文同学，他欲哭无泪，要不是确信傅老师肯定不记得自己，他都要怀疑傅老师是故意点他的了。

众目睽睽之下，卢文也不能像上次一样再钻到桌子下面去，只能硬着头皮站起来，拿起自己的作业——一片红得通透的树叶，展示给大家看：

"我假期的几天哪里也没去，在学校里过了七天。有天早上我在学校里乱逛，不知道走到了哪里，饿得肚子疼，急着去吃饭却怎么也找不到路，转过一个弯时却看到路两旁栽着特别好看的枫树，然后想起来这应该是文学院的附近，就想起了应该往哪个方向走。

"所以我觉得枫树特别美，就留了一片枫叶当我的作业。"

傅闻声若有所思地点点头，随意点评了几句。他本硕博都在文学院就读，毕业后又从事文学院的教学工作，身上多少是有点文人气质的，简单说了几句就让气氛骤然松快起来。

或许是有人带头做了示范，大家知道站起来分享实在不是一门苦差事，愿意站起来说说见闻的也就多了起来。

课堂氛围越发松散，逐渐不是只有傅闻声会在分享结束后说几句话，有想法的都会在听到感兴趣的话题时兴致勃勃地谈上几句。

课堂临近尾声，坐在教室最后一排戴眼镜的女生见没人再说话，把自己打算交上去的作业紧紧握在手里，鼓起勇气起身："我想分享的，是我在公园里见到的一幅场景。"

教室里的同学们齐刷刷转过头饶有兴致地看着她手里的照片，她从来没经历过这样的场面，被众人注视着，话都说不利索了："是、是一对老夫妻。

“当时是傍晚，我在公园里散步，前面的路上有一对爷爷奶奶，正在拄着拐杖走路，奶奶大概是拿手绢给爷爷擦了一下嘴。我走在他们身后，只能看到他们俩的背影和满头银白的头发，其实说起来是有点无趣的，也是很普通的场景。

“但是我当时不知道为什么，觉得这场景非常动人，就拍下了一张照片。征求了爷爷奶奶的同意之后，我想把它作为我这次的作业交上来。”

她回想起了当时的场景，越说越流利，总算是赶在下课铃响之前把自己要说的说完了，却等了好久也没等到傅老师的点评，只得失望地坐了下来。

前排的同学们等不到傅闻声说话，已经自动默认课间休息了，三三两两聚在一起，聊天的聊天，出教室的出教室，是再正常不过的一个课间。没有人注意到，傅闻声看着大纲沉默了许久。

第二节课也是再正常不过的一节课，傅闻声特意提前十分钟说了下课，让所有人排队来助教这里提交作业。

大多数人的作业都是照片、书画或是一个小物件，用信封装起来，封皮上写上自己的姓名和学号，好方便助教和老师整理。

饶是如此，周克一样一样把作业收好时，也已经打了下课铃。

交过作业的已经都走了，偌大的教室里此刻只剩下周克一个人，光从门外打过来，把他的影子拉得老长，是个常用来表达寂寥的画面。

周克却只有满心的疑惑：傅老师去哪里了？他接下来还有课，是不可能带着这些作业去上课的，还得把这些作业交给傅老师呢。

“好的老师！我去信问问爷爷奶奶，如果他们同意了，我一定给您带一张过来！”女生激动得脸颊绯红，为自己能够帮到这位素来温和的老师而高兴。

“谢谢你。”傅闻声真心实意对这个好心的女生表达谢意，“真可惜我要遵守教师的规则，不能在这门课上回报你一些额外的东西。”

女生连忙摆手，表示不需要什么“额外的”回报。

傅闻声却坚持，有人帮到自己，就一定要给予回应是他的准则，他也一直在践行这一条。

“如果你需要一些学业上的指导，可以把困惑写到纸上，放到文学院一楼我的信箱里，我会定期查看，大约一周把回信放到门卫那里，等你去拿。当然，由于我的专业限制，我大概只能解答一些与文学有关的事情。”

女生这下没有再表示拒绝了，她也是文学院的学生，且还保持着刚迈入大学校园的小心翼翼，经常羞于跟老师交流。能够得到一位老师亲口允诺的答疑机会，于她而言实在没有拒绝的理由。

回到教室时，周克已经把作业都整理好了，整齐地摆放在桌子一角，见了傅闻声，他松了口气：“傅老师，作业已经收好了，一共一百一十六份，都在这里。接下来我还有课，等明天我去您的办公室帮您统计这次的分数，可以吗？”

“嗯，多谢你帮我整理作业。”傅闻声点点头，“你去吧，明天也可以不用过来，我对照一下课程名单直接给一下分数就可以了。不过下次上课时需要你找一下没交作业的四位同学，我需要他们补交一份作业。”

“好的好的。”周克连连点头，看了一眼手表，飞快地走了。

文学院院楼一贯宁静无声，阳光洒满走廊，给这处空间染上灿烂的颜色，一道纤细的身影从光里走出来，穿着木屐，踢踢踏踏地走到办公室门前，打开门进去。

汤颜自从被分配到这里之后就没怎么来过，原本以为迎接自己的会是满室的灰尘，没想到推开门后却是窗明几净，甚至那棵她以为早就该枯死的仙人掌也活得好好的。

她有点疑惑地想了几秒，忍不住又退出去看了看门口钉着的牌子，终于发现这间办公室早就不是自己独有的了。

“傅闻声？”这个名字好像听说过。

是从谁那里听过呢？

汤颜坐下来，打开书桌抽屉边找东西边想，引以为傲的记忆力此刻却突然失灵，隔着一层毛玻璃似的，怎么也想不出来。

“汤老师？”傅闻声没想到办公室里有人，愣了片刻才反应过来这应该是跟自己同一办公室的那位同事——汤颜，只是没想到她竟然突然过来了，“下午好。”

“傅老师下午好。”汤颜头也没抬，蹲在地上在书桌右侧的桌子里翻东西翻得头昏脑涨，怎么也找不到那份本应该在这里的资料。

“啊！想起来了！”汤颜没找到想要的那份资料，反而看到自己不知道什么时候随手塞进柜子里的一本书，关于墓葬制度的。

那瞬间，一道灵光闪过脑海，她骤然想起来是在哪里听过傅闻声这个名字了，不由得小小惊呼一声。

世界原来这么小啊。汤颜从桌子下探出头，偷偷往那边看了一眼，见傅闻声闲闲站着，如松间之鹤，在他的书桌前不知道在整理些什么。那张黑白照片上灿烂的笑脸闪回脑海，她忍不住有点惋惜。

不过，也就仅仅是有一点罢了，交浅言深本是大忌，随意跟别人搭话也不是汤颜的风格，想了半天，她轻咳一声：“那个，傅老师，谢谢你这些天帮我给仙人掌浇水啊，下次我有空来办公室给你带点我家那边的特产。”

傅闻声还没想好该跟这位同事以怎样的模式相处，骤然听到汤颜的话，下意识就要推拒，又想到或许同事也不喜欢欠别人的人情，话到嘴边转了方向：“那多谢汤老师了。”

傅闻声答应得快，汤颜反而有点措手不及，她还以为傅闻声会推拒个两三次，才会“恭敬不如从命”呢。

看来这位傅老师也不是那种假文酸醋的人嘛，汤颜松了口气。

她虽然也是文学院出身，生平最讨厌的却是遮遮掩掩的含蓄，一句话非得转成几个弯才能说出口。

以后她可能得常常来办公室了，要是这位傅闻声傅老师是个好相处的人，真是再好不过。

傅闻声还不知道自己在汤颜心中已经被定义成了一个好相处的人，他整理完了作业名单，十分纠结如果现在就离开办公室，会不会让同事感觉受到冒犯。

“奇了怪了，到底放哪里了呢？”汤颜几乎已经把书桌的柜子掏空了也没看到要找的东西，烦躁地朝后捋了一把头发，丧气地蹲在地上，看着狼藉一片的地面发呆。

犹豫再三，傅闻声问她：“汤老师在找什么东西吗？”

汤颜有气无力，随口答话：“学院刚开始不是会给每位讲师发个注意事项的手册吗，最近出了点小问题，我领导要我把注意事项好好看看，下周还要问我。”

她指一指地上散乱堆着的东西：“喏，你也看到了。我记得早把这东西塞到柜子里了，今天怎么找也找不到。”

原来是这样简单的事啊，傅闻声轻松起来，为自己找到可以互换的条件而感到高兴，解决一个小问题，换自己毫无负担地先离开，非常合理。

“你需要的话，可以先看我的？”傅闻声一面说，一面从自己的书架上抽出一本薄薄的册子递给汤颜，“汤老师慢慢看，不用急着还给我。我还有些事情，要先走了。”

汤颜如获至宝，瞬间把傅闻声的等级从好相处上调为好人，连声道谢之后马上开始收拾东西准备回家。

这种没意思的东西当然要躺在沙发上抚摸着猫才能看得下去。

傅闻声如释重负，离开了被“侵犯”的领地，却在接下来的日子里失望地发现汤颜坐班的频率大大提高，这间几乎已经属于他一个人的办公室迎来了它的另一位主人，也让已经习惯独处的傅闻声感到了久违的不安。

好在汤颜大约也不太喜欢跟人交往，只在第一天见面时表达了友好，之后的日子都是淡淡的，只除了兑现她说要带来的特产时多说了几句话，傅闻声也就渐渐适应了不用再给仙人掌浇水的日子。

周五的下午，幼儿园总是放学格外早，阳阳跟小鹿手牵手出来，第一眼就看到站在人群中的爸爸，顿时欢快起来，雀跃着扑到傅闻声身上：“爸爸今天怎么过来了呀？”

“我带你去找找星星，然后挂在你的卧室，好不好？”

阳阳已经把之前提过的要求完全忘记了，但爸爸说的话还是又一次吸引到了他：“好耶！谢谢爸爸！”

自动牵住爸爸的手，阳阳转身跟小鹿挥手：“小鹿小鹿，我今天不去你家啦！我们下周再见！”

小鹿眼睁睁看着阳阳跟傅闻声走了，撇撇嘴满脸不高兴地走到妈妈身边：“妈妈，你可以给我生一个哥哥吗？我想要个会跟我一起上学一起回家的哥哥。”

赵夏哭笑不得，接过她的小书包，边走边说：“可是妈妈现在再生一个的话，也只能是小鹿的弟弟或者妹妹了，等他可以上幼儿园的时候，小鹿已经去小学了，还是不能一起呀。怎么，跟阳阳闹什么矛盾了？”

“阳阳每次一见到傅叔叔就丢下我跑了！他为什么不是我们家的人呀，这样我就可以每天跟他在一起了。”

“你叫他傅叔叔，阳阳叫他爸爸呀。你看到爸爸妈妈时不是也会跟着爸爸妈妈走吗？为什么一定要阳阳丢下爸爸跟着我们走呢？”

“可是傅叔叔对阳阳又不好！都每天把阳阳丢给妈妈接送了，为什么阳阳还这么喜欢他，阳阳应该喜欢我们才对。”小鹿扭过头，声音闷闷的。

“那如果我拜托邻居接送小鹿一段时间，小鹿会丢下爸爸妈妈跟着邻居阿姨走吗？”赵夏问她。

“当然不会！”

“嗯，小鹿都不这样，怎么要求阳阳这样呢？这就叫‘己所不欲，勿施于人’，小鹿以后可千万不要在阳阳面前说起你今天说的话，知道了吗？”赵夏牵着小鹿的手轻轻晃了晃。

“知道了。”小鹿声音依旧闷闷的，好歹还是明白了妈妈的意思，知道自己这样说是不对的，迈着沉重的步伐跟妈妈回家去了。

章东在工作室里闷了一天，东西没做出来，材料倒是费了不少，索性一锁大门，出来逛街。

他把工作室开在这条人来人往的小街也就这一点好处，汇聚了各式各样的手工艺品的一条街，至少三四家做玻璃的，其他的就更不用说了。没灵感时出来逛逛，总能看到点新鲜玩意儿。

今天周五，人是比平常要多上那么一些，章东饶有兴致地随便乱看，目光专门从过往行人身上佩戴的小装饰上扫过，瞧见别致的就多瞅几眼，好把那花纹形状给记住。

章东走走停停，不知不觉走到了自己开的店门口，索性进去看看，他也有好多天没来了。

店面不大，内里的摆设颇有些文人气，只用木制摆件做点缀，偶有铁质的支架，也用细细的麻绳缠了上去，放眼望去尽是一片深深浅浅质朴的木色，越发衬出店里的玻璃制品那剔透如冰、晶莹如宝石的奇妙质感。

这店里的东西多半都是章东亲手做的，做好了就拿过来摆在架子上等人来买，一月过去若是还无人问津，就拿回工作室砸了。

刚开店那会儿，章东每月要砸的东西不知多少，搞得来得多的人以为章东这店每个月换一个主人，每次换店主都重新进一批货。

时间久了，要被砸掉的作品越来越少，章东的名气也越来越大，甚至有来旅游的，把这儿当成个景点来参观，章东也就越来越不愿意在店里待着，只偶尔过来看一看。

不过，他真没想到，今天临时起意来转一转，竟然遇到这么大个惊喜。

章东借着架子的遮掩，悄悄跑到收银台后面，打个招呼让店员不要出声，自己半蹲着探出头，盯着那边的一大一小。

收银台视野好，章东躲在这边，整个店里的任何一个角落几乎都躲不过他的眼睛，方才那个影影绰绰觉得像的身影也终于清晰起来——就是傅闻声。

他本科之后没继续念书，毕业了就躲在这条小街上开了家店，也只跟几个朋友保持着联系，其中关系最好的就是大学时候的学姐，徐燕佳。

不过出去旅游兼采风了半年，就万分茫然地被通知去参加学姐的葬礼，章东迅速赶回来，路上还在想着这会不会是假的、是个恶意的玩笑，直到看到站在最前列苍白若游魂的傅闻声，他才终于从茫然中脱离出来，认识到，那是真的。

那天傅闻声仿佛随时要跟着学姐走了的样子深深地印在了他脑海中，让他许久也不敢贸然联系，生怕一语不慎，戳人心肠——他有过好几次前科，对于自己的说话艺术没半点信心，干脆强忍着去看望小侄儿阳阳的欲望，把精力发泄在了创作上。

如今大半年过去，傅闻声看起来好了许多，与之前章东熟悉的样子相差无几。他跟旁边的阳阳说话时神态平和，眉宇间的郁气已经消散许多。

周五的下午，带着孩子来到处乱转，可能心情不差吧。

章东不知道该失望还是该庆幸，不过人都送上门来了，章东肯定不会白白放过这次机会。他轻轻吐出一口气，终于站直身子，揉了揉蹲得有些酸麻的腿，无视身边店员的奇特眼神，走向傅闻声。

傅闻声一眼就认出了章东。

他不太喜欢社交，记忆力却很好，见过的人基本上不会忘记，何况章东跟燕佳来往密切，是关系很好的朋友。

记得燕佳有天晚上突然笑着说起章东："这个学弟也太傻乎乎的了，傻得好玩。嗯……不过他心肠挺好的，是个值得信任的人，要是以后能更会说话一些就好了，我要试试看能不能教给他一些好用的方法。"

傅闻声问她为什么说学弟傻，她又不肯说，只看着他笑了许久，直笑得他满头雾水，到最后也不知道为什么燕佳突然认识了这学弟。

但她信心满满地去了，带着股风萧萧兮易水寒的悲壮，一副不把章东教出师就不算数的样子。然而没多久，再提起章东时就再没了这股气势，只说他简直朽木不可雕也，是个永远也学不会合适的说话方式的人。

很奇怪，燕佳明明生气，章东却逐渐成了她认可的朋友，一直保持着联系。

傅闻声跟章东不算熟，但也见过几次，既然认出了这是燕佳的朋友，不等章东说话，他直接开口打了招呼，又把一边的阳阳叫过来："阳阳，这是你章叔叔，是爸爸妈妈的好朋友。"

章东看着小家伙落落大方地跟自己打招呼，一时定在原地，与徐燕佳极为相似的眉眼让他恍惚觉得自己遇见的是小时候的师姐。

他迟疑了一瞬，蹲下身子，要跟阳阳握手："阳阳你好，我叫章东，你叫傅景和，对吗？"

"对的叔叔，你真聪明，赵阿姨家的小鹿就总是记不住我的名字。”

阳阳十分自然地跟章东握了手，看着章东，又惯常表扬对方一句。

章东失笑：“你跟你妈妈还真是像，总是喜欢夸奖别人。”

话一出口，章东暗暗懊恼，偷眼看傅闻声的反应，见他脸色没什么变化，悄悄松了口气，邀请两人：“我看你们转了好久也没有喜欢的，我工作室在附近，跟我直接去那里挑吧，当是我送阳阳的礼物。”

章东的工作室对阳阳来说无异于一片新大陆，他一到了地方就迫不及待地想去探索。获取允准之后，更是顾不得身后的爸爸和叔叔了，只自己到处瞧到处看。

两个大人就在旁边看着阳阳，有一搭没一搭地说话。

“师兄现在还在读博吗？”

“已经毕业了。”傅闻声轻声说，“现在在学校里做一名讲师，上上课，给林先生打打杂。”

章东一愣：“徐师姐肯定没想到。她那会儿总说……”

“总说我以后就在家带带孩子，写写东西，她赚钱养家，对吧？”傅闻声说着笑起来，仿佛想到燕佳说这话时候的场景，转瞬间笑意又淡下去，“现在这样的确出人意料，可见世事无常。”

章东顿时有些无措，半天后才慢吞吞地说：“日子总是要慢慢过下去的嘛。”

傅闻声目光落在阳阳身上，有几分柔软：“是啊，日子总是要慢慢过的。等阳阳长大了，我就能再见到她了，也没什么不好的。”

他语气里有些莫名的哀伤与向往，章东隐隐约约觉得有什么东西不很对劲，却没有深究，只继续听傅闻声讲话。

“我想请问，你这里能做那种像星球一样的玻璃球吗？我想按着太阳系的样子，给阳阳做一套太阳系的玻璃灯罩，在里面放上灯之后挂在他的卧室墙上。”

章东从未听过这样的想法，觉得那根名为灵感的弦被轻轻触动了，他有些兴奋："理论上是可以的，不过我还没这样做过，我得试试才行。"

"要做成星球一样，就是说色彩要好好调一下……感觉不太行。提前染很容易染花，吹完了再画又没意义……对了，可以这样！"

章东在工作台边写写画画着，全然忘记了他刚刚还在跟傅闻声说话。正画着，他笔一顿，抬起头看向傅闻声："一定要做成灯罩吗？小小的玻璃球可以吗？我已经想象到它的样子了，效果绝对非常好！"

傅闻声有点迟疑："我……不是很懂这些，不过应该可以。"

章东得到了他的答案，立马又低下了头，随手画出草图，列出大概需要的原料，就要去翻出材料开始制作。

这下，他是连傅闻声的存在都忘记了。

傅闻声被忽视了个彻底，倒也不恼，起身去站在阳阳身旁，跟他一起看那些形状与色彩千奇百怪的器物。

可惜一时的灵感没能让章东试验成功，那天直到暮色渐垂，他也没做出想要的效果。

他能够不眠不休，傅闻声和阳阳却还要回家去。章东只得失望地暂停，向傅闻声表示他暂时还拿不出要送给阳阳的那份礼物，只说做好了寄到学校去。

傅闻声见他实在真诚，不好推拒，就也应下来，带着阳阳离去。

时光匆匆流去。

冬日里一个晴朗的上午，傅闻声在窗边最后一次订正他誊抄的信件，预备着做完后拿去交给林先生，上课归来的汤颜却没有像往常一样在自己位置上做自己的事，而是走到他桌旁。

"傅老师，我在楼下看到有人要把这个放保安那里，发现是别人寄给你的，就给你带上来了。"

傅闻声恍然抬头，接过那个小小的盒子，对汤颜道声谢，心里却有些疑惑：是谁会把东西寄到学校来呢？看起来也不像是书本资料一类的东西。

他再三确认了这确实是寄给自己的东西，就拿起惯用的小刀，轻轻划开上面的胶带，盒子打开的一瞬间，傅闻声和汤颜都愣在当场。

小小的盒子里垫着黑色的绒布，中间凹陷下去，那个圆圆的小坑里，一个微型的银河系在绒布的映衬下缓缓流动，随着阳光照射变换着不同的色彩。

如梦似幻。

汤颜先回过神，才发现这是颗小小的玻璃球，不由得惊叹：“这人可真有想法。傅老师，这东西是你买的吗？还是谁做了送给你的？”

“是一位朋友的作品，送给阳阳的。”傅闻声也没想到会得到这样一件瑰丽的作品，把它端正在桌上放好，拿起里面的纸条展开来看了几眼，不由得被章东热情洋溢的话语带得笑起来。

傅学长，我终于成功啦！！太感谢了，我这些日子感觉灵感像油田一样满得溢出来，止都止不住，等我把我想象里的作品都做出来了，再专门请你和阳阳吃饭，感谢你们！

“阳阳？”汤颜下意识追问。

“我的孩子，今年四岁了。”傅闻声收了收笑容，微微坐直身子，预备着汤颜的下一个提问。

“傅老师已经结婚了？什么时候也带妻子来一起聚一聚嘛。”初次知道他已经结婚生子的人，第二个话题必然是这个。

“不太方便。”

他敷衍过去，下一次见面时就不会有人再提起这个话题，不管是不是因为他们知道了些什么，总之不会有人再提。

“那送东西的是谁呀？他开店吗？我能也去买一颗这个玻璃球吗？真漂亮，不管是做成项链、手链，肯定都很好看。”

傅闻声猛然顿住，回道："他是有一家店的，在市里那条手工艺品街，店名叫作'玻璃店'，很容易就能找到。"

汤颜得到了满意的答案，谢了又谢，轻巧地转身回到自己的座位，哼着歌，思索着什么时候去那里转上一转。

傅闻声是在学期结束后又过了一两周，才知道章东和汤颜的事的。

彼时阳阳又一次邀请小鹿到家里玩，万分珍惜地再一次给小鹿看了他的小小宇宙，就想起了送自己礼物的章叔叔，傅闻声只好打电话给他约时间。

章东平日一个人也无聊，知道傅闻声和阳阳要来，高兴还来不及，爽快地应了下来，马上就约好了时间地点。

傅闻声按时带着阳阳赴约，却没想到推开门时，里面坐着的会是两个人——章东与汤颜。

他也算是过来人，对于自己经历过的事情再明白不过，打眼一看就知道这两人估计是已经在一起了。

章东与汤颜也不掩藏，你一言我一语就将他们的故事说了个大概，末了又齐齐感谢傅闻声："若不是傅老师，我们俩估计也认识不了呢，傅老师也算是我们的媒人了。"

傅闻声带着阳阳回家的路上，那两人默契的举止仿佛还在他眼前浮现。他茫然地看向窗外，任由思绪不着边际地发散。

他与燕佳初中时就相识，多少年下来，也有着那样的默契，有时话都不必说，就能理解对方的意思，他和燕佳一道用饭的时候也经常默默地不说话，却从不觉得尴尬与烦躁。

今日饭桌上热闹得很，欢声笑语不断，傅闻声笑着参与，却觉得自己仿佛被分成了两半，一半在热热闹闹地跟人聚餐，一半坐在燕佳的对面，沉默着用饭，有种怪异的割裂感。

阳阳可能有些困了，坐在傅闻声怀里，头慢慢低了下去。

他把阳阳往怀里又抱了抱，凝视了一会儿阳阳昏昏欲睡的面孔，终于轻轻叹了口气，仿佛把那些纷杂的情绪也一并吐了出去。

与章东两人聚过餐后不久就步入了小年，“年味儿”骤然间浓重了起来。傅闻声第一次单独带阳阳过年，难免有些手忙脚乱。好在岳父岳母两位老人大约也担忧女婿带着外孙不能好好地预备，给了许多场外支持和援助，傅闻声也就平稳地准备了起来。

除夕夜，坚持要守岁的阳阳老早就睡了过去，傅闻声则坐在桌前，抽出信纸，开始写他的第三封信。

燕佳：

见字如面。

写到这里，他突然停下来，轻轻画去已经落到纸上的两个字，另起一行。

突然想起你给我写的第一封信上，问我“见字如面”的用法对不对。而我仿佛是忘了回答你？由于第一封信已经寄出，我也忘记了信的内容，那就让我再答你一遍吧：用法是对的。

现下正是农历的除夕，阳阳已经熬不住夜去睡觉了，我告诉他，明天早上会给他压岁钱，让他能够出去和小朋友们一起买东西玩，他很高兴。

此时夜已经深了，窗户外面是深沉的夜色，仿似很远的地方有人在放烟花，有声音隐隐约约传来。我坐在临窗的书桌前，给你写这封信，心里感到久违的宁静。

我第一次在没有你的帮助下独自准备过年，感觉那滋味还算不错。推着购物车，带着阳阳，在超市里闲逛是我觉得十分惬意的时光，除了排队时人太多，也除了我还是不太会挑选蔬菜和水果，每次都要犹豫好久。

燕佳，为此我要说你一句：你在信里说了那么多的东西，为什么没有教我这些呢？或者是你把它们放到了比较靠后面的信件里？我真想看看你会怎么给我描述这些。

顺便说一句，没有你的帮助，那些床单、被罩、抱枕和毯子洗起来真是太难了，家里的洗衣机明显承受不了这样的工作量，于是我干脆把它们送到了干洗店。

感谢干洗店的出现，它拯救了我和我们家里的一些需要洗的大件布制品。

燕佳，这是第一个没有你的春节，我和阳阳吃了一顿相对来说不怎么丰盛的年夜饭，并且看了一会儿以往会觉得很无聊的春节联欢晚会。（今年它依旧很无聊。）

和以往不同，让我有些高兴的是，今年我收到许多学生的祝福消息，这让我感到了作为老师的快乐。这真是一群可爱的孩子，能跟他们一起度过一个轻松愉快的学期真是件幸运的事。

燕佳，新年快乐。

我有时候会有些想你，但也还好，没有你猜测或者认定的那么伤心。

我想大概是由于你带给我的都是温暖的回忆，每次想到你，我只感觉回忆里尽是欢喜，哪怕现实有些黯淡，终究也还是好的。

第三章

徐家、林先生夫妻、钱老板一家、学院里认识的几位前辈、章东汤颜……傅闻声直到细数过年需要拜访或者祝贺新年的人的时候，才发现他的交友圈原来已经初具规模。

这些人一个个拜访过去，新年就在爆竹声中走了大半，只留下空气中还没消散的硝烟味儿提醒着众人，一场持续了半个月的放松与庆祝已经过去，该从假期中走出，继续生活了。

阳阳照旧每天早上被傅闻声送到幼儿园，经常下午放学被接到花店跟小鹿一起玩，然后晚间再跟傅闻声一道回家。

傅闻声也继续开着他的那门课，唯一的不同大概就在于这学期一开始，一百二十个限额就被抢了个干净，不算太大的教室坐得满满当当。

上次的书稿已经誊抄录入完毕，林先生检查过后，又交给了傅闻声新的任务，还有学院里的一些杂事要交给新老师做，他虽然只开一门课，但日子倒也忙碌。

因着章东的关系，汤颜对傅闻声更多了几分类似于“自己人”的亲切感，时常跟傅闻声吐槽几句学校或者说几句章东，办公室的气氛柔和许多。

时间就这么平缓地流过去，如白驹过隙，温暖的春天过去了，挟着凛冽寒风呼啸而来的冬天走了，微醺的夏季到来又离开，转眼又是一年初秋开学季，阳阳要上小学了。

这其中自然也发生了许多事。

傅闻声帮林先生整理的书信稿出版了，他作为整理材料的人，名字在作者栏里占了个小小的不起眼的角落。有大学时的同学见了，试探着给他写信，确认了真的是本人，有些断了许久的联系也慢慢恢复起来。

也许是借着这股小小的东风，也许是教务处看到了傅闻声上课的能力，知道他能够胜任讲课这一工作，对他的限制也减少了些。

林先生知道了消息，指示傅闻声去教务老师那儿走了一趟，只说了几句话，傅闻声就明白了林先生叫他来的意思——这是教务处在暗示他再开一门课。

他接收到这信息时刚过三十岁不久，心里多少有点自嘲。想着人都说“三十而立”，他却是“三十而能再开课”。

自嘲归自嘲，想了想他如今算充裕的时间以及工资卡上每月固定的那笔工资，傅闻声到底还是仔细整理了教学大纲，试探着向学院报备上去，开了一门面向文学院大二大三的选修课。

因着讲的是他从前学过的专业内容，文学院大二及以上的课又都在院楼里上，不需要他“长途跋涉”，反倒比面向全校同学开的带着点演讲性质的公选课要轻松很多。

一学期只能开一门选修课，傅闻声第一学期多了一门选修课要上，下学期骤然空下来反倒不习惯，干脆又申请开了一门选修课。

汤颜有样学样，虽说她是不缺课时工资那点钱，可她自从上次被直系领导说过一次后，在办公室的时间大大延长。坐的时间久了，静极生动，见傅闻声都多开课了，她就也申请多开了两门课，不过天性使然，开的公选，想着跟不同的学生们多接触接触。

她是个颇有些北方女子般直爽大方的人，章东却因着不通人情世故，说话时总有些直愣愣的，两人按理说是会有点摩擦的，可在一起之后感情却日渐升温，甚至傅闻声都能明显感觉到章东比以往更加善于说话。

不是圆滑，而是多少学会了怎么把握说话的时机，并把一句话说完整，大大减少了误会发生的概率，也就显得他比以往要更像一个步入社会几年的人。

想到燕佳那时候因着出师未捷，气鼓鼓的样子，傅闻声不由得有些感慨，想着缘分还真是奇妙，她可能怎么也没想到，那个一根筋不会说话的学弟，也有变化这么大的一天。

这些事不消多说，倒是阳阳到了上小学的年纪，和傅闻声为着去哪个学校小小地争执了一场。

当然，说争执也不准确，基本上是阳阳一摆出自己的理由，傅闻声就无奈点头应了下来。

傅闻声原本想把阳阳送到华大的附小念书，离得近些，也方便照顾他。就算有时候工作太忙，没办法带他先回家，二十分钟就够他把阳阳接到自己的办公室，让他先玩一会儿。

阳阳却坚持要跟小鹿一起上家附近的小学，绷着小脸严正谴责傅闻声："我已经跟小鹿约好了要上一个学校的，爸爸你怎么能让我说话不算话呢？你是大人了，难道不知道食言而肥的道理吗？要是说话不算话，可是会变胖的！"

傅闻声无奈，只得再去拜托钱老板夫妇接送阳阳，好在阳阳从小就跟他们家熟，夫妻二人把阳阳看作自家孩子。傅闻声又向来周到妥帖，给阳阳买什么书籍玩具都不忘给小鹿也带一份，夫妻二人见他投桃报李，也体贴他作为父亲的难处，没什么二话，应承了下来。

傅闻声也就放了心，到了开学的时候，送阳阳去小学报到。

安平小区附近的小学叫金桥小学，是多年前一位叫沈金桥的女士出资修建的，这么些年来也重建翻新过几次，名字倒是保留了下来。

金桥小学不大，两层高的小楼建了三四栋，有个小小的操场，一个年级也就两个班。总归都是一套老师，唯有班主任不同，去哪个班级都是随机分配，家长们也没什么意见。

阳阳跟小鹿运气好，被分到了一个班里，每天上下学都一块儿，除了学校变了，几乎什么都没变化，比起读幼儿园时，甚至每天见面的时间还长了些。

小鹿幼儿园开始就喜欢跟阳阳一块儿，上了小学又能跟阳阳一个班，不知道有多高兴，到教室的第一件事就是拉着阳阳做了同桌，然后笑眯眯地跟周围同学介绍她最好的阳阳哥哥。

二班的班主任赵老师脸圆圆的，是个刚毕业不久的大学生，心性也活泼，最喜欢这个年纪的小孩儿。

她进了班，见小朋友们已经各自找位置坐了，干脆不排座位，就让大家先这样坐，言明每个月会换一次座位，等到下次换座位的时候再宣布换座位的规则。

都是刚摆脱幼儿园上了小学，自认为已经不是小孩子的小孩子，见赵老师笑眯眯的，看起来又有几分稚气，就有人不服管，站起来吵吵嚷嚷，说这里不对那里不对。

赵老师也不恼，三言两语弹压下去，见教室里明显安静许多，就叫大家按座位起来自我介绍。

轮到阳阳和小鹿的时候，她不由得多看了两眼。

是人就喜欢好看的事物，赵老师其实一进教室就注意到了这两个孩子。

男孩儿面容清秀，骨相颇佳，虽然还没长开，但已经有几分清隽气质，说话的时候慢条斯理又条理清晰，倒显得他不像是这个年纪的孩子，要大一岁似的。身边的女孩儿则是圆圆的脸，一双猫一样的眼睛，活泼又灵动，说话也是清脆又响亮，带着点上扬的尾音，听得她心都酥了。

不过作为一名有职业道德的老师，赵老师严格克制了自己的行为，若没有人一直盯着她看，甚至都不可能发现赵老师多看了阳阳跟小鹿几眼。

作为一名不仅有职业道德，还有追求的老师，赵老师坚持在一年级小朋友中实行民主制度，由全班同学推举出了班委会成员，还制定了一个月的试用期，一个月试用期满后才能正式转正。

阳阳和小鹿由于比较亮眼，光荣地分别当选了班长和纪律委员。阳阳连一丝反对的机会都没有就走马上任了，只得想着要怎么“玩忽职守”，好在一个月试用期满的时候光荣落选。

谁知他高估了班长要做的事情的难度，老师交代下来的每件事情，他都觉得如果自己做不好也显得太蠢了些，只好认真完成。于是一个月之后的班会上，经历了一段时间的磨合与习惯，阳阳被班集体承认为一名合格的班长，通过了艰难的试用期，成功转正。

在热烈的掌声里，阳阳走下讲台，觉得自己的表情都僵住了，为什么小学要有班长这种职位？

晚上一起回家时，听小鹿语带艳羡地说起班长，阳阳更郁闷了：“班长有什么好当的？”

“听起来就很威风嘛！”小鹿蹦蹦跳跳，小小的马尾辫随着动作甩来甩去，活像是随着兔子蹦跳时颤动的兔耳朵。

阳阳看着看着就笑起来，浅浅堆叠了一层的烦躁一下子就没了。

今天是钱老板来接的两人，不像赵夏一定要牵着两个孩子才放心，钱老板跟在两个孩子后头，确保两人一直在自己跑几步就能够到的范围内就放了心，想着傅老师家的阳阳还真是稳重，不像自家小鹿，走路都不安生。

到红绿灯路口，两个小孩儿见是红灯，马上停下脚步，小鹿四处张望着，招手叫后面的爸爸快点跟上来。

阳阳则站在那儿出神。

旁边一对母子的话不期然飘进他耳中，寥寥数语，让阳阳情不自禁战栗起来。

“奶奶说小白死了，再也不回来了，妈妈……”

“小白没有死，只是去了很远的地方，等我们家沐沐长大了就知道了，到时候妈妈带你去找小白好不好？”母亲声音温柔又缓慢。

“有、有多远？”小孩儿哭声渐低。

“嗯……很远很远，沐沐现在太小了，去不到。妈妈保证，你长大了就能再见到它，好不好？”

很远，很远的地方？

小鹿拉着阳阳过了马路，又到了花店，见阳阳还是一直失魂落魄的，叫他也没反应，只好嘟着嘴先去写作业了。

阳阳坐在常坐的座位上，乱乱的，不知道自己在想些什么，唯有一个念头特别清晰：他确信自己从没有一刻，那么盼望爸爸过来接自己回家。

文学院，林先生办公室。

“闻声，你再想想，机会难得，能把握住最好。这两年既没见你进过什么课题组，也没见你发过论文，博士那会儿不是搞得不错吗？怎么工作了两年倒把这些丢了。

“我看你搞教学搞得不错，值得表扬，但是也不能把搞研究这块的东西丢掉了。未来几年还是要往这个方向发展发展，现在评职称越来越看重论文数量和质量了，要是一直没什么研究成果，想往上评一级都不好评的。”

林先生语气郑重，说到后面时不由得扶了扶眼镜，身子微微向前倾，认真看着自己的得意门生。

傅闻声入职后不负林先生的期望，从第一学期开课开始就没出过什么乱子，甚至在学生间的风评还相当不错，每年学期末的教学评估上傅闻声总能被上百个学生评为“最受欢迎的教师”——要知道他每个学期能接触到的学生也就一百多个，这已经算是相当不错的成绩了。

这也就罢了，公选课只要轻松有趣，再加上傅闻声的外貌优势，能获得许多投票也不稀奇。但他开的两门面向大二大三的选修课，效果也不错，这就很难得了。

傅闻声开的课林先生也知道，算是补充性质的，并不算培养计划里的主干内容，但能让几位核心课教师用玩笑中带着赞赏的口吻说：

“问泉的学生可是青出于蓝胜于蓝啦，傅老师可比问泉还会教学生呢，几个上过傅老师选修课的学生表现都不错，在傅老师的要求下看了一些书，思维也相对比较清晰。”

寥寥数语，出自几位教龄几十年的教授口中，无疑算是对傅闻声教学生涯的大大肯定。放在两年前，林先生是无论如何都不相信傅闻声能够做到这一步的。

傅闻声内向腼腆，是只喜欢跟特定人说话的“呆瓜学生”，第一学期开公选课的时候已经让他捏了一把汗，怎么就一下俨然成了一个颇有手段的职业教师了呢？

不过对于大学教师，教学是职业生涯里一个重要的组成部分，论文、研究成果同样重要。哪怕是文学院这样的学院，对于发表论文的要求也在逐年上升。

傅闻声做讲师已经两年，马上就到了可以评下一级职称的工作年限，林先生虽然乐见傅闻声将精力放在教学上，好好带学生，但秉持着为人师长该有的负责任心态，还是把傅闻声叫过来，跟他说了几句。

“当然，你是成年人，也是做了父亲的人，有自己的考虑是很正常的事。只是你既然叫我一声先生，我就得尽了做先生的责任。评职称这种事，眼见着必然是越来越难的，你马上工作满三年可以试一试了，我还是建议你好好想个题目写篇文章，也加点筹码。”

傅闻声沉吟片刻，想到副教授比讲师每个月多的基础工资，又想了想自己如今的时间安排，觉得应该是有余力的：“多谢先生肯为我想着，我会好好想想的。若是有了研究的方向，还得请您多指导我。”

“行了，你心里有数就好，我就怕你犯了倔脾气，不肯去做。不过我话说在前头，你可不能因为事情多了就降低教学质量，我跟老刘几个都盯着你哪，要是你带出来的学生不如去年的质量高，我们可要找你的麻烦！”

林先生分明隐含笑意，傅闻声也回之一笑：“那我只管让几位前辈来找您，总归是‘上梁不正下梁歪’，我没本事，当然也就是您这根上梁的错。”

“行啊你，本事大了，也会跟我开玩笑了！没事就先走吧，看见你就烦。”

傅闻声闻言，还真的听话走了——他马上要上课了。

透过开着的半扇门，林先生看到傅闻声轻而快的步伐，他身姿依旧挺拔，却多了几分闲散。林先生微笑起来：多久没见到闻声这样轻松的样子了，他是真的走出来了吧？

三年了，也确实该慢慢放下一些事了。虽然那经历过于沉痛，可毕竟逝者已逝，生者还会有自己的生活。

更何况，时间是治愈一切的良药，最终一切都会被淡忘。闻声也会学会忘记，学会把沉痛压在心底，最终孕育出光华莹润的珍珠，大放异彩，林先生这样坚信着。

给几个下课后留下来的同学解答了疑问，天色已经明显比往常回家的时候暗沉许多，傅闻声匆匆回到办公室收拾东西，发现汤颜竟还没走，少不得随口问了一句：

“今天不跟章东一起吗？”

两人最近在筹备结婚，却卡在了买房这一关上。汤颜有固定的上下班时间，章东却是自己给自己当老板，处处迁就汤颜，每天开着车到校门口接她去一道看房子。

毕竟一个办公室，这一两周天天如此，傅闻声就是再不关注，也多少知道了些他们的规律，见汤颜没走，就有点奇怪。

往日里有问必答，颇有坦荡之风的汤颜却没听到傅闻声问话似的，沉浸在自己的思绪里。她胡乱揉了一把头发，好像总算反应过来傅闻声在问她话，顿时控制不住地又抓了抓头发，随口答他："没什么大事，拌几句嘴，很正常的事。"

傅闻声直觉不是如此——燕佳有时候生闷气又不想说话，随口搪塞他的时候就是这般模样。但他能追问燕佳，帮燕佳解决问题，不代表能帮别人。傅闻声想清楚了这两者之间的差别，点点头："没事就好，我先走了，汤老师再见。"

刚刚下定决心准备咨询一下傅闻声的汤颜心想，怎么这么快就走了？

启程就晚，到花店的时间自然就比平日晚上许多，阳阳看起来也有些无精打采的。

因为我回来晚了吗，还是他在学校遇到了什么事？

路上不方便说话，傅闻声推开门，放好钥匙，转身看着阳阳，问他："阳阳愿意告诉爸爸为什么你今天看起来这么不高兴吗？"

阳阳看着蹲在自己面前的爸爸。他好像从来没什么变化，温柔、强大、无所不能，就连跟自己说话时的表情都永远一样——无论当时聊的是什么话题，哪怕是关于妈妈的。

"妈妈，真的只是去外地了吗？"稚嫩的声音响起，饱含着疑惑。

……阳阳只是单纯地问一下吧？跟他经常问的那些问题是一样的，并不是他知道了什么。

"是啊，等阳阳长大能办签证去国外了，就可以去见妈妈了。"

两人面对面地看着彼此，一点点微小的情绪都瞒不过彼此，傅闻声极力控制表情，让他显得如以往被问到时那样姿态自然。

一大一小对视着，一个心有疑虑，一个心存侥幸。

“爸爸，你又要骗我了。妈妈是、是去世了，她再也不会回来了，对吗？”

阳阳哽咽着吸了吸鼻子：“今天路上那个阿姨也是这么骗小孩的，说什么长大就能再遇到，明明就是再也见不到了。你总说妈妈去了很远的地方，小孩子不能去，那为什么你不过去？妈妈也从来没再跟家里联系过，她都不想我的吗？”

阳阳说完，固执地望着傅闻声，他牙关紧咬，面庞绷紧，眼睛一眨不眨地盯着傅闻声，对真相势在必得。

他已经有了预感，隐隐觉得真相近在眼前，那层薄雾后面是他不会愿意接受的现实，遮天蔽日的阴影隐隐约约显现出来，即将进入他的真实世界。

但他又隐隐期盼着，爸爸真的没有骗他，马上能拿出证据证明妈妈真的没事。

傅闻声看出了阳阳的决心。

很奇怪，他竟然不再觉得紧张，也没有趁现在好好想一想对策，而是有种尘埃落定的踏实感。

燕佳很早就提到了这个问题，是他不愿想，也不愿让阳阳承受那样深沉的痛楚，固执地决定瞒一天是一天。

现下终于瞒不住了啊。

不过也好，他是燕佳的孩子，理应有知道真相的权利。

傅闻声双手搭在他肩上，坦然地回望他，带着释然的表情让阳阳禁不住缩了缩。

他听见爸爸说：“妈妈确实不会再回来了。阳阳，爸爸很抱歉，一直向你隐瞒了这个消息。

“我单方面认为你承受不了死亡的意义，于是以离别代替，让你直到现在才知道真相，我很抱歉。

“妈妈生了很严重的病，那个时候我们都以为妈妈会好起来，你又还小，我们一致认为医院的气氛太过于压抑，不适宜你来，就轮流照顾着你和妈妈。现在想想，若是知道已经无药可医的话，我们至少应该让你去医院陪一陪她。

“可惜情况急转直下，于是我们干脆将错就错，合伙编造了这个一戳就透的谎言。阳阳，爸爸再次跟你说抱歉。”

“不会……再回来了？”

“是的，不会再回来了。”傅闻声看着阳阳迷茫的面孔，觉得自己是世界上最残忍的人，可还是要接着说下去，“阳阳，死亡就是这样。每个人的生命都要从幼小走向成熟，再由成熟走向衰老、死亡，妈妈只是幸运地在最美好的年纪定格了。

“她跳出了时间，永远停留在最美好的年纪，而我们还要被时间推着往前走，一步步衰老，并迎接死亡的到来。

“阳阳，死亡并不可怕，爸爸不希望你害怕这件事。”

傅闻声不知道阳阳能不能明白，或者明白了能不能接受，阳阳已经低下头，乌黑细软的发丝不能透露出任何他的心情。

良久，有水滴溅在地上，“啪嗒”一声，在地板上留下一个圆圆的印迹。

傅闻声心弦一紧。

阳阳胡乱抹掉眼泪抬起头：“爸爸，我不会害怕的。死亡等于妈妈，我去到妈妈身边了，怎么会害怕呢？”

傅闻声把他拥到怀里，轻轻给他擦去眼泪：“虽然如此，爸爸希望你能多陪陪我，等我去见妈妈之后，再来找我们，可以吗？”

“闻声同志！我要认真地跟你提一个建议：如果阳阳问起我，就不要再瞒下去了。我知道你和爸妈要哄骗阳阳还是很容易的，但他不能永远活在你们的爱护中。更何况我相信我们两个的孩子，不需要这样小心翼翼地对待。”

徐燕佳少见地穿了天青色的连衣裙，面容依旧明艳到耀眼，从重重迷雾中走出来，像是阴雨绵绵中氤氲出的精魄，又要随时归到雨里去。

傅闻声半点不敢动作。他无比清晰地认知到这是一个梦，一个随时可能会因为自己的动作消失暂停的梦，可能明天早上醒来，他已经忘记了这个梦，忘记在漫长的时间过后，他又一次见到了鲜活的燕佳。

他屏住呼吸，生怕呼吸声太大惊扰到燕佳。

徐燕佳走得更近了，她的步履依旧轻快，和她行走在校园里、公司里的步伐一样，轻快而有力。裙摆随着她的动作轻轻晃动，每一步都带起一阵细细的烟雾，缕缕青烟缭绕在她身侧，几乎要与她融为一体。

“我们叫他阳阳，希望他如朝日初升，永远生机勃勃，永远快乐，但那快乐应是真实的。我不希望阳阳活在温室里，在温柔呵护中，在一个覆盖着面具的假象里毫无所觉地长大。那对他或许并不好。

“我们给他取的大名是景和，春和景明。景，光也。我还记得你当时说，希望他一生都是好天气。这自然是一种美好的祝愿，可我其实并不希望这样。只是没想到，我先成了他生命里的那场雨。可阳阳或许更想直面这场雨，你觉得呢，闻声？更何况，他还有你呢，闻声同志。

“闻声同志，我希望你能对自己有点信心，你会是世界上最好的爸爸，阳阳应该为这个感到幸运。相比之下，母亲的缺席可能会对阳阳造成一些影响，但是他不称职的母亲离开得太早了，他一生中也就只有那留不下记忆的三年里有母亲的存在。这个时间跨度太短了，留下的印记又太浅了，相信有你作为情感支撑，阳阳早晚会习惯并接受这个事实的。”

燕佳伸出手指画了个简单的笑脸，笑脸停留在雾气中，弯弯的眼睛和嘴角昭示着说话者的心情。

“当然当然，我们阳阳比他可怜的爸爸运气好多了，所以可怜的爸爸要不要听一听他可怜的妈妈的话呢？”

徐燕佳又画了个哭脸，轻灵又迅捷地转了个圈，在烟雾缭绕中失去了踪迹。

“燕佳！”傅闻声骤然惊醒，睁开眼，陷入浓重的黑暗。

还是醒了啊，傅闻声有点失望。

他并不是会常做梦的人，一千多个日夜，这还是他第一次梦到燕佳。

或许是日有所思，夜有所梦吧。白日里看了那封信，晚上就梦到燕佳亲自跟自己说一样的内容。

摸索着打开了台灯的开关，傅闻声坐起来，侧身拉开抽屉，取出最上面的那封信拿在手里。

褐色的封面上几个锋芒毕露的字——“傅闻声收”。

燕佳写这封信的时候病情应该还没有恶化得厉害，这字与她往常写的一模一样。

那么，该说母子连心吗？傅闻声坐在书桌旁，对着窗户裁开可以看的那封信时，还没有预料到燕佳这封信的主题竟然会是这个。

燕佳，这封信的内容到底是你随手写的，还是你算好了时间，猜测着到了这个时候，阳阳会有所察觉了呢？

傅闻声把信重新放好，掀开被子，趿上拖鞋，轻轻走到隔壁房间。

阳阳的房门只半掩着，傅闻声轻轻一推就有了可供他进去的缝隙。

床头柜上一盏小夜灯散发着昏黄的光，温暖的光芒随着他的动作缓慢倾泻出来，照亮门外的方寸之地。

傅闻声再次放缓脚步，无声无息地走到阳阳身边，暖黄的光在阳阳面孔上投下一道阴影。他闭着眼睡得正香，丝毫不知夜半有人造访。

被子里小小一团隆起，阳阳整个人都陷在被子里，只露出一张小脸。傅闻声知道阳阳又在蜷缩着睡觉了。自从那天阳阳终于知道了真相之后，傅闻声晚上起身看阳阳睡觉的情况时，总能发现他团成一团。

傅闻声对心理学研究不多，但记得在某本书上看到过，像婴儿一样蜷缩在一起睡觉，代表这个人没有安全感。

无声叹息一声，傅闻声轻轻地给他掖了掖被子，让阳阳能更好地被温暖包裹。

你会不会梦到妈妈呢，阳阳？

原本摆在外面展示柜里的一张照片不知道何时被阳阳拿进了自己的卧室，照片上徐燕佳背对着镜头，站在向日葵丛中扭身大笑。

与金黄的向日葵相映衬，真不知是哪个更灿烂些，叫人看一眼，笑意就忍不住流泻出来。

傅闻声还记得这张照片是他们大三第二学期的某个周末去附近乡镇时拍的。他和燕佳选了同一门社会学的选修课，需要找乡镇老人做访谈，并根据访谈内容做报告。

他们两个自然而然地进了同一个小组，周末就一道去寻找访谈对象。

被连续拒绝了好多次，傅闻声和徐燕佳都有些气馁。身在×大，又确认了保送研究生，两个人还没有如此迅速又密集地遭受过拒绝。

“我现在是真的佩服社会学系的同学们了，身为‘发问卷’‘做访谈’专业，真不知道他们遇到过多少次这样毫不留情的拒绝。我们两个不过是选了这一门选修课，就觉得难受了，那些同学能坚持下来真是心脏强大。”

傅闻声深表赞同。

下一秒，先一步转过弯的徐燕佳骤然小小惊呼了一声，傅闻声不知道那时候他脑子里转过多少乡野怪谈、奇闻异志，只知道他还没有想出些什么就也迅速转过弯去。

转过去的那瞬间，原本被两边山坡遮挡着的一片连绵盛开的向日葵骤然跃入眼帘，黄铜色的花盘带着火焰的花环，沉甸甸地坠着，在寂静的山谷无声燃烧。

徐燕佳所有的抱怨、疲惫、灰心丧气全都一扫而空，小跑着奔向那一片阳光似的花海，然后回头朝傅闻声大笑：

“傅闻声你看！好多的向日葵！我们接下来肯定会有好运气的！”

傅闻声充耳不闻，只是无意识般举起相机，将这一幕永远定格下来。

向日葵追逐阳光，傅闻声站着的地方原本应是阳光照来的方向，那瞬间，他却觉得徐燕佳就是所有光芒的中心点。

她只要站在那里，就有无形的线牵引着傅闻声，让他无法自抑地把视线投向她。

徐燕佳永远是傅闻声的视线中心点。

傅闻声将照片轻轻放回阳阳的床头柜，调整了一下角度，让阳阳出现在她的视线中央。

确认阳阳睡得安稳，傅闻声把夜灯的亮度调暗，维持在能照亮照片和阳阳面庞的程度，无声地拉上门，回了自己的房间。

第二天是周六，傅家一位老师、一位学生，都不需要去学校里点到，吃早饭的氛围都闲适一些。

阳阳吃完放下餐具，坐到自己的专属座位上拿起一本他最近在读的科普读物，看似读得认真，目光时不时飘过来，悄悄观察着厨房里傅闻声的动静。

水流的哗哗声，叮叮当当的碗筷碰撞声，接着又是水流声，然后是零星的几点响动。

阳阳马上收回目光，专注地看着眼前这一页，仿佛深深为上面的内容着迷。

傅闻声擦干手出来时看到的就是自家宝贝乖乖看书的模样。

可惜……

傅闻声绕到他身后，双手松松地搭在靠背上：“这本书你不是昨天就快看完了吗？为什么又从一半读起了？”

阳阳从傅闻声朝这边走过来时就隐隐绷紧神经，时刻注意着他的动向，骤然听到傅闻声的话倒没有被吓到，只是有点沮丧：“爸爸记性怎么这么好？看一眼就知道了。”

傅闻声随手在客厅小书架上翻了翻，取出一盒没拆封的书签递给阳阳：“所以爸爸告诉你要记得用书签啊，每天看到哪里随手夹一下，今天就有可能骗到爸爸了。”

“哦……”阳阳接过书签，打开盒子随手取出一张，翻找了一下昨天看到的地方，正要把书签放进去，傅闻声又从书架上取下一支笔，拿过阳阳手里的书签，在背面落下一行字：

2006年10月，六岁的阳阳阅读了这本书，并决心从此开始使用书签。

阳阳接过书签，看了傅闻声写在上面的字迹，有些羡慕：“爸爸的字真好看，我什么时候能写出像爸爸一样好看的字呢？”

“你妈妈的字也很好看，锋芒毕露，很像她。”傅闻声笑，“不过你确实该开始练字了，下个月开始，我们一起去报个班学写毛笔字。”

“妈妈也会写吗？”阳阳好奇。

“嗯，妈妈不仅会写，写得还很不错。你外公外婆为了磨她的性子，在你妈妈和你差不多年纪的时候，就开始让她写毛笔字了。虽然最后好像也没有什么效果，不过确实让她练出了一手好字。”

“那……爸爸，你可以带我去看看妈妈现在住的小房子吗？赵老师说，每个人去世之后，都会被埋葬在一个小小的空间里，那里就成了她去世以后居住的地方。我想去看看，可以吗？”

阳阳骤然知道自己已经失去了最亲近的亲人之一，迫不及待地想知道关于徐燕佳的一切。

但傅闻声之前的隐瞒又让他下意识心有疑虑，不由得眼含期待，看着傅闻声，生怕他拒绝：“爸爸，可以吗？”

阳阳微微抬着头，手里的书已经合上了，书页里隐隐约约露出书签的一角，上面原本印着的图案也显出一点细微的轮廓。

傅闻声站在沙发的侧面，一手搭在椅背上，低下头时正好能将阳阳的所有神情收入眼底，那是个不安混杂着期盼的眼神，就像是……就像是多年前的他一样。

傅闻声总觉得自己的记忆是一套房子，遇到徐燕佳之后的那些被安放在最大最明亮的那间，在那之前的，则被关在一个他永远也不会踏足的角落，随着时间流逝渐渐落满尘埃，门前甚至结了蜘蛛网。

他以为自己已经扔掉了那个房间的钥匙，永远不会再看到里面的那些东西。而今阳阳一个眼神就让那些已经埋葬在时间长河里的事情逆流而上，在这个再平凡不过的午后，席卷过他全身。

傅闻声没有上幼儿园，同龄的孩子在幼儿园为了一块糖争来争去的时候，他在家里混着、被傅忠带着长到了六岁，直接被送到了小学。

直到这个时候，他才知道，原来世界上是有这么多跟自己一样的人的。

也是直到跟其他人有接触之后，他才知道，原来一般的家庭不仅会有爸爸，还会有妈妈。爸爸妈妈和他们的孩子，就是世界上最幸福的一个组合。

小小的傅闻声骤然知道这件事，回到那个永远只有自己和爸爸的家时，就不免好奇地问爸爸：“为什么我没有妈妈？妈妈去哪里了？”

傅忠就不耐烦：“死了！”

傅闻声当然是不信的，如果一个和爸爸那样亲密的人去世了，爸爸怎么可能会不伤心？

那时候的傅闻声骤然接触到外面生动活泼的世界，不免被激发了一点儿童的天性。趁着傅忠不在家，傅闻声小心探索家里之前那些他从来没注意过的隐秘角落。

上锁的抽屉、高大的书柜顶甚至是傅忠的床底，那段时间，傅闻声甚至连家里有几个能装东西的容器都知道得清清楚楚。

然而越探索越失望，除了找到了几卷用到一半的胶带，他一无所获。甚至发现家里真的完全没有任何一件能跟温柔亲切沾边、可能属于妈妈的事物。

他按捺不住再次问傅忠。

傅忠依旧恶声恶气："老子供你吃供你穿，你那个妈生下你就跑了，一天都没养过你，你想那个女人干什么！"

傅闻声不知怎么的，就松了一口气，至少妈妈只是暂时离开这个地方了，不是永远离开世界了。只要不是永远离开，那她就还可能会回来。

傅忠脾气不好，又喜欢喝酒，喝醉了就对傅闻声百般看不顺眼，唯一好的一点大约就是傅忠就算喝醉了，心里也时刻记着自己是个"体面人"，从来没有体罚过傅闻声，只是用尽各种词骂骂咧咧，或者罚他抄各种大部头的书籍，抄完了又看也不看直接扔掉。

不知道多少个忍受着傅忠的白眼和辱骂默默写作业抄书的日子里，傅闻声都会在心里想着，妈妈是个怎样的人？她为什么会嫁给爸爸？又为什么离开这里，再也不回来？

最开始被罚抄时傅闻声还在上二年级，坐在书桌前抄着那本仿佛永远抄不完的、有许多字不识得的《红楼梦》，傅闻声会盼着那个只是离开了这里的母亲回来，温柔地抱住自己，说以后不会再这样了。

后来傅闻声习惯了从抄写那些精心雕琢的文字和情节里获得平静，只想着若是能远远看她一眼也就是了，妈妈还是不要回来好了，傅忠现在这个样子，妈妈会觉得辛苦的。

再到后来，傅闻声学会了反抗，也试图知道她大约去了哪个城市，以后有机会可以去那个城市看看她居住的地方。

但时间久了，也就慢慢不再盼望了。

他不需要了。

阳阳的眼神仿佛与过去那个小小的傅闻声产生了某种共振，那种强烈的、想要知道任何一点点与妈妈相关的事物、想要更靠近她哪怕一点点的心情，让傅闻声瞬间明了了阳阳此刻的期盼："好，我带你去看看妈妈现在'住'的地方。"

钱老板觉得这个决定实在是有些莽撞，傅老师以前不都生怕阳阳受到一星半点的冲击？怎么今天就转了性子，好好的假期不带着孩子去公园转转，要带着去公墓？阳阳这么小一个孩子，周围所有人帮着瞒了三年了，怎么傅闻声突然之间要叛变了呢？

钱老板实在有些不爽，有种自己拼死拼活掩护队友，队友却直接把地盘拱手相让的郁闷。

就算天气再好，公墓那地方也不是小孩子该去的。

钱老板想到自己多年前送走母亲时去的那一次，二三十岁的大男人，硬是搞得看都不敢多看。直到现在他也还是只逢忌日和清明的时候去看看、扫扫墓，旁的时候宁愿在家里对着老母亲的照片说上几句话。

再看一边一脸认真挑着玫瑰花的阳阳，钱老板真是后悔任由小鹿赖床没把她带来，说不定小孩子间说几句话，阳阳的想法就变了呢。

傅闻声就算先前不知道钱老板的脸色为什么那么奇怪，这会儿也猜到了，不由得苦笑："是阳阳自己觉得不对劲了，问到我面前，我想了想，就没有再隐瞒，总归他是要知道的。"

钱老板这才有些释怀，叹了口气，过去帮阳阳把他精心挑出来的那十几枝玫瑰包扎好："去一趟也好，燕佳多喜欢玫瑰的人，以前你们家的玫瑰就没断过，去一趟就当是给她送玫瑰吧。阳阳带过去的玫瑰，不知道燕佳看到要有多高兴。”

哪怕早在赵老师的提醒下，知道这个所谓“所有人去世之后都会住着的地方”气氛不同寻常，阳阳牵着傅闻声的手走进来时，还是不由自主地心脏发紧。好像世界被按下了消音键，所有的声音都被消去，隔了一层似的朦朦胧胧听不清楚。

其实这里的环境并不差，甚至称得上山明水秀，绿草如茵，有清脆的鸟鸣声时不时响起，但无论如何也掩盖不了，这是不知多少人的伤心地的事实。

生与死的沉重仿佛在这片土地上无限堆积，数不清的痛哭和泪水洒遍每一个角落，每个人一生的经历都被镌刻在那方小小的石碑上，有人无疾而终，有人不治身亡，有人夭折，有人自尽，有人终于得以解脱……时间在这里仿佛失去了意义，反正无论如何，属于每个人的也就只有那一方小小的石碑，一个尺半的盒。

来往的人都穿着或黑或白的衣服，面容或悲戚或严肃，阳阳头一次进入这样的场合，不由自主地紧紧握住傅闻声的手，试图从父亲温暖的手掌中汲取一些勇气。

傅闻声紧紧回握，蹲下身看着阳阳：“阳阳不要怕，好吗？我们要给妈妈带去她最喜欢的玫瑰花，你亲手给她挑选的最好看的花，不是要给她看一看吗？”

阳阳点头。于是两人便牵着手，跨过一级又一级的台阶，转过几个弯，在一处小巧精致的墓碑前停下了脚步。

阳阳不由自主地跟傅闻声一起蹲下去，目光随着他的手指而转移。他看到石碑的最上方镶嵌着一张小小的照片，原本应是彩色的，时间久了，有稍许褪色，徐燕佳看着父子二人，笑得温柔。

“这是你妈妈当时指定的照片，说是这张最好看……”

“你一定答应我，把这张照片镶嵌在上面，好让不知道的人从这里路过的时候，若是看见了，就在心里叹一句‘徐燕佳真是位难得的美人儿，可惜红颜多薄命’，我也就跟那些历史上有名的美人儿有一样的待遇了，想想就觉得仿佛要我被埋在那里这件事都没什么可恶的了。”已经没什么力气下床的徐燕佳靠在床上，在一大堆以往的照片里挑挑拣拣，最终指着这张照片这么说。

“我觉得这张没有我床头柜上那张好看。”阳阳嘟嘴，“那张比较像妈妈，这张……笑得太乖了，不像妈妈，像另一个人。”

傅闻声一顿：“我也是这么说的，可她觉得‘一辈子也没有温柔过，要是能被毫不相干的人误认为是个脾气好的美人，岂不是好玩得很’，后来就还是用了这张。”

阳阳似懂非懂地点了点头，傅闻声不知道他有没有觉得妈妈有时候真是个奇怪的人，手指缓慢下移。

“这里葬着一个人，活过，爱过，给世间留下了一件宝物，然后又走了。”

阳阳不由自主地念出声，随后问他：“这句话也是妈妈选的吗？她想告诉经过的人，她爱爸爸，也爱阳阳，是吗？”

傅闻声点头：“是，阳阳是爸爸妈妈的宝物。”

不知不觉间，阳阳几乎已经坐了下来，将那束玫瑰放在地上，仔仔细细地研究着这一览无余的一方石碑，像要找出任何一点不同寻常的东西。

碎金一样的阳光从华盖一般的树荫里洒落下来，在阳阳身上烙下几个明亮的光斑，他依旧带着些婴儿肥的稚气面庞与那幅褪色的照片映衬着，傅闻声突然有些喘不过气。

“爸爸去旁边站一站，你在这里和妈妈说几句话，可以吗？”

傅闻声有点迫不及待地站起来，走向不远处的另一棵树下，远远地望着阳阳。他身材颀长，在地上投出一个长长的、孤零零的影子，像一棵倔强生长的竹。

“傅老师？”汤颜余光看见他，下意识轻呼出声。待想到傅闻声为什么会来这里之后，不由得暗悔莽撞，都怪章东传染给她的坏习惯。

然而傅闻声已经抬头看了过来，汤颜悔之不及，只能硬着头皮走过来：“没想到会在这儿遇到，真巧啊。”

这天的天气其实相当好，阳光灿烂，几层薄云散在天上，显得天空高而远，蓝得甚至有些发紫，几乎是模版式的秋高气爽。

然而天气再好也挡不住汤颜现在的尴尬。

她和傅老师关系说近不近，说远不远，但哪怕是最好的朋友，只怕也不想在一个这样的秋日里，在公墓这样的地方偶遇，然后互相打招呼吧？

“我来扫墓，你呢？”

“真巧，我也来扫墓。”

汤颜只要想想就觉得窒息了。

可她已经一时口快打了招呼，再尴尬也得过去，只得极力表现出一副云淡风轻的模样，好像在这里偶遇实在是再正常不过的事情。

汤颜的表情实在过于镇定，傅闻声完全看不出她内心有那么多乱七八糟的念头，还被带得也觉得在这里遇见估计是件很自然的事……

生离死别，的确再正常不过了。

傅闻声往旁边让了让，点点头：“汤老师好，确实有些巧，我也没想到会在这里遇到你。”

汤颜装镇定：“嗯……我来看一位曾经对我帮助很大的老师，跟她说几句话，傅老师呢？来这里看徐学姐？”

傅闻声指指不远处的阳阳：“带景和来看看他妈妈，现在他正在跟燕佳说话呢，我就过来这边站一站。”

汤颜顺着望过去，就看见了不远处这两年来长高不少的阳阳，正蹲坐在一方墓碑前面，低着头小声说着些什么。

这场面说稀奇也不稀奇，汤颜常常来墓园给老师扫墓，也见过不少这样的场景，甚至抱着墓碑号啕大哭的也见过几次。她见得多了，多少有些见怪不怪。

真正引起她注意的是与徐燕佳的墓碑相隔不远处，还有一方小巧的石碑，一模一样的大小与款式。

上次经过这里的时候，惊鸿一瞥之下只觉得照片上的女子笑得实在太过让人惊艳，不由得停下来看了一会儿。

也是那时候她知道了傅闻声和徐燕佳的名字，知道了徐燕佳是傅闻声早逝的妻子。要不是那一眼印象实在深刻，知道自己的同事是傅闻声的时候，汤颜也不至于失态到小声尖叫出来。

而今日离远了再看，汤颜却一眼就看到了那两方近得不正常的石碑。

那两方石碑之间的距离按南山的标准来说，实在是有些近了，近到可以拿更南方有些市区的“握手楼”来做对比，实在有些不同寻常。

“傅老师，那里葬着的是……”汤颜跟傅闻声共事了两三年，又跟章东在一起了两三年，不管有意无意，还是知道了些关于傅闻声的消息，不由得有些奇怪。

她知道徐燕佳学姐的父母都还身体健康，现下在隔壁的剪霞市养老，无论如何都不可能是他们的。傅老师的父母则不管怎么说都不可能跟徐燕佳葬得这么近。

“那里现在还没有人使用。”傅闻声看出她是真的疑惑，解释道。

汤颜瞬间恍然，想必那是傅老师给他自己预备的，暗骂一句自己今天真是傻透了，没有一句话是对的。怎么章东现在好多了，就轮到自己变傻了，难道他们两个人的情商守恒吗？一个加了另一个就得减。

胡乱应了两声，汤颜再不敢说话了。

气氛一时有些凝滞，傅闻声却没什么感觉，他的认知里汤颜的问话是很正常的问题，也就无从知晓汤颜不说话是因为她在心里责怪自己，只当是她不想说话了。

另一边，阳阳最后一次珍惜地摸了摸徐燕佳的照片：“妈妈，我先走啦，以后有机会再过来。”

说完，阳阳慢慢站起来，揉了揉酸麻的腿，抬起头四处张望。他几乎一瞬间就看到了不远处的傅闻声，也因此把与他站在一处的汤颜框入眼中。

在阳阳的认知里，汤颜阿姨是跟小鹿妈妈赵阿姨一样，对自己没有丝毫恶意的人，还一直对自己非常友善。

更重要的是，这是马上要跟送自己礼物的章东叔叔结婚的人，是会跟章东叔叔结成爸爸妈妈一样亲密的关系的人。

因而骤然看到，阳阳不免有点小小的惊喜，举起手臂晃了几下，成功吸引了两人的注意。

终于从尴尬的氛围里逃脱出来，汤颜松了一口气，几乎有些感激地快步走到阳阳身边。

阳阳一脸自豪：“汤阿姨，你看，这是我妈妈，是不是很漂亮？妈妈说我是她的宝贝呢！”

汤颜又是心酸又是惊讶，没想到阳阳是这样的反应，禁不住俯下身狠狠地搂了一把阳阳又放开，看着他一脸搞不清楚状况的样子，笑着揉揉他的头发：“阳阳妈妈真的很漂亮，阳阳长得像妈妈，以后也会很帅气的。”

阳阳老大不高兴：“汤阿姨以后别揉我的头了，会长不高的。”

汤颜又笑，这次改成捏了捏他的脸颊，惹得阳阳嘟起嘴。

汤颜正想再说些什么，包里突然一阵音乐声传来，是章东打了电话过来。

汤颜连忙去一边接了电话，说了几句话，回来问傅闻声：“章东过来接我，正好今天我们遇见了，他好久没见你们两个，也想见见你们说说话，我们一道去城东吃素斋吧。”

仿佛为了证明汤颜这话不假似的，从几人上了车开始，章东的话就没停下来过，显得十分兴奋，傅闻声适时接上一两句，倒也聊得顺畅。

汤颜回头，看见后面座位上的阳阳捧着脸颊看着窗外，白嫩的小脸被挤出一道印子，心里一动，小声逗他玩儿：“阳阳想要个弟弟还是个妹妹？汤阿姨跟章叔叔马上结婚了，到时候可能会给你生个小弟弟或者小妹妹呢。”

阳阳沉思半晌，十分坚定：“要个小弟弟。”

汤颜有些惊讶，不由得问他：“阳阳不想要个香香软软的小妹妹吗？弟弟有什么好玩儿的。”

“我已经有小鹿妹妹了呀，妹妹只要一个就够了。汤阿姨和章叔叔生一个小弟弟，那他就是阳阳唯一的弟弟，唯一的弟弟和唯一的妹妹，两个都是唯一，阳阳待他们就都是独一无二的，不好吗？”阳阳认真回答。

汤颜禁不住笑：“我可记住阳阳的话了，以后要是真的有小弟弟了，就让他来跟着你这个哥哥玩，你不许拒绝。”

“君子一言，快马一鞭，我说过的话都记得的！”

汤颜费力转身，伸出手掌：“那你要跟我击掌为誓。”

两人认真击掌，一大一小两个手掌相触，谁也没注意到傅闻声和章东早已经停下说话，含笑看着这边，章东更是神色激动，看着汤颜，眸中异彩连连。

等到了地方，傅闻声和阳阳先下了车走在前方，章东锁了车，小跑几步跟上汤颜，悄声问她：“不是说不要孩子吗？”

汤颜白他一眼：“又想要了不行吗？我想了想，我们俩说不定运气好，能生一个阳阳那样的小孩儿呢。”

此时的汤颜不会想到，十几年后她看着自己隔代遗传，既不像爸也不像妈，高大壮硕到和外公如出一辙的儿子，无数次想回到现在，认真劝自己千万要再慎重一点决定。

别人家的孩子好，不代表你有了孩子就也是这样啊！

可惜，眼下的汤颜对以后的事丝毫没有预料，还沉浸在未来可能会有一个阳阳这样的小孩儿的喜悦中。

带着这样的喜悦与期盼，来年三月春暖花开的时候，汤颜和章东低调举行了婚礼，在市郊一处小教堂，只请了双方父母和好朋友。

傅闻声和阳阳早早到了现场，坐在走道附近的长椅上，等待着婚礼的开始。

弧形的穹顶高高挑起，一缕缕阳光透过五光十色的花窗肆意射入这个以白纱装饰的场合。晶莹剔透的玻璃上，圣母温柔俯瞰着众生，阳光让玻璃变得耀眼，也让她骤然充满神性的光辉。

圣母无悲无喜的视线中，穿着长长纱裙的汤颜在父亲的带领下走向最前方等待她的章东，裙摆拖在地毯上，沙沙作响。

章父充当证婚人的角色，看着眼前已经牵上手的一对新人，再怎么想强装严肃也掩盖不了话中的喜气："章东，你愿不愿意娶你眼前的人为妻子，无论健康、疾病、贫穷、富有都对她不离不弃，永远尊重她，爱护她，对她忠贞不渝直至生命尽头？"

"我愿意。"

"汤颜，你愿不愿嫁给你眼前的人，无论健康、疾病、贫穷、富有都对他不离不弃，永远尊重他，爱护他，对他忠贞不渝直到生命尽头？"

汤颜与章东对视几秒，在章东紧张到不敢眨眼的时候，忽然一笑："我不愿意。"

"汤颜！"汤爸爸瞪她。

"如果你生病了，不像现在一样年轻英俊了，我一定会抛弃你的。

所以你一定要保护好自己的身体，不要再像现在一样，忙起来什么都不管不顾了。”

章东松了口气：“不是真要甩了我就好。”

话音未落，已经被汤颜吻住，两人沐浴在从高高的穹顶中洒下来的光线里，眉梢眼角都是甜蜜。

卸下担子的章父马上带头鼓起掌来，朝着章母笑得得意，声音却刻意压低，淹没在掌声里：“我没本事，我儿子可真给我争气，娶了个当大学老师的媳妇，以后咱们家孙子孙女要是像他们妈妈就最好不过了。”

不只是章父在说悄悄话，阳阳也在这热烈的声音里，凑到傅闻声耳边，问他：“爸爸，你和妈妈结婚的时候也是这样吗？有没有照片给我看一看呀？”

“嗯……”傅闻声在阳阳期盼到炽热的眼神里摇了摇头，“没有哦。”

“怎么会没有呢？”阳阳失望极了，“明明我们出去玩的时候爸爸妈妈都要拍好多照片的，我才这么小，已经有那么厚一摞相册了，你和妈妈婚礼这么重要的场合，怎么会没有照片呢？”

掌声渐渐开始稀稀落落起来，台上章东和汤颜也分开彼此，开始交换戒指。

不知道两人准备的戒指有多么耀眼，前排的几位发出小小的惊呼声，随后就是热烈的起哄与你问我答。

傅闻声刻意选了稍稍靠后些的位置，前排的声音只听得隐隐约约，无非是问两人爱对方爱得多深之类的婚礼必备问题。

那么想当然，他在后面说话，前面也就一定听不见了。

于是傅闻声将声音压低，看着耷拉着肩膀，显然很失落的阳阳，缓缓道：“刚刚没说清楚，是没有像你章东叔叔和汤颜阿姨这样的照片，我和你妈妈结婚那天的照片倒还是有一些的。”

声音虽小，阳阳的反应却不小，几乎是立刻转过了头，看着傅闻声，眼睛亮亮的：“真的吗？”

随后又有点狐疑：“爸爸妈妈结婚时不是这样的吗？我看电视上都是这样的，叔叔阿姨也是这样，为什么你们不是？”

“因为我和你妈妈结婚时候还很穷呀。”

“很穷？”

“对啊，很穷。”傅闻声笑着往椅背上轻轻靠了靠，是个放松的姿态，他语调也是轻松而愉快的。显然，虽然是在说着自己的穷苦日子，这段回忆却并不让他感到痛苦或难堪。

“爸爸妈妈结婚是20世纪的最后一年，那个时候我们都还在念研究生，经过慎重的考虑，我们决定组建一个家庭。

“唔……这个决定其实也并不是在那么慎重的情况下做出来的，只是时机到了吧，只能这么说。我们两个突然觉得该结婚了，考虑了一下，似乎没有不结婚的理由，于是就去民政局登记成了夫妻。”

那时候也是春天，徐燕佳跟几个要好的同学一起创业，每天都在租借下来的办公室里对着键盘敲敲打打，忙到昏天暗地。

傅闻声倒是因为跟林先生早就有了默契，研究生生涯并没有比本科时忙上多少，两人之间的情况仿佛骤然颠倒了过来。

于是傅闻声每天晚上都到徐燕佳他们租用的办公室接她回宿舍。

徐燕佳他们为了节省资金，办公室其实就在学校的大学生创业空间，虽然离宿舍区非常远，总归还是在学校的院墙里面，不过是相对偏僻的区域。

徐燕佳说了许多次不需要傅闻声来接，可每次一到深夜，宿舍楼门禁前半个小时，傅闻声总是准时出现在办公室的楼下。

时间久了，每次一到那个点，就有人拉开窗帘，扒着往下面看，见路灯下熟悉的身影出现，就回身冲徐燕佳笑着起哄：“燕子快去吧，鸟妈妈等你归巢呢！”

随后徐燕佳就被朋友们赶出办公室。

徐燕佳笑得无奈又甜蜜，还好因为作息健康，她每天早到晚走，工作时间也并没有比其他仿佛过着西半球时间的朋友少，让她少了些许负罪感。

某天又是一个被“赶走”的夜晚，徐燕佳收拾好东西，匆匆忙忙从办公楼里出来，第一眼就看到对面站着的傅闻声。

初春的夜晚还带着些许凉气，微凉的风与微凉的月光一道洒在他身上，他就在这微凉的夜色里抬眸向她看过来，而后眼中骤然漾满了笑意。

徐燕佳一直知道傅闻声生得好看，那瞬间却无法抑制地再次被他惊艳。

——“有匪君子，如切如磋，如琢如磨。”

徐燕佳事后回想，总觉得她当时一定是昏了头了，美色当前，所有理智都灰飞烟灭，她小跑几步到傅闻声面前，朝着他劈头盖脸就是一句：“我们明天去结婚吧，好不好？”

傅闻声立时僵在原地，一动都不会动了，像生了锈的机器人，思维清晰无比，关节却僵在一处动弹不得。许久，他才眨了眨有些干涩的眼睛，垂眸看已经到了身前的徐燕佳：“你、你想清楚了吗？”

决心跟我结婚之后，就再也不能从我身边离开了。

徐燕佳一时冲动完，看着傅闻声的模样，反倒越想越觉得现在这个时机真是再好不过。

她牵上傅闻声的手，拉着他慢慢往宿舍区走：“当然想清楚了。闻声同志，你想想我们认识多久了，在一起多久了。说得肉麻一点，我们两个现在能想起来的小时候的事情，恐怕都跟对方有关，早就分不开了。嗯……突然觉得既然这样，结不结婚对我们来说其实也没什么区别，不结好像也没什么关系。”

傅闻声霎时一僵。

徐燕佳偷笑，挠挠他掌心：“不过，鉴于我比较期待一手毕业证，一手结婚证，让所有人大吃一惊，所以我们明天去领证吧！”

说完，满心期盼傅闻声快些脸红，眼角余光一直悄悄盯着他的脸色。

清朗的月光下，傅闻声先是眼角眉梢都带上笑意，随后想起了什么，又失落起来。

徐燕佳：“……”

她晃晃傅闻声以示不解，就听见他闷闷的声音：“这个时机哪里好了，明天周六，民政局不上班啊。”

“啊？那后来呢？”阳阳听得着急，不等傅闻声接着说就马上发问，生怕爸爸妈妈因为周末没有结婚似的。

傅闻声笑笑，用眼神安抚阳阳：“民政局没上班，我跟你妈妈第二天当然没能去领证，不过结婚是件大事，也不是只领个证就能算完的，你看你章东叔叔和汤颜阿姨准备了多久。”

徐燕佳没想到傅闻声想了半晌，竟想的是这些，不由得笑出声，清透欢畅的声音给银白的月色也染上了些许愉悦。

“我还以为你要多考虑考虑别的呢，比如戒指，比如婚礼，比如怎么跟爸妈说，比如要不要告诉学校的同学和老师们。你不管做什么都要考虑这个考虑那个，怎么这次却突然转了性子？”

她说完，满意地看到傅闻声的面颊终于在自己的注视里染上了些绯色。

傅闻声察觉到徐燕佳灼热的视线，微微偏了偏头，却让红透的耳垂也暴露在徐燕佳的视线下，声音里含着几许狼狈：“万一你过两天又改了主意怎么办，我已经等了好久了。”

“我过年的时候，已经在安平小区看好了一处房子，跟我们之前设想中的相差不大。但是因为手里钱不多，不是付的全款，可能要还一段时间的贷款。爸妈其实也打电话催过我们几次了，但因为你之前说过的一些话，每次都是打到我这里。他们知道我们两个研究生即将毕业了，隐晦提过几次研究生也可以结婚，学校并不限制。”

徐燕佳越发惊讶，傅闻声却隐约在说话中恢复了镇定，终于不再躲闪，看向徐燕佳：“你如果想的话，我们马上就可以结婚。我明天就去给爸妈打电话说我们的决定，他们应该会很赞成的。”

他声音又骤然低下去：“嗯……不过因为我现在一穷二白，你也因为创业投入了许多资金，我们可能不能举办一个盛大的婚礼了。”

傅闻声眼含歉意，徐燕佳却觉得四肢百骸都被注入了一股温柔的力量，让她第无数次感谢，何其有幸能遇到这个人。

“婚礼不重要，只要有我们两个出场不就完全够了吗？”徐燕佳嘴角扬起弧度。

“嗯。”

“戒指也不重要，反正我们两个都不喜欢这种东西，也不需要用它来提示彼此忠贞。”燕佳嘴角的弧度越来越大。

“嗯。”

“反正我们有那么多的时间要一起度过，所以这些都不重……”

傅闻声骤然出声：“拍照留念还是要的。”

他眼神有些飘忽，声音坚定而不容置喙：“我想看你穿婚纱的样子。等我们以后有了孩子，孩子长大了，而我们都老得什么都记不清楚了的时候，如果没有这一天的纪念，该有多遗憾啊。”

两人周六跑遍了婚纱店，买到了彼此都满意的婚纱，周日直奔郊野的小教堂，在那里举行了婚礼。

来礼拜的基督教徒们刚刚结束，三三两两地散去，退出教堂。收拾东西的神父面对着突然出现、身着婚服的年轻人，没有露出异样的神色，聆听了两人的请求后，带着惯常的慈和笑容欣然应允。

于是傅闻声着正装站在台前，看着手捧玫瑰花束的徐燕佳从不远处一步一步走来，教堂里通透又轻盈的光线环绕在她身边，仿佛是她在散发着莹莹的光。

还未散去的人们自动让出一条道路，站在两侧欣赏这一对颇为赏心悦目的新人，默契地没有发出一点声音。

神父站在台上带着一贯平和的目光看着两人，唇边笑意深深，衷心为这一对新人祝福。

“无论生老病死，无论贫穷富贵，我都会爱你，对你忠贞不渝，直到生命尽头。”

两人声音交缠，肢体相拥，含着笑意深深对视，眸子里流淌出醉人的光芒，是踏入爱河的恋人的模样。

有光从一侧的玻璃窗中透过来，照亮空气中的细小灰尘，被拜托拍照的年轻人就蹲在过道中央连按快门，将这一幕永远定格下来。

“照片现在在家里，等回家之后我拿给你看。”

阳阳乖乖点头，心里十分满足。

他近来越发喜欢听爸爸讲他和妈妈过去的事情，好像能从爸爸的话里看到年轻时的妈妈。在爸爸的叙述里，妈妈总是鲜活而有趣的，爸爸也展现出与在他面前时完全不一样的一面，每次听这些过去的事情，阳阳总觉得自己好像跟爸爸妈妈更近了一点。

你看，妈妈，以后不仅仅有爸爸记得你们之间的事情了，我也会记得的。

阳阳又在心里回放了一遍方才傅闻声给他讲过的故事，突然意识到一个问题：“爸爸，你刚刚说当时买房子的时候因为钱不够所以贷款了，那现在还完了吗？”

阳阳满怀忧虑：“我们小赵老师说，老师的工资都不是很高，爸爸在大学里当老师，工资应该也不高的吧？如果还欠好多的话，房子的主人会不会把我们赶出去？”

“要是真的要赶我们走的话，我们该住哪里去呢？”说着，阳阳已经真的开始思索了起来，在心里一个个提出选项又排除。

他自顾自说了半晌，没注意傅闻声虚虚握拳抵在唇边，极力掩饰着笑意，却还是有极轻的笑声从唇边溢出来。

良久，等阳阳把脑海里能想到的地方想了个遍，傅闻声也终于止住了笑，严肃地看向阳阳：“傅景和小朋友，爸爸要郑重地跟你说一件事情。我和你妈妈结婚是七年前了，那时候爸爸妈妈一个在念书一个在创业，所以手里没什么钱。七年过去，虽然爸爸从学生变成了个‘没多少工资’的老师，可还是比那时候要好上许多的，你只要安安心心、快快乐乐地长大就好了，我们不会被半夜从房子里赶出去的。”

阳阳歪头看他，没有答这话，反倒另起了个话题：“等我到你们的年纪的时候，也要买一座房子，要买比我们现在的家大的房子。到时候我们搬过去，现在的家就当作我们的秘密基地，好不好？”

“秘密基地？”

“对呀！”阳阳理所当然应道，“就像是故事书里说的那样，每个小朋友都会有自己的秘密基地，把所有想要收藏的东西放进去。家里的一切都是我想收藏的东西，所以我们到时候换个房子，把这里当我们的秘密基地，想起来的时候，就回家看一看，这样多酷。”

傅闻声又忍不住笑：“好啊，那爸爸就等着阳阳买的大房子了。到时候我们就什么都不带，把现在家里的东西全留下，然后搬到新家，好吗？”

阳阳使劲儿点头，赞许地看着傅闻声，表情里分明写着“孺子可教也”。

傅闻声被看得又想笑，不由得逗他：“那爸爸就从现在开始，祈祷华阳市的房价不会再涨，这样，等我们阳阳长大了，肯定能够买得起大房子的。”

阳阳就是再单纯不通人情世故也能听出傅闻声话里的戏谑，何况他本来就对旁人的情绪十分敏感，顿时有些气闷，暗下决心一定要把这件事实现，到时候就翻出现在的事情嘲笑爸爸！

这边阳阳打定主意回去之后立马就把这件事情记到自己的日记本上，那边章东和汤颜也终于结束了跟亲朋的互动。汤颜背对着众人随手扔了一下手里的捧花，那捧花却以一种神奇的弧线落到了在一边笑着看热闹的汤父手里，引来一阵哄堂大笑。

热烈的氛围里这场仪式算是圆满结束，汤颜去换衣服，宾客们就三三两两散出教堂——章东他们在外面的草坪上准备了点心烧烤、饮料茶水，还有各式各样的游戏道具，预备着让所有来参加婚礼的人就把今天当作春游，痛快玩上一天。

阳阳因为心里对爸爸有了小小情绪，看傅闻声就觉得没有刚刚那么可爱了，见现在散场了，章东叔叔身边只有一两个人，汤颜阿姨反倒不见踪影，费力地逆着人流挤到章东身边，拉拉他的袖子：“章叔叔，汤阿姨去哪里了？她今天穿的裙子好好看，我还想再看看呢。”

许是因为办喜事，章东显得比平日活泼很多，闻言大笑着弹了阳阳一个脑瓜崩儿：“我的老婆可不给你看，等你长大谈恋爱要结婚了，陪你媳妇去买婚纱，想看什么就让她换什么给你看，那就是我管不着的事了。”

阳阳骤然被敲，吓了一跳，捂住额头看着章东：“章叔叔今天怎么跟平常一点也不一样？”平常是绝对不会说这些话的。

“等你长大了，有这一天的时候，你就知道了。”章东继续笑。

原本在跟章东叮嘱着些什么的章显被打断了也不恼，只笑眯眯看着，见过来的是个活泼俊秀的小孩儿，心里就更喜欢了，见章东不好好说话，忙呵斥他：“行了行了，当着小孩儿的面，你真是越来越不像样了。结了婚就是大人了，什么该说什么不能说，还不清楚吗？我看你还不如这小孩儿。”

他又看阳阳：“小孩儿，你叫他章叔叔，可我还没见过你，你是你汤阿姨那边请过来的人吗？”

章显积威甚重，章东被说了一句，果然不敢再逗阳阳，见他爸完全被阳阳吸引了注意力，转身就走，直奔后面更衣室去找汤颜了。

阳阳见章叔叔就这么走了，有点傻眼，但这个爷爷问的话他还没答，跟着章叔叔走好像有点不礼貌。他皱眉想了想，迟疑道：“我也不知道我们家算哪边请过来的。”

章显见这么点大的小孩儿一副深沉思考的样子，心里笑得不行，面上却还是一副沉稳庄重的样子，环视了一圈，拉着阳阳坐到最近的长椅上，笑眯眯地说：“不着急不着急，你慢慢说。”

“嗯……”阳阳被按着坐下来，干脆也就不想着走了，专心跟这个爷爷梳理关系，“我妈妈是章叔叔的学姐，跟他关系很好，爸爸也因为这个认识了章叔叔，章叔叔还送我一件特别好看的礼物。汤阿姨呢，是爸爸的同事，他们在一个办公室。我有时候去爸爸办公室玩儿，汤阿姨就给我准备吃的。

“后来汤阿姨和章叔叔在一起了，我们四个人还常常一起吃饭，章叔叔和汤阿姨跟我和爸爸关系都很好，所以我也分不清我和爸爸是谁请过来的。不过章叔叔和汤阿姨都结婚了，还要分这边那边吗？”

章显一时语塞，干笑两声：“那我不是看你跟我们家小章那么熟悉，又觉得你面生，有点奇怪嘛。对了小朋友，你说你跟爸爸一起来的，你爸爸在哪里啊？”

“为什么突然要见我爸爸呀？”

“我们都是当了爹的人嘛，比较有共同语言，你带我去见见呗，让我问问他是怎么把你养得这么好的。”章显继续笑。

他原本是有些严肃的长相，不笑时看起来不怒自威，有种智珠在握、胸有成竹的稳重，笑起来却也没让他自动变柔和，而是显得多少有些不协调。

阳阳皱皱鼻子，心想章叔叔跟这位章爷爷可真是一点也不像，至少章叔叔笑起来没有这么……奇怪。

像是故意装好人的大灰狼。

嗯……不过章叔叔的爸爸，肯定是好人，章爷爷明明是好人，却长得这么凶，实在是太惨了。

这么想着，阳阳站起来往后面刚刚他跟爸爸坐的位置看过去，只见那里空空荡荡，不由得疑惑："咦？爸爸什么时候出去了？"

章显顺着阳阳的视线看过去，却是眼前一亮："原来刚刚坐在那里的就是你和你爸爸呀？那更要见见了，走走走，带爷爷去外面找找他。"说着已经拉着阳阳往门外走去。

教堂外的草坪上，各处都散落着三五成群的年轻人，算来竟有一大半是汤颜的朋友，章东请来的人只有寥寥几个。

不过能得到两人认可请来参加他们婚礼的人，至少心性颇佳，彼此聊了几句就熟络起来，真正当作朋友们出来春游一般玩笑起来。

年纪大、辈分高的几位长辈则自有自己的话要说，围坐在凉棚下面打牌说话。

章显看了一圈，抬步就要往那群年轻人那里过去，却被阳阳给止住了脚步："爷爷你别往那个方向去啦，我爸爸肯定不在那边的。"

章显从善如流："肯定是你了解你爸爸，那你告诉爷爷，他现在会往哪边去呢？"说罢笑吟吟地看着阳阳。

阳阳一时语塞，站在台阶上举目四望，只觉得外面这么大的地方，只要没人的地方都可能坐着自己亲爱的爸爸。

嗯……会在哪里呢？

微风拂过，不远处的小湖泛起涟漪，带起一点黑色的倒影，阳阳目光顿住，瞬间高兴起来：“走吧爷爷，我发现爸爸了。”

傅闻声觉得头疼，怎么阳阳这么敏锐？

他不是去找章东汤颜他们玩了吗，怎么这么快就找了出来？不仅找了出来，还带来了一位他现在不是很想见到，准确来说，不知道该怎么面对的人。

傅闻声随手拍了拍衣服，站直身子跟章显握手，随意瞟了一眼阳阳，见他缩了缩脖子，才满意地收回视线，跟章显寒暄。

章显也有点头疼：怎么眼前这年轻人，看着跟自家傻儿子差不多大的年纪，说话滴水不漏？

况且自己怎么也算是长辈了吧，怎么这年轻人有点防备的意思？说了半天一点有营养的信息都没有，除了知道他姓傅，儿子叫阳阳，是章东的学长、汤颜的同事这些他早就知道的东西以外，什么新的信息都没得到。

章显倒没有不高兴，不大满意是有一些的：“小傅啊，我看你不该去当老师，当老师太屈才了，来跟我一样，在商场上打拼倒好一些。看你这说话的艺术，不愧是搞文学出身的。”

傅闻声只好笑：“您说笑了，我们不是相谈甚欢，随便聊了几句嘛。”

好在那群长辈见章显出来了，没多久就把他拉了过去要他加入牌局，傅闻声也就略松了口气。

阳阳眼巴巴看着章显走了，凑到傅闻声身边，抬起头问他：“爸爸，你不喜欢章爷爷吗？”

“是你章爷爷不喜欢我。”傅闻声微微叹气，怎么自己家里跟章家这么有缘分。

第四章

微风和畅，不知从哪里飘来一阵甜香，顺着推开的窗子飘进来，让空荡荡的房间也盈满了花的香气。

汤颜的婚假还没有结束，虽是工作日，办公室里也只有傅闻声一个人。她走时没把东西收拾好，桌上纸张被风吹得哗哗作响，傅闻声本来已经坐在桌前铺开了信纸，正要提笔落字，听到这声音，只得起身，帮汤颜把桌上的东西压好。

回到自己座位上，思绪却有些乱了，傅闻声对着纸张沉吟了片刻，终于再次拿起笔，笔尖画过纸张，有细微的沙沙声响起。他骤然安下心来。

燕佳：

见字如面。

又是一个恼人的春日。

我原想回家去，坐在我们一同布置的书房里，给你写下这封信，可惜今天实在是没有空闲。林先生定下来一个小时之后要举行一场会议，我必须要参与。回家去显然不现实，我只好在办公室里铺开了信纸。

有一件事情我想你应该会很乐意知道：章东学弟已经于近日完婚，对方是我的同事汤老师。他们感情很好，据章东所说，是一见钟情，在彼此熟悉磨合了两三年后，决心结为夫妇，从此成为一个新的家庭。

很巧的是，当时是因为章东送给阳阳的一件礼物被汤颜看到了，她才会往章东的店里去，也才会遇到章东。为此他们两个感谢过我很多次，坚持称我是他们的媒人。

我觉得媒人这个称呼不是很贴切，但一时想不出更好的形容，只好被动接受了我在他们心目中的这个形象。

也非常巧，他们举办婚礼的地点就在我们当时婚礼地方的不远处。

那面小湖和那棵老树还在，那座小教堂却不见了，在它不远处新建了一座更加宏大壮观的教堂，颇有些欧洲中世纪的风格。去的路上我只觉得眼熟，到了地方之后也没认出来，直到站在当初我们拍照留念过的地方，看向那小教堂的方向，我才感觉到熟悉，随后就发现那里空荡荡一片，已是什么都没有了。

不过，总体来说，这还是算件好事，那位为我们证婚过的神父大约也会为这样的变化欣喜的。这总是会比以往那接待不了多少人的小地方要好上一些。

这已经算是两个发生概率很小的巧合，我没想到还能更巧一些。

不知道你记不记得那位解了你的团队燃眉之急的章显先生，他竟然是章东的父亲。

我昨天在章东的婚礼上见到他，感觉心情十分复杂，我们两个跟章东认识的时间算不得短了，竟然直到昨天才知道他的父亲是章显先生。

我记得你当时总是隔三岔五向我抱怨章显先生，说他思想太过“前卫”以至于不近人情。还说他时常劝你同我离婚，然后一心做事业。你为这个感到苦恼，但也承认除去这点，章显先生实在是一位再好不过的老板。

我是经由你的话语和章显先生认识的，从未见过他本人。但当时听到介绍，说台上的那位就是新郎的父亲章显先生，一丝一毫那可能是同名的想法都没有就认定了那应该跟你说的是同一个人。

章显先生和你说的一样，对于看起来像“知识分子”的人有种超乎寻常的好奇心和好感，竟任由阳阳带着要来和我搭话，可惜我实在不知道该怎么跟他聊下去，也不知道他知道我就是那位拖了你后腿的人时会不会觉得尴尬，只得发挥我这几年锻炼出的“本领”，绕过了他许多的问题。

燕佳，有时候我真的觉得华阳市实在是太小了，小到我认识的人竟然兜兜转转都能和彼此扯上一些关系。

有时候我又觉得这个城市未免大得太不近人情，搭乘公交回家时总觉得这路长得没有尽头。

据说地铁马上要修到我们的小区附近了，以后回家时有望搭乘地铁，应该会好上许多。一是耗时肯定要短一些，二是在地铁上看书总不会像在公交上似的那么眼晕，以后回家的路上总算能有点事情做。

另外，阳阳似乎慢慢从知道真相的痛苦中走了出来，我夜晚去看他的睡觉情况时，发现他已经不再像刚开始那样总是蜷在一起了。我不知道是否有气温回升的因素在里面，但还是让我感到有些欣慰。我们的阳阳是个坚强的孩子，我很高兴。

他最近似乎对于我们两个之间的事情非常感兴趣，常常要我给他讲一些我们的故事，近日还一定要看我们的结婚照，我只得翻出那本相册给他看——毕竟是婚礼时拍的照片，应该也算得上是结婚照了吧？

阳阳十分喜欢我们在教堂里拍下的那张，认为你是他见过最好看的新娘子。鉴于他出生以来只见过两个新娘——你和汤老师，我郑重地告诉他不能当着汤老师的面说这样的话，也许会让她不高兴。

又及，带爸妈去做了全身体检，检查报告显示他们十分健康，望你不要担心。

一个小时要到了，我得去开会了，燕佳，我们下次再聊。

傅闻声照旧把信封封好，贴上邮票，拿起来时总觉得这封信要比往常重一些，犹豫片刻，在右上角又多贴了一张邮票，才安心放下信封，拿起纸笔去会议室开会了。

林先生身为院长，开会时候自然跟平常状态不大一样，若说在傅闻声面前是一副谆谆教诲、慈善和蔼，偶尔还有些调皮的老师样，在会议室里就是严肃认真的院长风范了。

一项项工作任务布置下来，辅之以必要的鼓动语句，哪怕大部分教师是搞文字工作的，天天跟这些东西打交道，院里众教师还是深刻地感觉到身上为院争光、为校争光、为国家和社会培养人才的重任。

傅闻声每到这个时候都会觉得有些奇妙，偶尔甚至会恍惚觉得台上的林院长并不是自己的林先生，不是那个跟阳阳抢书看的老顽童。

但说话时熟悉的强调、落到自己身上永远带着几分关切的目光，又让傅闻声知道，这的确是林先生无疑。

是不是很多人都会有这样的天赋呢？傅闻声一心二用，一边在记录本上记下会议内容，一边分神想这个问题。

会议内容不多，林先生耗费时间不长就说完了所有的内容，只最后一项让大家有了些许的骚动。

——文学院要给有需求的老师配备电脑，希望大家都能尽早学会电脑办公。“有需求”的意思是，默认所有老师都有需求，只有认为自己不需要的人提交了意见之后，才不会为你安装。

意思非常明显，所有老师最好都学习一下，以后这个已经渐渐开始流传开的工具也将成为最主要的办公方式。

因此当负责统计的行政老师收到傅闻声提交的“申请”时，觉得十分不可置信。

不过自己的事情自己清楚，行政老师惊讶了一阵子，想着或许傅老师真的不需要呢，到底还是尊重傅闻声的意见，没有为他配备。

汤颜假期回来知道了这件事，顿时后悔：“早知道我就先不买了，年前才买了电脑，怎么学院突然就有钱给所有老师配电脑了，之前也没什么风声。”

后悔完又立刻高兴起来，看着傅闻声：“我现在就盼着傅老师你赶紧搬到三楼去，至少几年里这办公室就是我独享的了，日子简直再好不过。”

文学院的办公室排布向来是副教授在三楼，教授在四楼，一楼二楼则分布着自习室、教室以及其他的老师办公室，汤颜话里的意思再明显不过。

彼时傅闻声正在修改校对最近的一篇文章，听到汤颜的话不知道该怎么回答，只好笑着随便答复了几句，转移了话题。

日子过得平静如水。

汤颜和章东搬到了一起，过年时傅闻声收到的短信也变成了以两人名义发过来的祝福。徐家父母依旧身体健康，过年时带着阳阳在附近玩了个遍，直到快开学了才依依不舍地把他送回来，叮嘱他暑假时一定要早些过去。

阳阳在外公外婆家玩得痛快，回家之后却不得不面对残酷的现实：作业是写完了，爸爸给自己布置的课外任务却几乎进度为零，只好顶着傅闻声谴责又痛心的表情努力补回来。

到周末照旧跟傅闻声一道去上书法班时，阳阳就更心虚了：明明都是零基础，傅闻声甚至已经得到了老师的承认，开始兼任书法教师教别人习字，自己却还停留在放假之前的水平。

傅闻声知道了阳阳的想法后，哭笑不得，只好跟他解释成年人和小孩子进度不同是完全可以理解的事情，他能达到目前这个程度已经够厉害了，何况傅闻声也并不是一无所知，跟阳阳的起跑线都不一样。

尽力解释了一遭，阳阳乖乖点头表示理解，傅闻声也只好当他明白了其中的区别。待暑假结束，阳阳从外公外婆家里回来的时候，却明显感到阳阳暑假应该是没闲着，至少带过去的书签是用掉了一小半。

——自从阳阳有了基本的阅读能力以来，徐家的书柜就为他敞开，阳阳自从在某本书里看到明显是徐燕佳笔迹的批注后就对找书看这件事充满了兴趣。高高兴兴地在外公满屋子的大书柜翻找，每看一本书都夹一张自己的书签进去。

要是那书上有徐燕佳的笔迹，阳阳就更高兴了，就算暂时看不懂也要先记下书名，等长大一些了再去翻着看。

不止如此，傅闻声还在随后收到了徐父寄过来的一封厚厚的信，用的是邮局最大的信封，里面塞得满满当当，打开看时，全是阳阳暑假写的大字。

收到信件的当天傅闻声就接到了徐家的电话，徐母忧心忡忡的话语甚至让傅闻声感受到了良心的谴责：

"闻声啊，阳阳才多大，我们还是不要给他太大压力的好。你看到我们给你寄过去的东西了吧？他才多大，怎么过来也不去找邻居家小朋友玩，天天闷在你爸的书房里写这些东西，让他歇一歇都不肯。小孩子家，还是要有童年的好，听爸妈一句劝，别这么逼着孩子，啊。"

傅闻声翻看着阳阳明显有进益的字，听着徐家爸妈的话，真心觉得孩子太有上进心也不是一件好事。

阳阳显然没觉得自己真的很用功。

傅闻声找他谈话时，阳阳还有些疑惑："这样也算用功吗？我们班的路河妈妈给他报了四个辅导班，他每周末都要去学数学、英语，还要上钢琴课和武术课，比在学校上课时候还忙。暑假就更不用说了，还没有放假，路河已经开始跟我们抱怨他的妈妈又给他报了好多辅导班，要从早上一直上到晚上。

"我们所有人周五的时候都特别高兴，因为终于可以不用上课了。只有他一个人觉得在学校才最轻松，盼着到学校上课，每次周五放学的时候路河总是想跟我和小鹿走。像他这样的，才叫很用功吧？

“我做的都是我喜欢的事，练字和看书都没有让我觉得累，反而我还会因为又知道了一些事情，或者因为字变好看了而感到高兴，这样也不可以吗，爸爸？”

傅闻声原本准备好的话语都闷在嘴边说不出来，看着阳阳澄澈的眼神，真切意识到阳阳真的是这么想的。

“你放假的时候不想出去玩一玩吗？”

“可是我现在做的事情也没有耽误我玩呀，爸爸。我每天都跟外公外婆去逛公园，陪他们散步聊天。对了，那个公园好像又重建了，比上次我们去的时候多了好多漂亮的地方。散步的时候还认识了附近新的小朋友，去他家里玩过一两次。外公外婆不许我多看电视，怕对眼睛不好，所以只看了一部动画片，我喜欢其中的角色。

“你看，我有这么多学习以外的事情，每天都很快乐，爸爸还想要我再放松一些，那我岂不是每天都只剩下玩了？那怎么行。爸爸忘了我之前说过的吗，要在我长大到爸爸当年的年纪的时候给家里买一栋新的大房子？”

傅闻声有片刻的沉默。

阳阳坐在他的对面，双手放在膝盖上，腰背挺直，是一个很乖也很正式的姿势。

是什么时候开始，阳阳逐渐有了这些想法的呢？

傅闻声记得自己在和阳阳一般年纪的时候，还从来没想过长大之后要做些什么，现在要做些什么才能实现长大以后的目标，每天完成课业和傅忠偶尔布置下来的抄写就足够让他对读书写字这件事情深恶痛绝，有段时间他甚至每天都在想着该怎么把家里这些乱七八糟的书扔掉。

好像是到了高中时候吧，他才逐渐确认了自己的想法，并开始坚定地朝着那个方向努力。那时候他要做的事情远远比小学时候要多得多，却从来不觉得辛苦或者累，而只觉得满足。

阳阳这么小，已经到了这个阶段吗？

傅闻声突然有点骄傲。

阳阳就像是他和燕佳种下来的一颗种子，他们守护这颗种子如守护一棵树，只要他能好好地发芽、抽枝、不要长歪就可以了，无论这棵树是什么品种、会不会结果子，他们都欣然接受。

却没想到种子有他自己的想法。

种子接受了阳光照耀，接受了雨露灌溉，决心要更深地扎根，然后成长为一棵比父亲母亲更高大、茂盛的树，并在父母没有发现的时候，已经开始朝着这个方向成长。

现在那棵树迎着阳光和雨露，初现形状。

傅闻声决心不再劝阳阳——种子种下去之后，长成什么样都由他自己决定。

“爸爸被你说服了。”傅闻声在阳阳的注视下慢慢说着，“所以爸爸会帮你劝好外公外婆。以后你周末的时间都由你支配，爸爸不会再试图干涉你。只有一个要求，就是不要让自己太累。如果你有需要帮忙的地方，可以直接来告诉我，我帮你想办法，可以吗？”

阳阳眼睛一亮，身体不由自主地微微前倾，立刻举一反三：“那爸爸，是不是以后如果我们有了分歧，只要我的理由充分且正当，你都会听我的？”

傅闻声微微犹豫，思索了一番，觉得能引起两人分歧的应该不会有什么大事情，点点头：“嗯。当然，前提是你的理由要充分，要说服我可并不是一件简单的事情。”

阳阳高兴得跳起来，冲到傅闻声身边，跟他击了个掌：“君子一言！”

傅闻声笑：“快马一鞭。”

当天晚上，阳阳快活地翻阅完手头的又一本书，在书签上写道：

2008年8月27日，开学前两天，傅景和成功获得了自主权和谈判权，这是傅景和的一小步，傅家的一大步。

傅闻声说放开手不管，就是真的不管了，以往还会时不时进阳阳房间看看他在做些什么，提醒他该休息了，或者周末的时候直接带着他去市里转一转。如今就只是照顾好阳阳的衣食住行，甚至想带他去买衣服都会先问问阳阳的时间安排，确认他没有规划才会询问他的意见。

汤颜知道了，十分不赞同傅闻声的行为："小孩子还是要管一管的。虽然阳阳需要管的原因与众不同，你也不能真的就这么放开手啊。这时候正长身体呢，要是他看什么书看入迷了晚上熬夜，到时候长不高可该怎么办。"

傅闻声被说得犹豫，连着好几天晚上比平常早得多地去看阳阳的睡觉情况，发现他总是九点钟左右就把手头的事情放一边，然后迅速进入梦乡，松了一口气。

十月份给徐燕佳写新的一封信时，傅闻声就十分骄傲地谈起了阳阳：

我这段日子时常想同任何熟悉的人夸奖阳阳，每每话到嘴边总是咽下，借着同你写信的机会，总算是可以好好地夸一夸我们的孩子。

我真不知该怎么感叹才好。

若说聪明伶俐，阳阳自然也是聪明的，有些事情常常能无师自通，从他两三岁开始我们就渐渐察觉出他是有些敏锐的。可我总以为这不能算一件好事，若非聪明到天才，一般的机敏总让我觉得并不是一件好事——有些时候不利于培养他的心性，可能反而不利于他的成长。

可最近的观察，真让我觉得若阳阳能保持现在的状态，一定会成为一个有担当、有自己生活的、生活精彩的人。

燕佳，我真为此感到高兴。

就算阳阳不能如我所说这般成长，也至少会成为一个独立的人。作为父亲我既失落又期盼。盼着他早日走出我们的羽翼之下，也对他最终会不需要我这件事感到些许失落。

当然，他现在还小。至少未来的十一年里，他还会需要我的陪伴与一些必要的支持。

我期待着他的成长。

今年的天气多少有些反常，过了十月，本不是该下雨的时节，上午还艳阳高照，下午就骤然转阴，淅淅沥沥下起了雨。

傅闻声一直待在阅览室查阅资料，良好的隔音隔绝了外面滴滴答答的雨声，直到回办公室收拾东西预备着回家时，他才发现外面阴沉的天气。

天空黑得密不透风，雨丝连绵不绝，从文学院到校门口的路并不短，傅闻声办公室里又没有备着伞，多少有些发愁，却也没什么办法。

眼见着短时间内走不了了，傅闻声翻出手机，给赵夏打了个电话：“赵姐，现在下着雨，我今天没带伞，可能要晚一点回去，如果方便的话，可以先把阳阳带到你们家里去吗？我晚上回去之后再去接他。

“嗯嗯，好，麻烦你了。”

关掉屏幕，傅闻声索性重新回了阅览室去。

文学院的阅览室几乎可以当作小型的图书馆，不过是只有本院专业相关的书籍，也只对文学院的师生开放。

阅览室的工作人员姓王，是位和蔼可亲的女士，在阅览室工作已有四十余年，比现今的院长来得还早些，比起学院一楼大厅那尊第一位院长的半身铜像，她倒更像是文学院的一个标志。

她头发许是染过，灯光下黑得发亮，却掩不住她身上那股常年浸在书堆里的“纸味儿”，文学院上上下下都认识她，无论年纪大小，都管她叫王阿姨，仿佛王阿姨就是她的名字。

王阿姨见傅闻声去而复返，有些讶异：“傅老师不回家接孩子吗？”

——都知道傅老师家里有一位宝贝儿子还小，每天上下学都需要人接送，傅老师每天下班也就非常准时。

“王阿姨今天下午也没出过阅览室吗？”傅闻声没注意服务台这边的情况，有些讶异，“外面下雨了。我看一时半会儿不会停的样子，干脆来阅览室这边再坐一会儿。”

“这样啊。那你家小孩儿呢？”

“我拜托一位住在附近的朋友先把阳阳带到她家里去，等我回去了再去接。”

“这样啊……”王阿姨声音低下去，有点若有所思的样子。

傅闻声见她不再说话，转身朝书架的区域走过去，想再找一找下午没找见的那本书。

身后王阿姨的声音再度响起：“小傅老师啊……我跟你说个事儿，你别介意啊。”

她有点犹犹豫豫的样子，却没耽搁她把想说的说出来：“是这样的，我有个侄女，今年刚三十，人是很周到本分的，也勤快……”

傅闻声顿住。

声音还在继续：“你呢，大学就在这儿上，又念了什么硕士、博士，毕业直接到这儿当老师来了。这一茬茬过去，阿姨也算看着你十几年了。你的事呢，阿姨也算是清楚，不过这也得有四五年了吧？你一个人带个孩子，下了雨自己没伞也没法喊个人给你送一把，还得托别人帮你接人，你不累吗？

“我那侄女肯定是没你条件好，可人也不差。双皮儿，个子高高的，就是稍微有点胖，也不出格儿。你要愿意的话，我改天给你们介绍一下，你俩见个面？知道你还惦记着小徐，可是这人嘛，一辈子不就是这一回事儿！”

雨声被隔绝在外，傍晚时分，无人的阅览室一丝声响也无，王阿姨的话清清楚楚落到傅闻声的耳朵里。

他开始还有些不懂，王阿姨有侄女关他什么事。

听到后面才知道自己是遇上了“相亲”这种只存在于旁人口中的事情。

不怪傅闻声迟钝，实在是他过去的人生中，从来没有接触这一本应十分经典的话术的机会。

——高中就跟徐燕佳认识，随后一道上了大学、读研、结婚、生子，他每一步几乎都领先于同龄人。

大学毕业季，同学们找工作的找工作，考研的考研，傅闻声已经开始暗中攒钱预备着买房了。等到研究生的时候就更不用说了，还在上学就给所有的同学来了一记震撼：他跟徐燕佳领证结婚了。

莫说傅闻声没有亲近的长辈，就算有，估计也只会劝他不要这么快就下决定，还是要先找到工作再谈结婚这种事。

搞明白了王阿姨要做什么，傅闻声几乎是立刻回道：“不用了，王阿姨，多谢您费心。我现在蛮好的。”

王阿姨不信：“你又要工作，又要带孩子，哪里忙得过来哟！阿姨也是这个年纪走过来的，又不是没带过孩子。我这样的活儿，还觉得又要上班又要管着家里，简直是烦得要死。你们当老师的，又要备课、又要上课，还要搞什么研究，我听到觉得头都要大了，别说你家小孩还在上小学，还是需要家里管的时候呢。”

傅闻声无奈，只得再推托：“我们家阳阳是个很乖的孩子，需要我费的心思很少。还有住在附近的朋友，也帮了我很多，我一个人完全可以的。谢谢王阿姨了，可我真的不需要。”

因着突然有了这一出，傅闻声也没什么心思再去找书了，朝王阿姨打了个招呼，只说突然想起来有些事情还没做，转身出了阅览室。

身后，王阿姨犹自皱眉：“这个傅老师，也真是的，不就是说了几句话嘛，怎么还生气了。”

阅览室在一楼，大厅进门不远的地方。傅闻声推门出来，就遇到两个来上晚课的学生。两人有说有笑，把伞收好放在伞架上，见了傅闻声，招手跟他打招呼，灿烂的笑容多少冲淡了傅闻声心里那说不清道不明的情绪，让他感到轻快些许。

傅闻声点点头，算作回应，那两个女生却仿佛赶着上课似的，急匆匆从傅闻声身边越了过去。

两个女生与他擦肩而过，直到到了副楼，确认傅老师怎么也不可能听到自己说了什么，穿白色大衣的女生撞撞身边同伴的肩膀："见到了吧，这就是我跟你说过的傅老师，是不是真的特别有气质？今天运气可真好。"

"傅老师不是在你们学院开了两门选修课吗，还天天在院楼，怎么见一面也算运气好了？"

短发女生是法学院的，只是跨院系选了一门文学院的课，对于见一面就算运气好这种说法嗤之以鼻。

"你不知道，傅老师说是在院楼，基本上天天在办公室的，他又不会出来转悠，我们来院楼要么是上课要么是自习，能遇到才是怪事。至于选修课，名额只有三十个，还只给我们院二十五个，有五个要开放给外系选修。这也就算了，学院给分配的教室也是小教室，坐得满满当当的，哪有位置给旁听的人？开了不是跟没开一个样吗？"

"这样啊……"短发女生若有所思，"那能选上傅老师课的岂不是运气很好。"

"嗯……应该是吧，反正我就没选上过。"她哀叹一声，"听说傅老师英年早婚，孩子都上小学了，好羡慕他的孩子啊，能当傅老师的孩子肯定很幸福。"

"这有什么可羡慕的，父亲那么优秀，不定他压力多大呢。父亲是教授，不是基本上相当于孩子一辈子没办法掌握话语权了？我还是觉得我现在这样好，父母都是普普通通的人，我才上大二，家里已经什么事都要问问我的意见了，要是我没念大学，这可是想都不敢想的事情。我家里能这样，还不是因为觉得我学历比他们高，所以我才有了被重视的资本吗？”短发女生显然不同意同伴的说法。

“你说的也有道理欸。”白色大衣的女生表示赞同，“不过你有句话说错了，傅老师现在还不是教授呢，应该还是讲师？我记得在官网上看到过傅老师的信息，上面有显示他的职称。”

“啊？不能吧？”短发女生吓了一跳，“我还以为你们都叫他傅老师，是因为他是副教授，又姓傅，不知道怎么称呼比较好，所以才一直这么叫呢！”

教室近在眼前，白色大衣的女生用尽全力忍住到嘴边的笑声，带着同伴迅速进教室找地方坐下：“我也挺奇怪这件事的。不过跟傅老师差不多同期来学院的汤老师也还是讲师，可能是还没到评职称的时候吧。”

上课铃响了，白色大衣的女生在铃声里稍微抬高声音，在短发女生耳边又补了一句：“不过评不评也不要紧啦，我们顶多遗憾一下傅老师不能给我们开核心课，平常看待傅老师跟看其他老师是一样的。”

学生对傅闻声的评价他不很清楚，也不太关心，但有时候正是旁观的学生们才能更好地意识到一些事情。

傅闻声要是能听到那两个女生的对话，此刻多半会感叹一下现在的学生看事情的精准程度——学院传来消息，他正式成了文学院的一名副教授。从下学期开始，要承担学院分配给他的教学任务，教授二年级的一门核心课。

林先生早跟傅闻声说了学院要重新评职称的事情，已经几乎两年过去，傅闻声文章都发了几篇，学院里却一直没什么动静，时间太久，傅闻声已经把这件事忘得差不多了。

因而得到消息后，他实实在在地惊讶了好一会儿才把这消息消化掉。

送走了来恭贺他的几位同事，傅闻声回到办公室，不由得松了口气：上次成为社交的中心是什么时候他已经不记得了，这会儿应对了几位专程来向他道喜的同事，虽说不像以往那么困难，也觉得有些累。

偏汤颜还揶揄他："恭喜傅教授了。这会儿是副教授，这样喊你还勉强算恰当，过几年评了教授，恐怕大家都要烦一烦以后该怎么称呼你才好。"

傅闻声笑："无论怎么称呼我，只怕未来几十年我都不如'汤首长'威风了。"

汤颜一噎，没想到傅闻声竟拿这个来反击，不由得悻悻："章东随意叫两句嘛，算不得数的。"

汤颜丢开手里的东西，看向傅闻声，目光炯炯："欸，傅老师，学院有说什么时候给你换办公室吗？三楼哪一间给你了？需要我找人帮你收拾屋子、搬东西吗？"

傅闻声回想了一番，有些不确定："是……324吧？搬东西就不用了，行政老师说过几天那边收拾好了会有人过来帮我搬书和资料。"

"324，是不是主楼东边最尽头那间？"汤颜有点不确定。

傅闻声也不是很确定，但主楼三、四楼的构造应该是一样的，424就在东边最尽头，324应该也是才对。

于是他点点头。

汤颜稍稍有点不满："那个位置的采光不太好，窗外不远处种了几棵又高又大的树，除了安静，我一点旁的优点也想不出来，怎么就把你安排到那里去了，是没有别的空办公室了吗？"

学院如何安排的，傅闻声不是很清楚，但他真搬进去了，才发现这间办公室除了安静以外，还有一个优点——足够大。

许是在最外侧的原因，这间屋子比三楼正常的办公室要大上许多，标配的书桌、两个高大的资料柜和一张长沙发摆进来，竟还显得有些空荡。

料想着这里恐怕要成为他长久的办公地点了，傅闻声干脆想着费点心思把办公室好好布置一下。

阳阳发现了，知道爸爸是在给他的办公室买东西，十分感兴趣，周末练完字就缠着傅闻声，一定要跟他一起去逛各种商场。

傅闻声没办法，只得带着他一道。两个人在各种家居用品店里转来转去，不仅一点点把傅闻声的办公室填满，还又给家里添置了许多东西——色彩艳丽的小毯子，可以搭在沙发上；软乎乎的抱枕，把家里沙发上那些已经用了很久的替换下来；新的玻璃花瓶，家里那个用的时间够久了，阳阳表示“看腻了”。

终于完工，阳阳环视四周，感叹：“爸爸，你的办公室好像是把家里的书房搬过来了哦。还有家里的客厅，我们明明买了那么多新的东西，看起来居然跟之前差不多，简直神奇，有种白花钱了的感觉。”

傅闻声：“……”毕竟他从来没有独立布置过屋子，购置物件的时候只能参考家里已有的样子了。

然而这话说出来，傅闻声怀疑会深深影响自己在阳阳眼里的形象。毕竟他已经不止一次在阳阳请小朋友来家里玩的时候听到他说：“我爸爸布置的屋子，当然好看啦!

“爸爸经常买新鲜的花回来插瓶，他好爱美的。”

傅闻声最终决定稍微维护一下自己的形象：“因为我们家之前的风格就很棒啊，而且我们两个也习惯了这样，不是吗？”

阳阳深以为然：“这样也挺好的，以后我如果来爸爸办公室玩的话，就像是在家里一样，也不会觉得陌生了。”

“嗯，你说得对。”傅闻声点头，“所以现在看过了，跟我去食堂吃饭吧？今天周末，教工食堂有菠萝咕咾肉，带你去吃。”

“好耶！”阳阳欢呼雀跃，抢在傅闻声前面下楼。他步子迈得快，不过片刻已经转过两层，不见了影子。

因着在院楼，傅闻声也不急，慢慢下楼梯。

果然，阳阳没有走远，傅闻声刚下到一楼，就隐约听见了阳阳的声音。

“奶奶，您怎么周末还来学校呀？是来上课吗？好辛苦哦。”

奶奶，是夏老师，孙老师？

这两位不是都出差去邻市参加一个学术论坛了吗？

傅闻声加快了脚步，转出楼梯间，就见大厅中央，阳阳正仰着头和王阿姨说话。

王阿姨声音一贯和软，此时更是添了几分老年人见到讨喜的小辈时会下意识带上的慈和：“奶奶不是来上课的，奶奶在学院的阅览室工作，想起来有东西忘在这儿了，就过来拿。你是谁家的孩子呀，怎么周末还到学校里来？”

“我爸爸是傅闻声！”阳阳带着点骄傲的神气，“爸爸搬了新的办公室，我来帮他布置办公室！”

“是吗？”傅闻声走到阳阳身后。

阳阳顿时有点蔫了，小声补充：“从旁协助的那种帮忙。”

他神色生动，哪怕是刚被戳穿，眉眼间带着点不易察觉的羞赧，却只让王阿姨觉得更加喜欢，连声赞他：“真是个好孩子。”

阳阳就抿嘴笑。

王阿姨抬起头看傅闻声：“傅老师这是收拾三楼办公室去啦？”文学院常年波澜不惊，继汤老师结婚，傅闻声升职算是唯一的一件新鲜事，王阿姨就算天天都待在阅览室，也知道了个大概。

“嗯，趁周末，过来收拾一下东西。正好阳阳周末也不用上课，带他过来认认门。以后要是过来了可以直接到我办公室来找我。”

“这样啊，挺好的，挺好的。”王阿姨连连说，“这个点儿下来，你们是要去食堂吃饭吧？我就不耽误你们了。我就是过来拿个东西，马上就走。”

“嗯，就是要带他去吃饭的。”傅闻声点点头，轻拍阳阳肩膀，“快跟王奶奶说再见。”

阳阳用力挥手：“王奶奶再见！”

说完跟着傅闻声出门去了。

王阿姨站在大厅里看着父子俩的背影。一个高高瘦瘦，自带一股别样的气质，一个年岁还小，步伐都带着欢快劲儿，叫人看着就觉得喜欢。

想到傅闻声刚升了副教授，儿子乖巧可爱，也已经到懂事的年纪了，看起来也听傅闻声的话。王阿姨犹豫半晌，进了阅览室，把门关好，找到通讯录里的某个姓名，按下了通话键。

傅闻声近来觉得十分奇怪，在阅览室找书时总能感觉到似乎有人在看自己，抬头看时却又一切正常。王阿姨在服务台后面打着她那仿佛永远打不完的围巾；阅读区的桌前零散坐着几个人，正沉浸在书海中，谁也没工夫抬头看一眼；阅览室里新设置的电脑旁边更是永远有个人对着电脑如痴如醉，键盘按得啪啪响，照傅闻声的粗略估算，按她这样的速度，一天下来至少能写上万字。

真的有那么多东西可写吗？傅闻声十分困惑。

但奇怪的次数多了，哪怕看起来再正常，傅闻声也不太愿意在阅览室多待，经常是找到了需要的资料之后就借回到自己的办公室，看完了再还回来。

不知道是不是傅闻声的错觉，他总觉得王阿姨每次给他办理借书手续的时候都不大乐意的样子。

汤颜知道了，十分怀疑王阿姨的动机：“王阿姨不会是还没放弃给你介绍对象的心思吧？嗯……我觉得你就那么轻飘飘地拒绝一次，她就这样放弃的可能性真的不大。毕竟你最近可是刚荣升了副教授，年纪也不大，说不定在王阿姨眼里还算是‘金龟婿’一枚呢。”

傅闻声皱眉思索半晌，有点犹豫：“应该不会吧……我是不可能答应的啊。”他已经有过燕佳了，怎么能跟别人再缔结婚姻？

汤颜也拿不准，毕竟她很不理解热衷于给人介绍对象的人都在想些什么，某天放假在家的时候，她故作不经意地问了问婆婆夏因的意见。

夏因笑得不行：“阿颜你怎么会来问我这些？谁给你介绍对象了吗？不会吧。我们家小章虽然条件一般，你嫁给他是亏了我也承认，可也不能就这么上来说要给你介绍别的对象啊。”

汤颜吓了一跳，连连否认：“没有这回事。我们单位都知道我结婚了，怎么会有人来我面前说这些呢？是我的一个朋友，妈你估计也见过，他来参加过我和章东的婚礼，带着个小孩儿的就是他。前段时间我们单位有个阿姨透露过这个意思，被他给拒绝了，但是他最近老觉得不对劲。”

夏因想了半晌也没想出来那天有谁符合这个条件，干脆不想了，接着刚刚的话慢悠悠继续说：“介绍对象这种事呢，当然是要先让双方见上一面再说，没见过怎么知道合不合适呢。就算见面之前再三推托的，保不齐见面之后就改主意了呢。照你说的那样，你的朋友条件不错，你说的那个热心的阿姨，现在保不齐在想什么主意要让双方见一见呢。

“我给人介绍时也这样啊，管他到底愿不愿意呢，拉出来见一面再说。男人啊，都是死鸭子嘴硬。你妈我手底下不知道成了多少对，好多男的都是一开始死活不愿意出来见面，一见面就要结婚。你说说，早这么着，先前在那儿装什么矜持呢，多费我多少功夫！”

“夏因，别说了，过来擀皮儿！”

“欸欸欸，来了来了，你怎么包那么快哪！我这跟阿颜刚说几句话。”夏因把遥控器塞给汤颜，起身抖抖衣服，“行了阿颜，你看会儿电视，觉得无聊了上楼找小章玩儿去吧啊。饺子煮熟了叫你们下来吃。”

“你那叫跟小汤说话吗？就听你在那儿叭叭叭，也没听见小汤的声音。”

夏因洗干净手，拿手巾擦干，白章显一眼：“行了啊，稍微收收，知道你得意你们家儿媳妇学历高，这心哪，偏到哪去了。

“不过我也算看了个稀奇，原来大学里头也有人好介绍对象啊。我还以为那里头不是成天忙着教书的，就是成天忙着看书的。啧，真是开了眼界。”

章显皱眉：“你这说的什么跟什么，什么叫我偏心小汤了，一张嘴没个把门的，什么话都乱说。”手上飞快地又捏了个饺子，端正放到一旁的托盘上，“不过你刚刚说的，介绍对象是怎么回事儿，有人给咱家小汤介绍对象？不能吧！”

“当然不是阿颜了，是个我不认识的老师。阿颜也没说叫什么，就说了是他俩结婚时带着个孩了来参加婚礼的男老师，说是最近评了副教授，有个他们院里的阿姨之前说要给他介绍对象，不确定那个阿姨现在到底放弃没，来问问我怎么想的。”

夏因说着说着就乐了：“阿颜跟她同事真有意思，这是从来没遇到过爱介绍对象的人吗？遇到了一个还要找外援分析她的想法。”

“带孩子的男的？还来了小章的婚礼？”章显动作停住，“那不就是那个姓傅的老师吗？他爱人呢？孩子都有了，总不能没爱人吧？都结了婚怎么还会有人给他介绍对象？是不是从来没在单位说过媳妇的事，故意让别人误会他单身？”

章显越说越气，愤愤地把手里包了一半的饺子扔回去：“这什么男的啊，长得倒是人模狗样的，这么不检点！”

夏因阻止不及，只能看着饺子馅撒了一案板，手上沾满了面也顾不得了，照着章显狠狠拍了一记：“你干吗呢这是。能不能好好听人说话！我听汤颜的意思，那位傅老师的爱人估计是因病去世几年了，才会有人动了心思要给他介绍新人续弦的。”

章显默默收拾桌上的狼藉，嘟囔：“那也不行啊。人就是得从一而终，结婚的时候说得那么好听，什么‘生同衾死同穴’的，那就得这么做。再说了，不是还留下来一个孩子吗，就算为了孩子也不能再婚啊，俗话说有了后娘就有后爹。”

他动作渐渐慢下来：“不对啊……我怎么觉得这个描述这么熟悉呢。”

“什么东西熟悉？”夏因没听清。

“不是，我怎么感觉这个描述我这么熟悉呢。我得问问小章去。”章显说完，丢下东西就走，夏因一时不慎，就眼睁睁地看着章显头也不回地出了厨房。

“这是怎么了！”夏因气结，手下动作却没停，反正她只管擀皮儿，剩下的都是章显的事，今天中午要是不能按时吃上饭，都是这人的错。

章显终于证实了心里的猜测，下楼回厨房时，面对的就是整整一案板摆得整整齐齐的饺子皮，夏因坐在客厅里看着电视，不知道看的什么，一会儿笑一声，百忙之中还不忘叮嘱章显一句：

“赶紧包饺子啊老章，等着你包完煮饺子开饭呢！”

章显：“……”

失策了，应该先忍一下吃完饭再去问小章的，现在只能一个人在这儿干活了，也没人陪着说说话。

这顿饭吃得奇奇怪怪，饭桌上除了夏因，剩下三个人都多少有点魂不守舍的样子，好几次章东都差点把放蘸汁儿的小碗戳翻，汤颜更时不时看一眼章显，欲言又止的样子。

夏因只当没看见，把章东赶去刷碗，又叫章显赶紧去阳台浇花，自己拉着汤颜去客厅沙发上坐下。一个坐在长沙发的一端，一个坐在相邻的短沙发上，正好是个直角。

夏因拿着遥控器换了好几个台，找到个嘻嘻哈哈不知道正在干什么的节目，又把声音调大了一些，这才凑近汤颜，小声问她：

“你爸刚刚跟你们俩说什么了？说给妈听听，我给你们参谋参谋。”

汤颜正有此意，主要是公公的脑回路也太神奇了，她简直都不敢相信这是那个白手起家在华阳市奋斗成了标杆人物的章显先生说出来的话。

距离产生美，真是诚不欺我。

怕被听见，汤颜先四处看了一眼，见章显还在阳台上一株一株地扒着花看叶片，厨房里水声不断，章东还在洗碗，这才说话：

“那个，妈，你应该知道徐燕佳徐小姐吧？”

夏因一愣：“知道啊，怎么你也认识她？但我记得她走了好几年了吧……挺好一女孩子，可惜了。我记得有小十年了吧？当时她好像刚研究生毕业还是没毕业？开了个小公司，做了不少东西出来，后来老章还入股了那个公司，不知道对这位徐小姐有多欣赏。”

章显欣赏到知道徐燕佳结婚生子之后痛心了好长时间，四下无人时时常惋惜这样的女孩子偏偏早就被人绑定了，要不是已经有了孩子，一定要劝徐燕佳离婚专心拼事业。还说她那个老公，不知道是上辈子烧了多少的香才能早早把徐燕佳骗到手。要不是她老公拖了后腿，徐燕佳也不至于不能专心做事业。

几年前徐燕佳突然卖掉了所有的股份和作品，从此和工作上的伙伴再不联系，章显气得好长一段时间都一点就着，每天的日常就是骂那位不知名姓的“徐夫人”多事。

直到辗转听说徐燕佳是生了重病去世了，章显才不再进行这一“日常任务”，甚至脾气都好了许多，只偶尔叹息一下，若是徐燕佳还活着，不知道能走到哪一步。

除了在章显口中，夏因还是第一次听到这个名字，而且是在这么久之后，下意识就多了几分探究的心思，原本随意的姿态隐隐有了改变，直直看着汤颜。

汤颜抿抿唇："是这样，妈。我刚刚不是跟你说，有个同事最近遇到人给他介绍对象嘛，这个同事就是徐燕佳学姐的先生，傅老师。刚刚爸突然上楼问章东，傅老师的爱人叫什么，知道是徐燕佳学姐之后愣了好久，然后就叫我帮学姐'看好'她男人，最好是一点二婚的念头都不能有。"

汤颜说着说着声音就大了几分，语气有些不可思议："先不说傅老师本来就没这念头，就是有，我只是傅老师的同事、朋友，就算比一般的朋友亲近一些，也没资格干涉这件事吧？"

她是真的不懂章显在想什么。

夏因对上汤颜的眼神，真不知该说什么好了。几年前那时时让她觉得荒谬的章显仿佛重出江湖，还在这几年里不知道吃了什么"灵丹妙药"，荒谬程度迅速上升，效果堪比掉下山崖捡到《九阳神功》，修炼大成的张无忌。

唯一的不同大概就是人家是往好的方向上升，章显这是朝着一条不知道扭曲了几道弯的路撒丫子狂奔。

"你别听他的。"夏因按按怒火，"回头我说他。你该怎么样就怎么样，朋友之间该怎么相处就怎么相处，千万别听你爸在那儿瞎说话。"

"嗯嗯，我知道了。"

有了夏因撑腰，汤颜瞬间把这件事抛在脑后，假装自己从来没听到过章显那离谱的话。

然而哪怕在心里给自己说了多少次，汤颜在学校遇到傅闻声时却依旧会觉得尴尬，两三次之后远远看到傅闻声的身影都会稍微躲一躲。

傅闻声倒是没察觉什么。

主要是快期末了，他手头的课在慢慢结课，下学期应学院要求开的核心课他还没准备得十分充分，不太能拿得准应该以什么样的标准对待将要上他课的学生。

太严格了怕给他们太大压力，太宽松了又怕他们上完课收获不大，耽误以后的学习。

傅闻声站在书架前，不知不觉就陷入了沉思。

有光线顺着玻璃窗最上面的一格斜斜照进来，橙黄到有些泛红的色彩让傅闻声骤然想起他刚开始授课那阵儿的一个傍晚，他为了答谢一个女生，应允她可以帮忙解答一些问题，只要把问题投到他所在院楼一层的信箱就好。

虽然或许是因为害羞，那个女生只问过寥寥几个问题，傅闻声还是骤然从这件事里得到了灵感：课堂时间一周只有那么三个小时，课下时间却是十分充足，有了信箱作为补充性的教学方式，或许可以实现课程难度和课程压力之间的平衡呢？

傅闻声心情放晴，抽出一本备课或许用得上的书，到服务台办理借书手续。

让傅闻声有些疑惑的是，这次王阿姨没有再像前段时间似的故意放慢动作，而是十分迅速地帮他登记好，又把书递还给他。

许是注意到了傅闻声的眼神，王阿姨犹豫片刻，补了一句：“傅老师，我前段时间跟你说的事，你就当没听见吧。”

王阿姨突然转性子了？这跟汤颜打听到的情况不一样啊。傅闻声更疑惑了。

王阿姨已经又小声加了一句：“阳阳快放寒假了吧？小学应该比我们学校放假早的，等他放假了，傅老师把他带学校玩儿啊，我帮你看着他就行。”

——这是阳阳干了什么？傅闻声不由得猜测。

“嗯，等他放寒假了，我确实打算带他来学校里几天，到时候就让他到阅览室来写作业好了。”傅闻声颔首。

王阿姨就笑起来，颊边皱纹因此更深地陷下去：“那就谢谢傅老师了。”

不久，阳阳放了寒假，大学里也进入了考试周前的最后一周，傅闻声照旧每天按时上下班，不同的却是这次每天都带上阳阳一道过去。

傅闻声悄悄观察了他几天，越发确定阳阳肯定跟王阿姨说过些什么。

这已不是阳阳头一年上小学，头一年放寒假。他每次假期都比傅闻声来得早，这却是他第一次这么积极地要跟傅闻声去大学里度过这段假期之间的差额。以往的每个假期，阳阳要么更愿意去小鹿家跟她一起写作业、玩耍，要么就要求傅闻声把他送到外公外婆家去，总之是不愿意早早起来，陪傅闻声搭公交过去，然后自己找个地方度过一天的。

又是一个傍晚，傅闻声从教案中抬起头，揉揉有些酸痛的脖子，站起来舒展了一下身体，整理好书包，下楼去找阳阳。

阳阳正坐在阅览室的电脑前，一脸严肃地敲打着键盘。

他年纪小，个子还不高，手也小小的，坐在电脑前面多少显得有点不协调，打字时也慢慢的，时不时要低下头找找对应的字母。

这本该是一幅引众人注目的画面，考试周的大学生们却没什么多余的精力去分给这个明显已经放了假的小学生。偶有几个眼神投过来，也是因为知道了这是傅老师家的孩子，最多在心里感叹一番，老师家的孩子这么小就开始接触电脑了——就是这一脸严肃不知道在干什么。

“月亮阿姨，你不会还没跟王奶奶说吧？”

“月亮阿姨”也就是王阿姨的侄女王曼月，她的头像是灰的，却几乎是下一秒就回了消息：

“说了说了，我真说了。太阳小朋友，你催了好多次了，就这么不相信我吗？我家姑姑、大人都相信我是真对你爸爸不感兴趣了。按她的性子肯定已经早跟你爸爸说过这事不算数了。”

阳阳有点迟疑，低下头慢慢打字：

“可是爸爸没有一点变化的样子啊？”

王曼月往后一躺，靠在椅背上翻了个白眼，真是早知今日何必当初，就不应该为了取材和耳根清静，一时心动跟自家姑姑去大学里待了几天。

现在倒好，真是前门拒虎后门进狼。虽然收获不小，取材目的达到了，还认识了个可爱的小朋友，却没料到这位小朋友是比姑姑更磨人的存在。

至少姑姑还没学会用飞鸽，不会时不时上线给她留一堆言。

“太阳小朋友，你爸爸他是个成年人，所谓成年人，就是你作为小朋友，不可能看出来他在想什么，说不定他已经发现你不对劲了，正在暗中观察你呢。”

王曼月十指翻飞，不过片刻就给他回过去了长长一句话，盯着屏幕等着看小朋友这次会给自己回复些什么。

三分钟过去了，一个字都没有。

王曼月嗤笑一声，就要嘲讽一下阳阳的手速，正要发送，却见对面的头像骤然灰下来——阳阳下线了。

阳阳跟在傅闻声身边，十分不确定爸爸到底有没有看到自己的对话界面。

按理说，爸爸从来没有用过电脑，突然看到陌生的界面应该会抓不到重点……的吧？

阳阳拿不准傅闻声到底有没有看到自己跟月亮阿姨的对话，又十分担心爸爸会怪自己自作主张，跟在傅闻声后面漫步在安静的校园，老是忍不住去偷偷看他。

傅闻声只当没看见阳阳的小动作，维持着一贯的神色平和地走在阳阳的外侧，遇到认识的人时就点点头当作打招呼。阳阳看了半晌也没看出来一点点端倪，略有些丧气地低头看路，心想成年人真没意思，什么事都要藏在心里。

阳阳低头走了一会儿，只觉得两个人四条腿在眼前晃来晃去，眼晕得很，不由自主按傅闻声的频率来，试图跟他保持整齐。傅闻声腿长，为了迁就阳阳，步子迈得比平常慢很多，阳阳一按他的迈步频率来，就不可避免地往后落下一节，快走几步才能追上傅闻声。

然而此时步子已经又乱了，于是阳阳再次试图放慢，这次还特意用力加大步伐，却还是被傅闻声甩在身后一截。

如是几次，阳阳心里那点莫名的小情绪全都没了，只一门心思想着一定要跟上爸爸的步伐才好，几乎是跳跃式地迈着步子。

傅闻声眼角余光观察了阳阳一路，见他尽力地加大步伐，想跟自己步伐一致，绷着一张小脸的样子真是有趣极了，暗暗把步子又放慢了一些，观察着阳阳的反应。

阳阳再一次尝试失败，终于放弃了，小跑几步跟上傅闻声，下定决心再也不往地上看了，那只会让自己头晕眼花进而烦躁。

“不玩啦？”

一直没说话的傅闻声突然问他。

阳阳这才意识到自己是跟爸爸一起走路，自己刚刚傻乎乎的行为可能都落到了他的眼里。想到刚刚自己像个小傻子似的走走跑跑，阳阳顿时又羞又窘，恨不能回到几分钟之前，好好维持自己的“大人”形象。

傅闻声眼看着阳阳脸颊慢慢泛红，心情大好，心道怪不得那时候燕佳总喜欢逗得自己脸红，原来看别人脸红是一件这么令人愉快的事情。

尤其是自从那次跟阳阳谈过之后，阳阳真以大人自居了，时常注意自己的一举一动，很多小时候自然而然的撒娇动作都会被阳阳下意识规避，傅闻声已经很久没看到过阳阳这样的表情了。

“等你上初中，开始发育之后，会很快长高的，到时候就不会这样了。”傅闻声心里笑了一阵，温声说道。

“……知道了。”阳阳声音闷闷的，“我们小赵老师跟我们说过，等我们到初中就会很快长高的，现在还小，不需要担心身高的问题。”

“嗯……那我们的阳阳在担心什么问题呢？月亮阿姨是谁？”傅闻声低下头看着阳阳。

由于身高差异，傅闻声只能看到阳阳有些凌乱的发丝，和后脑稍微偏左一点，挤在一处的两个发旋儿。

此刻，发旋儿在傅闻声的注视下慢慢移动着位置——是阳阳微微低了头。

“爸爸不知道月亮阿姨是谁吗？”阳阳小声反问。

“嗯……怎么办，确实不知道呢。不过……”傅闻声拖长声音。

阳阳的心越提越紧，等着傅闻声的后半句话。

“大概可以猜到是谁。并且有点好奇，你们两个是怎么认识的。”

啊，看到我们的对话了。阳阳有点沮丧，怎么爸爸的眼神这么好，他明明已经很快地关掉界面了。

“对不起，爸爸。”阳阳犹豫着说，“我自作主张了。”

“嗯，你确实该道歉。”傅闻声点点头，“也的确有点自作主张。但是结果倒是好的。”

阳阳骤然抬头。王奶奶真的已经跟爸爸说过了？真的完全没看出来爸爸前后有什么变化欸……

“爸爸要谢谢你帮我解决了这件事，毕竟我跟王阿姨好像存在某种程度上的交流障碍。我不知道该怎么让她接受我的意愿，但你好像还挺擅长这方面的，嗯？”

阳阳当然能听出来爸爸话中开玩笑的意味，也知道傅闻声的话意味着什么，某个他自己都从未注意到，却又一直让他下意识警惕着的角落瞬间塌陷，有嫩生生的小草长出来，阳阳整个人都不易察觉地放松了下来。

“不算擅长啦，是月亮阿姨人好，愿意帮我。”没有因为他是个小孩子就拒绝跟他交流，而是真正地在听他的想法。

“这么快就被收买了？”

“这怎么能叫收买呢？”阳阳用力跨过地上的井盖，回头看了一眼自己迈过的距离，满意地点点头，“我们是互相帮助，我也帮到月亮阿姨的忙了。至少王奶奶已经好久不去催月亮阿姨结婚了。”

“阳阳真厉害。”傅闻声赞许一声，不再说话。

已经开了个头，阳阳反倒坦率起来了，十分想把前因后果都跟傅闻声说一遍。可惜久等不到傅闻声再说话，他心里像有一只小猫在软软地挠似的，恨不能傅闻声现在立马开口问他话，然后好详详细细地说一遍自己的经历。

毕竟对一个三年级的小学生来说，阳阳真心认为自己这段时间做的事情非常了不起。

眼见已经到了公交站，傅闻声还是没动静，阳阳按捺不住了：“爸爸，你真的不好奇我是怎么跟月亮阿姨认识的，我们又说了什么吗？”

“的确不好奇哦。”傅闻声照旧脸带微笑，说出的话却让阳阳失望极了，并从此学会了用“不好奇”这个大杀招来对付那些吊人胃口的人。

毕竟亲身经历最有说服力，有满腔的话要说，就等着别人起个头好开讲的时候被告知对方根本没有一点兴趣、可以不用说了，真的能让人郁闷至极。

“阳阳有自己的朋友和秘密是多正常的事情，爸爸只要知道阳阳帮到我了就可以了。”

公交车到了，傅闻声牵着阳阳上车，一边刷公交卡，一边继续说：“嗯，不过可以奖励你一件礼物。”

车上刚好有两个空位置，傅闻声带着阳阳过去坐下：“可以在家里装一台电脑，但是作为限制，每天的使用时间不允许超过一个小时，你能做到吗？”

阳阳双眼瞬间亮了：“可以！”

傅闻声伸出手：“君子一言。”

阳阳迫不及待地拍上去，有清脆的一声响，而他的声音比这响声更清脆：“快马一鞭！”

燕佳：

见字如面。

说来颇为神奇，我上个学期经历了一件我们两个都没有经历过的事情——被人介绍对象，俗称“相亲”。

说它神奇，一方面是因为它算是一种全新的体验，我从未想过我有一天也会经历这样的事情；另一方面则是为这种现象的存在感到神奇。

古时候婚嫁之事都要听凭“父母之命，媒妁之言”，是因为那时候的男女大防严厉得很，少年少女连情窦初开的机会都不会有，只能听凭家里长辈的安排。

这么长的时间走过，世界天翻地覆，这种习俗却还是倔强地延续了下来，甚至，听朋友的意思，依旧十分常见。

说实话，我十分不理解。从我们出生，到我们上学、工作，这中间二十多年的时光，会遇到多少优秀的人，多少三观相合的人，我不用估算也知道，这将是个十分庞大的数字。

如果我们接触过这么多的人，都没有从中找到我们愿意与之缔结婚姻、许下诺言的人，父母抑或介绍人，又怎么能指望我们通过介绍与短时间的相处来遇到对的人呢。

我真难以想象。

拿我们来做例子。我们相识了那么多年，交集却仅仅位于我们两者之间。我们的长辈、朋友、工作，几乎没有重叠的地方。也就是说，在日后面临“介绍”这件事的时候，我们也必然不可能出现在对方可选择的范围里，没有发展进一步关系的可能性。

问题就在这里，我很确信，我们就是最适合彼此的人。而在这个情境中我们甚至没有机会认识对方。

还有一点也让我觉得迷惑。要试图给我介绍对象的阿姨其实并不了解我，虽然我们都在文学院待了很长的一段时间，但我认为她应该只知道我的姓名，知道我曾经拥有妻子而现在只有一个孩子。即便是这样，她也试图让她的侄女和我“相亲”，在做出这个决定之前，她不担心我私下里是一个人品非常差的人吗？

这真是太不负责任了。

唯一的好消息大约就是这件事顺利地解决了，显然阿姨想要撮合的两个人都对对方毫无兴趣，我有理由认为，相比起来，那位女士对阳阳的好感度明显更高。

——这是我要说的另一件事。

阳阳不知何时学会了使用电脑，甚至利用这个工具跟那位女士进行了交流，这件事的解决大约有阳阳一半以上的努力。

虽然我至今也不知道阳阳是从哪里知道的这件事。

不过，我还是要表达一下对他的感谢，为此我在家里的书房安装了一台电脑。

我不是很懂这些电子产品，但是它的外观看起来要比你的那台高级一些。我把你的那台放在了家里的储物间，定期去除一下尘，但是没有再试过开机。它的外壳有些旧了，不过看起来还好，我不确定它现在还能不能正常使用。

顺便，今年阳阳的学校要求在期末开一次家长会，我得以在阳阳进入小学的第五个学期和他班里的其他家长见了一次面。

不过，我猜这个家长会的意思大约是“家长与老师见面会”，我们像孩子们一样，坐在孩子的位置上，听老师在上面分析每个孩子的情况。

尽管我能听出班主任老师已经尽力委婉措辞了，我还是只能说，幸好这个场合不允许孩子们参与，不然可能会对部分孩子的心理造成一些伤害。

当然，家长们会不会因为在这场会议上听到的东西而对自己的孩子说些什么或是做些什么，就是我更无法预料的事情了。

我不喜欢这种会议，如果这也算会议的话。

尽管班主任老师赞扬阳阳的时候，我还是不可避免地会感到骄傲。我们的阳阳付出了那么多的努力，他理应得到别人赞扬的目光。而当我因为阳阳的优秀被其他家长羡慕时，我所感受到的欣喜还要更胜于当年我得到优秀毕业生殊荣的那个时刻。

阳阳一定会成长为一个优秀的男孩子。我相信并努力着。

第五章

“傅景和！”

“哥！”

小鹿小跑几步跟上他：“你真不好奇我考了多少分啊？”

正是七月中旬，中午时分的阳光已经带上了不可忽视的热度，开完最后一次年级大会，在班主任老师的指导下报完高中志愿的学生们三三两两地踏出校门，告别这所或许永远不会再回来的学校。

傅景和与钱丛露也不例外。

两人分别跟自己的朋友告了别，步行回家时自然而然地走到了一处。

钱丛露微微探身，凑到傅景和前面看他的表情，及肩的中长发随着她的动作滑下去，又被她随手别到耳朵后面。

傅景和直视着前方，眼角余光都没分给她一丝一毫：“一点都不好奇哦。早晚都会知道的事情，我现在为什么要好奇。”

说这话时他声音语调都平平淡淡，表情也没有一丝一毫的变化，给他的话添上了十分的诚意。

钱丛露长长“哦——”了一声，直起身默不作声地跟傅景和一起，浑身上下都透着股刚被打击的颓丧劲儿。

“三、二、一。”傅景和心里默念。

几乎是他刚数到一的时候，钱丛露如泉水般叮咚作响的声音再度响起："你就不怕我考得特别差，不能跟你去同一所高中吗？"

"你成绩那么好，肯定是要去一中的了，我要考一中可就难了。要是我没考上，那我们长达十二年的同窗友谊不就断绝了吗，想想就觉得可惜，十二年了欸！你都不会觉得心痛吗？"

"你把路河放哪里了？"傅景和笑，"我们跟他也是一起了十二年吧？"

钱丛露撇嘴："一中又不收赞助费，只看分数，他早就确定自己没办法上一中了，在想上二中还是实验呢。"

"那你可以跟他商量一下啊，一起上二中或者实验，延续你们长达十二年的同窗友谊。"傅景和语气悠悠，语速和步子一样不紧不慢。

"那怎么行！"

"怎么不行？你不是说你考不上一中吗？附近的学校，除了二中和实验，你还想去哪个？"路口是红灯，傅景和拉住钱丛露的书包，止住她的脚步，"还是说，你想去西城区上西城高中？这个学校也不错。"

钱丛露停下来，站在傅景和前面，没注意到他的表情变化，兀自嘟囔："西城哪里好了，离家那么远，还是全寄宿。"

她猛然反应过来什么，扭过头怒视傅景和："你在想什么呢，西城是男校！"

傅景和差点笑出声，虚握着拳头轻咳一声掩饰笑意，尽力维持语气："嗯嗯，不去念男校。"

红灯闪烁了几下，变成个正在走路的小绿人，傅景和推了她一把："走了。"

钱丛露闷着头一声不吭，直往前冲，无奈书包被傅景和拉在手里，怎么也走不快，只好别别扭扭地走在他前面。

傅景和仗着初中以来极速上涨的身高，视钱丛露的别扭为无物，抬起左手腕看了一眼，心想小鹿的反应速度真是越来越慢了，这么久了还没想明白。

正腹诽着，钱从露像是听到了一样，猛然回过头瞪他：“傅景和，你是不是早知道我过线了，刚刚在逗我玩儿呢？”

“是啊。”傅景和坦然承认，“我可是考前带你复习了三个月，你如果考不上也太对不起我了。”

钱从露噎住：“你能不能不要这么自信啊？班主任老师都不敢说这种话吧！还有，你怎么知道我分数的？”

“班主任要管几十个人呢，我只管你一个，效果当然好了。”傅景和笑眯眯的，“至于分数，你还记得中考报名的时候我们在机房坐的是相邻的位置吗？”

“所以呢？”

“我看到你账号和密码了啊，出分那天就已经查过你的分数了。”

傅景和回答得太过自然，以至于让钱从露觉得这人说的不是他记住了自己的账号密码，而是今天天气真好，甚至隐隐觉得这也不是什么大不了的事情。

眼看着小鹿的眼神又开始飘忽，傅景和轻轻拍她一记：“回神！到你家了。我已经看到伯父伯母了。”

钱从露转头，果然看见自家老爸老妈正坐在花店门口朝这边看过来，老爸还高高举着手，晃来晃去的。

她欢呼一声，雀跃着朝家里跑过去，第一步就因为傅景和还拽着她的书包趔了个趔趄，回头不满地看了傅景和一眼，钱从露干脆两肩一抖，把书包抖落肩头，自己浑身轻松地扑到爸爸怀里撒娇去了。

傅景和手里一沉，摇头笑了笑，不一会儿也到了花店，把钱从露的书包放下，正要告辞，被赵夏的话止住了脚步：“景和你先别急着走，跟小鹿你们俩先进去看会儿电视吧，中午就在这儿吃，你爸今天中午不回来了。晚上咱们两家，带上你章叔叔一家，咱们三家一起去迎客来吃饭，已经订好位置了。”

“嗯，谢谢伯母。”傅景和点点头。

这几年来，花店的生意越来越好，钱老板夫妇盘算了一下，就把旁边的两家店铺也盘到了手里，打通之后重新装修了一遍。

如今花店不仅保持着以往的传统，售卖鲜切花和盆栽，还开发了新的业务，售卖干花、花茶、永生花等和花有关的加工品。剩下的位置就被钱老板夫妇隔出来当作小休息室使用，几张软沙发和同样软软的地毯、电视、电脑，还有矮矮的小茶几，让这里成为一个舒适的区域。

有时候会有客人来这里坐一坐，更多的则是给放学后、假期中的小鹿和傅景和使用。尤其是临近中考的几个月，傅景和几乎每天都要在这里给小鹿补习功课，直到晚上八九点钟，再被钱老板送回家去。

钱老板一家本来就喜欢傅景和，再有了这一出，更是把他疼到了心里去，有时候甚至连小鹿都忍不住假装吃一吃醋。

傅闻声对这样的变化不是没有察觉，却也乐见其成。

——钱老板一家是因为阳阳的做法而慢慢改变了态度，与他没有半分关系，他当然不需要，也不能去干涉这种变化。

原本正是暑假，傅闻声应该在家里等着阳阳报志愿回来，抑或是直接陪他过去，无奈文史哲三院这几天正在联合举行一个级别相对比较高的学术论坛。

十几年前傅闻声还是个初入学校的讲师时当然可以不参加，如今作为文学院里相当“中流砥柱”的青年教师，他无论如何也逃不脱。

汤颜也是这个待遇。

会场在云星楼的大厅，傅闻声和汤颜两人被安排在文学院那一块的第三排，前面坐着的都是这个领域的大拿，身边则算是正在冉冉升起的新星们。

发言人的讲演告一段落，众人四散开来，到外面更广阔些的大厅进行短暂的茶歇。

不知是何时兴起的风潮，两场讲话中间总要暂停上这么半个小时，提供各式各样的茶点，容与会人员松散上片刻，填饱肚子再回去继续。

在傅闻声眼里，这与学生们的大课间差不多。只是他们四节课的中间需不需要吃些东西补充精力，傅闻声不是很清楚。

他对这些色彩缤纷、看起来十分甜软的糕点没兴趣，只拿了纸杯去接了凉茶，寻了个不起眼的角落站着，想着不知道阳阳的志愿报得怎么样了。

距离他上高中已经有二三十年了，那时候报考高中的程序和现在完全不一样，傅闻声本着关心孩子的念头问了一次阳阳报考高中的程序和注意事项，没到半个小时就决心再也不管了。

反正阳阳说得头头是道的，看起来清楚得很，又有班主任老师时时盯着，大约也不需要他在旁边瞎指挥。

只是不试图指导并不代表他不关心，打从脱离了听讲演时那种全神贯注的状态开始，阳阳志愿报得顺利不顺利就成了他脑海中盘旋着的主旋律。

如果他没看清楚选项选错了呢？如果保存的时候没保存好呢？如果电脑出问题了呢？

虽然知道以阳阳的仔细和学校的认真，这些可能性都不大，傅闻声还是忍不住往这方面去想。

越想眉目越是沉凝，看在外人眼里就像是这位老师正站在角落里生闷气。原本观他的人品气度，想要上前来结交一下的两位外校的老师硬生生被他的表情吓退，转而去寻了旁人说话。

挨到下午议程结束，傅闻声收拾好材料，装进会场配发的手提袋里，在出口处等到了稍慢一步的汤颜。

章东已经在学校门口等了一会儿，正在路边跟五岁的章旭玩闹。

章旭年纪虽小，个头却不小，在幼儿园里硬生生比同岁的同学们大上一圈，虎头虎脑的分量颇重，助跑几步攀到章东身上时带得他站都站不太稳，章旭就抱着爸爸的脖子哈哈大笑。

笑声止于他看到傅闻声的那一刻。

章东背对着门口没看见，听见宝贝儿子的笑声猛然停了，还以为是自己抱得他不舒服，连忙把他放下来，半蹲着身子仔仔细细把他周身看了一遍，没看出有哪里不对才松了口气。

“行了，你儿子没事，就是看见傅老师了。”汤颜一看儿子的神态就知道是怎么回事，轻轻拧了一把章旭的小鼻子，语气无奈，“傅老师有那么凶吗？啊？你怎么每次见到傅老师都不敢说话不敢笑的。小屃货。”

“你也行了，汤老师，我看咱儿子不是怕傅老师，是怕你。”章东按开车门，“行了，快上车。你们学校这个什么会这会儿结束了，估计车不少，一会儿别把我们堵在这儿了。”

几人依次上了车，傅闻声扣好安全带，把汤颜指着的纸巾盒递到后面，扭头时正好跟探头探脑望过来的章旭对上视线。

章旭一愣，连忙移开视线，身子又往妈妈那边靠了靠。

小动物们总有一种神奇的直觉，尽管傅闻声在章旭面前从来是神态平和，连声调都没有高过，章旭还是本能地对傅闻声有些害怕。

总觉得这个伯伯并不像他表面上看起来那么温和无害——尽管章旭还没有学会用温和无害来形容人，但他内心的想法的确如此。

正值暑假，迎客来人声鼎沸，服务员引着他们在走廊里穿行，去寻他们已经订好的包间。

赵夏和汤颜正走在一起大谈护肤经验，汤颜对花茶十分感兴趣，拉着赵夏给她介绍。章东跟钱老板正在探讨在玻璃里封上真花的可能性，你一言我一语说得投机。小鹿对傅景和还有点小小的意见，不太愿意跟他说话，主动牵了章旭的小胖手陪他玩儿。

傅闻声跟傅景和就落到了后面。

傅景和刚要上高中，个子却长得飞快，如今父子两个已经几乎平齐。并排走路时，傅景和不需要再像小时候那样刻意加快步伐，也能跟上傅闻声的脚步，稍稍落后半步，也只是为了显示自己对父亲的敬重。

“志愿报好了？”傅闻声语调轻缓，仿佛随口一问，半点也没露出他下午胡思乱想的焦躁来。

“嗯，报好了，是一中，我们这片最好的高中，也算是市里最难考的高中之一吧。”阳阳这时候才显出一点少年人的腼腆，摸摸鼻子颇有些不好意思地笑了笑，又立马补了一句，“我觉得我应该会被分到一中的重点班。”

“这么自信？”傅闻声偏头看他，走廊里有些昏暗的光映在他脸上，模糊了他的面容。

阳阳当然听出来爸爸是在调侃他，偏头时看见傅闻声的脸还是不可避免地有点走神：爸爸怎么看起来跟小时候一模一样，没有一点变化，还比那时候更帅了，不知道等我老了以后会不会也像爸爸这样。

想归想，半点没耽搁他回话：“我这不叫自信，是依据事实做出的合理推测。我的中考成绩市联合排名在前十，如果不能分到重点班才奇怪呢。”

这还是阳阳第一次跟傅闻声说他的成绩，少年人即便是刻意收敛，还是不可避免地带出点神采飞扬的骄傲劲儿，提起自己的排名时满是自信。

“那我们阳阳真的是很棒了。”傅闻声真心捧场，他是真没想到平常在老师口中成绩不错的阳阳竟然是这样的“不错”法，市里中考考生至少六七万，阳阳能考到前十，不知道私底下费了多大的工夫。

我得奖励奖励他，傅闻声想。

“爸爸给你一个奖励，你想要什么，想好之后写到家里的小白板上，行吗？”

阳阳眼前一亮，几乎是傅闻声话音刚刚落下，就立马点头答应。

——要知道上一次爸爸给他这样的奖励时，还是他初一时抱着玩一玩的心态，把自己拍的几张照片寄去了杂志社，结果就被收用了，他因此赚取了人生中的第一笔稿费，也获得了傅闻声的奖励。

他深思熟虑了好多天，在小白板上写了想要一台属于自己的相机，结果一周之后就在自己的房间看到了一台所有配件都配齐了的单反。

用起来顺手极了，现在还是他的心头好大宝贝呢。

而今又一次得到傅闻声这样的承诺，阳阳觉得自己没有当场跳起来，说明他已经是个够克制的人了。

要知道他的毕生理想就是像爸爸一样永远不露声色，是个成熟可靠又稳重的大人。

等到了上菜的时候，阳阳敏锐地发现傅闻声心情不错，具体表现在一向只喝白水的他这次竟然凑热闹似的跟几个小孩儿一起喝了可乐。

想到爸爸是因为什么这么高兴的，阳阳也心情飞扬起来，下定决心等三年后也要争取考出这样的成绩，好让爸爸更高兴一点，最好许给他两个这样的奖励，让他免得思考的时候过于纠结，不知道怎么从许多想要的礼物中千难万难地选出一个来。

这次聚餐名义上是要庆祝两个大孩子中考都考得不错，即将进入心仪的高中去进一步学习，章旭却也没逃得脱。

尽管他只有五岁。

汤颜看着两个初长成的少年少女，心里眼里都是羡慕，抱着自家小章旭殷殷嘱托：“看你哥哥姐姐今年考得多好，马上都能去市里最好的高中念书了。我们家小旭也得向哥哥姐姐看齐，做一个优秀的人，好不好？”

章旭本来人小，坐在椅子上连桌子上的菜都够不着，只能站在妈妈身边等她给自己夹菜投喂，突然被妈妈抱进怀里，错失了要菜的机会，只能眼睁睁看着盘子里最后一块炸鸡柳被最讨厌的大阳哥哥吃掉，内心是绝望的。

俗话说不在绝望中爆发，就在绝望中“变态”，放在一个小时前，任谁都想不到章旭从妈妈怀里挣脱后的第一件事竟是绕过半个桌子去抱傅闻声的大腿——毕竟他们这群人也不是最近才开始交往的，谁都能看得出来小章旭对傅老师一向有点不敢亲近的样子。

因此屋子里所有人表面上没什么反应，实则都在偷眼看章旭和傅闻声的互动，猜测章旭突然这么反常的原因是什么。

章旭半点被注视的自觉都没有，克服心里那点说不清道不明的小心思，语气正经严肃地跟傅闻声小声说了几句话，还成功坐上了傅闻声的膝盖，在他耳边嘀嘀咕咕。

末了，只见章旭表情严肃地朝傅闻声点点头，又跟他煞有介事地拉了钩，傅闻声倒也配合他，从始至终都没有笑场，仿佛正在跟人商讨一件大事似的庄重严肃。

汤颜原本想当场问问两人说了什么，见氛围正经，竟也把话憋了回去，心道回去慢慢套套章旭的话好了，谅他也瞒不住。

没想到一向无往而不利的套话方法惨遭滑铁卢，汤颜不仅没问出两人说了什么，还成功收获了自家儿子的嫌弃：“妈妈你们大人不睡觉可以，小孩子不睡就长不高了，这还是你跟我说的呢，怎么这么晚了还一直赖在我房间打扰我睡觉？”

汤颜：“……”

另一边，傅景和的心情也唯有用无语这两个字才形容得出来。

他缓了半天，还是有点难以理解：“就因为我吃了一块鸡柳？他跑到你身边让你给我讲孔融让梨，还要你批评我？”

傅闻声点头：“我觉得故事不用讲，批评也不必，就是想提醒你，跟弟弟相处的时候还是稍微注意一点。爸爸跟你章叔叔和汤阿姨相处得不错，你跟你章叔叔和汤阿姨相处得也不错。虽然爸爸不指望你们相差这么多岁也能玩到一起去，但还是希望你们两个能维持一种和平的关系。”

“不是，爸，我五岁时候有这么离谱吗？”

傅闻声仔细回想了阳阳的五岁，十分沉重地摇了摇头：“没有，你五岁时已经十分乖巧了。”

“爸，我怎么觉得你有点遗憾的意思。”

“确实有些遗憾。”

傅闻声拍拍他的肩膀，把他按坐到沙发上，接着说道：

“当时我只觉得你十分乖巧懂事，是个听话的孩子，让我省去了许多不必要的麻烦。现在对比小旭，我却觉得你还是不乖巧的好些。当时察觉不到，如今每每想到你小时候就不哭不闹，凡事都听我的安排，我总疑心是我那时候对你不大好，让你过早地学会了忍耐。”

阳阳一时怔住，原本想说的话此刻都有些不好意思再说出来，犹豫了半晌，也学着傅闻声刚刚的样子，拍拍他的肩膀：“爸，你别这么想啦，就不能换个角度看问题吗？比如你儿子我就是这么天生的聪明懂事，生而知之，在章旭忙着跟爸妈斗嘴说无聊话的时候已经在思考人生的意义和宇宙的奥秘，所以对于日常生活非常不在意。怎么样，这样想有没有好一点？”

傅闻声满腔愁绪刚孕育出来就被搅散，顿时有些哭笑不得：“谢谢，的确是好多了。”

窗外传来几声清脆的鸟鸣，渐盛的晨光透过窗帘让屋里的一切披上朦胧的光晕时，傅闻声照常睁开了眼睛。

客厅里断断续续传来细碎的声响，傅闻声侧耳听着，等所有声音随着轻轻的关门声归于沉寂的时候才翻身下床。

阳阳房门半掩，床铺收拾得整整齐齐，已经出门跑步去了。

从知道中考要考体育开始，阳阳就每天早上起床去跑半个小时，最开始自然是单纯为了中考能得个好成绩，后来就慢慢成了习惯，毕业放假后也没有中断，到现在已经有三年多光景了。

傅闻声从一开始的微微心疼到后来的又欣慰又欢喜，慢慢也就习惯了每天早上睁开眼睛第一件事是听着阳阳收拾停当出门了再起床洗漱、做饭，再跟阳阳一道吃饭，然后各自去学校。

电饭煲的按键跳到保温，傅闻声把锅盖掀开一条缝让粥慢慢散着热气，擦干净手，出了厨房。

阳台上新养的几盆花看起来有点蔫蔫的，傅闻声皱眉翻看了一下花茎，到底什么也没看出来，在随身带的日程本上添上了“给花看病”这一项。

客厅里再次传出连绵不断的细碎声响，接着是水流声，是阳阳跑步回来了。

阳阳收拾好碗筷，拿进厨房，打开水龙头洗着碗，微微提高声音，好让傅闻声听得清楚：“爸爸，我今年想早点去外公外婆家。”

“今年暑假没有什么事情，一中要到八月二十八号才报到开学，我想在外公外婆那里多住几天，陪陪他们。”

傅闻声当然没有阻止的理由，爽快答应了下来：“嗯，去就去吧。行李收拾了吗？票呢，改签了吗？我记得你买的原本是半个月之后的票。你一去这么多天，要不要跟你的朋友们说一声？省得他们来找你时扑个空。”

“行李还没收拾，我打算就带几套衣服和相机过去，反正外公外婆那里什么都齐全。票已经改签过了，明天下午三点发车。我打算就跟小鹿说一声我要走，反正他们要来找我的话肯定得先找小鹿。”

“嗯，你心里有成算就行。”傅闻声不觉笑出来，“为什么同学们找你还要先找小鹿？你聘请小鹿来当你的秘书吗？”

阳阳动作一滞，有点无奈："小鹿家花店在街角，来家里找我都要路过，小鹿每次看到有同学过来都要跟上一起……"

"所以慢慢地大家都先找小鹿再找你了？"

"嗯。"阳阳听出了傅闻声语气里的调侃，有点恼了，"爸你今天怎么这么啰唆。"

"好了好了，我不说了。"傅闻声安抚他，"明天下午我还要在学校开会，不能去送你，你自己过去乘车，能做到吗？"

阳阳把手里的碗擦干放在橱柜里，语调轻快："当然可以啦，爸。我都十五岁了！何况又不是第一次去外公外婆家了。"

"嗯，到了记得给我打电话。"

近些年发展得快了，交通也比以往便捷许多，乘高铁过去花费的时间只有以前的一半不到，徐老师家也仿佛离这里更近了些。

傅景和吃完午饭带上行李出发，半下午就到了目的地，跟着人流慢慢往高铁站外面走去。

离高铁站不远，一处树荫下，长椅上正坐着两个人。

这是一对年逾花甲的夫妇，收拾得整齐利落，精神头看起来极好。丈夫本白上衣，亚麻色七分裤，花白的头发上一副褐色的墨镜极其显眼。妻子则是一条浅绿色碎花裙，炎炎夏日里看起来十分凉爽，及肩的头发自然散落着，脸上挂着和煦的笑。

——这正是徐燕佳的父母，傅景和的外公外婆，徐致远和沈文华。

两人都注视着高铁站门口，在泥土中沉睡许久终于得见天日的蝉在树上尖锐嘹亮地鸣叫着，发泄着心头的憋闷，却始终无法引起两人的注意，偃旗息鼓似的暂停了歌唱。

沈文华眼前一亮，却不是因为终于得以安宁，而是看见了正拉着行李箱走过来的傅景和，站起来迎过去，笑容更加灿烂，打趣道："可算到了，蝉都叫累了。"

徐致远慢了一步，踱步到傅景和身边，上下打量了几眼，哼道：“不是说现在这个高铁快得很，怎么还是到得这么晚？你爸呢，怎么没来？他今年夏天不过来了？”

“确实快了很多。我中午吃了饭才过来的，现在已经到了，算上我乘地铁的时间，一共才三个多小时。我爸这段时间有个会走不开，就没来。过段时间来不来我也说不准，外公跟爸爸打电话时候怎么不问他？”

傅景和站在他身边，稍微落后半步，带着满眼笑意，边走边说。

“你都说了你爸忙，我再说着让他过来岂不是耽误事？”徐致远瞪着双眼，“也就是你大了，不然说什么也得让他送你过来再回去，学校就那么要紧？”

傅景和倒也不恼，依旧笑着：“外公想我们的话就过去住段时间嘛！或者干脆搬过去？我们小区好像最近有人要搬走，公告栏上经常有招租卖房的广告贴出来。”

“谁想他了？我这明明是在骂他，你真是越大越傻，这都听不出来？还让我们搬过去，你想得倒挺美。我跟你外婆住在这儿一辈子了，才不往别的地方去。”

“嗯嗯，不想，一会给爸打电话的时候一定告诉他，让他没空就别来了，有空也别来，反正这儿也没人想他来。”

沈文华看着两人你来我往，欢喜止不住地从眼里淌出来，听了这话，摇头叹笑：“致远你真是的，这一辈子也就这么别扭着说话，亏得孩子们愿意跟你闹。阳阳刚来，家都还没回去，就这样你一句我一句的，也不怕别人看了笑话。”

谁敢笑话？徐致远心里接了一句，嘴上却立马应声：“沈夫人说得是，我都听您的。”

三人说着上了地铁，一路絮絮说些闲话，不长时间就到了家。

徐家是座两层的小楼，带一片不大的院子，徐致远与沈文华工作都不忙，退休后就更加清闲，把这院子打理得极好。

不大的小院一半种了各色菜，一半却种了几样花，都是水灵灵鲜艳欲滴，泾渭分明又和谐无比。

进了门，阳阳打了声招呼，直奔二楼。走廊尽头他的房间和上次来的时候一模一样。阳阳归置好行李，又下了楼，陪着两个老人说话、去院里摘菜、做饭。吃罢晚饭，三人就着依旧带着热气的晚风去不远处的公园散步，时不时同周围的人寒暄几句，说说话。

这座一向温馨和乐的小院仿佛被注入了一团气息，眨眼间活了起来，在和乐之外更添上了数不尽的欢快。

沈文华坐在床头，一张张翻开那本已经看了无数次的相册，带着几分感慨："阳阳这孩子，竟越长大越像是燕佳的脾气。今天你们俩说着话，我恍惚觉得又看见你跟燕佳吵吵闹闹似的。把阳阳养得这么好，不知道闻声费了多少心思。"

徐致远放下书，往后靠了靠，陷在柔软的椅背里，目光柔和，话语却依旧带着他特有的呛人味儿："我们燕佳的孩子，像她不是很正常吗。再说了，也不是小傅一个人把阳阳带大的，我们俩又哪里少花心思了？"

"我们俩到底离得远。"沈文华合上相册，轻轻抚上封皮，对徐致远的话不置可否，"当初燕佳走得那样急，我本来想把阳阳带到这边，我们俩先照看着的。只是他还那样小，骤然见不着母亲已经够心里不安的了，再离了父亲，恐怕要移了性情。闻声一向是个好孩子，我思来想去，还是忍住了。当时做了决定，我也放不下心，这些过去了，回头再看，这个决定真是正确无比。

"你也想想，闻声本来不是个爱说笑的性子，阳阳从小在他身边长大，却像足了燕佳。我们每年跟阳阳相处的时间，加起来也没有几个月，阳阳能长成这样，不知道闻声在中间花了多少功夫呢。

"就不说这些，冲着闻声这么多年独身一人，我就感激他。

“唉，到底是我们燕佳没有福气，要是现在她还……”

沈文华说着说着，眼角沁出晶莹的泪珠，声音也带了几分哽咽，到底说不下去了。

徐致远知道是妻子触动了心肠，不安地动了动，起身确认门关严了，坐到沈文华身边，揽住她肩膀，极其不熟练地安慰了沈文华几句，见她依然满眼伤怀，脱口道：“我总觉得小傅不大对劲。”

“你说什么浑话呢？”沈文华眉头一竖，就要发火。

傅闻声也算是她从小看到大的好孩子，又把如珠似宝的女儿嫁给了他，心里早就把他看成了自家孩子。这么些年过去，更多了几分沉甸甸的感激与欣慰，简直是半句说他不好的话都听不下去。

“你小点声，小点声。”徐致远沉吟着，见沈文华片刻就不伤心了，心里舒一口气。年纪大了，老这么伤心可不行。

就刻意用了正式的语气，以强调自己接下来的话，好让沈文华不往那牛角尖里钻：“你也知道，小傅跟我们燕佳，从小到大的情分，自来就没分开过。当时燕佳在医院住着，瞒着小傅给他写信的时候，那种神情，简直是怕没这些信撑着，小傅就会立马跟着她去了似的。

“那些信，你我都没看过，不知道上面写了些什么，总归虽是那么厚一叠，看完也要不了多长时间，到现在总该看完了吧？可你看看，一点儿事没有。小傅现在也是副教授了，阳阳成绩也好，总之完美得不像样，挑不出一点不好去。”

沈文华狐疑：“这哪里不好吗？哪里不对劲？”

“我问你，是你了解小傅，还是我们燕佳了解小傅？”

“这还要问？”沈文华坐直了身子，直直瞪着徐致远，蓄势待发，直待他再说不出什么有道理的话，就要开始为傅闻声辩护。

“燕佳那么了解小傅，所以很郑重地给小傅留了信，怕他出事。这要是一点出事的可能性没有，燕佳干吗那么担心？她从小看着粗心，也不是那种肯做无用功的人。”就不提这些，徐致远以己度人，要是这事搁在他身上，怕是他也没法表现得比小傅更好了。可到底，他跟小傅可不是一样的人。

徐致远正在思索，见沈文华脸色都变了，吓了一跳，可别再吓到了文华！连忙转了话音："不过，这也都是我的猜测。也许燕佳就是给小傅留点纪念呢？这都这么多年过来了，最艰难的时候都过去了，阳阳眼看着还有三年就成人了，小傅就是有多少放不下，现在也该放下了。"

沈文华面色舒缓了些，轻轻吐了口气："嗯，是该放下了。就是为着阳阳，闻声也早该放下了。"

晨光熹微，傅景和轻手轻脚下了楼，预备去附近跑步。

徐致远正坐在廊下满目欣慰地看着院中景象，硬生生从妻子手里抢到一半使用院子的权利，是足以让他每次看到院子都高兴得不得了的事情。

早上起来欣赏一下自己的杰作和勋章是徐致远每天的必备日程。听到声音，回头就看见阳阳穿戴整齐，正朝门外走。

"去跑步？"

"嗯。打算去附近公园跑一会儿，大概半个小时后回来。"

"嗯，我也去。"徐致远甩着胳膊站起来，不容抗拒道。没等阳阳说话，连忙补充："外公老了，跑不动了，去走走就行了。"

傅景和无奈："嗯，那我陪您走到公园再开始跑步。"

清晨微凉的空气吸入肺腑，徐致远不觉精神一振，微微偏头打量了一下身旁的阳阳，不动声色道："在家的时候也天天早上起来跑步？你爸怎么说？"

"嗯？"傅景和先是疑惑，随即反应过来，不自觉带上了满脸的笑，"外公你忘了我爸很早之前就不干涉我的时间安排了？我早上起床跑步，爸爸就在家浇花做饭啊，等我回来之后我们再各自去学校。"

"这样啊……小傅还真是辛苦。"

“嗯，我也这么觉得。还好高中可以住校了，我打算高中住到学校去，既省下往返的时间学习，也让爸爸在我身上花费的时间少一些。”傅景和笑着道。

打好的满腔腹稿顿时化作乌有，徐致远把那些念头都抛之脑后，急急追问：“怎么突然要住学校去了？学校的条件怎么能跟家里比？高中三年正是辛苦的时候，怎么能住学校去呢？吃不好睡不好的，怎么能好好学习？你怕小傅忙不过来的话干脆我们两个搬过去住段时间嘛！”

傅景和早就想到了外公可能会有点反对，却也没料到他反应这么强烈，只得安抚：“外公，我都已经十五岁了，我们初中的班里有同学小学开始就住校，一直这么多年，成绩也很好啊。您和外婆年纪大了，以前请你们俩过去玩几天都不想去，为了照顾我搬到那边，听起来也不太像样不是？再说了，您不相信我能自己照顾好自己吗？”

徐致远正要再劝，目光扫过少年人轮廓日益清晰的侧脸，轻而易举看出了和徐燕佳一模一样的倔强神情，仿佛有根弦被触动，一个念头清晰地浮现出来：当初他就拗不过燕佳，现在肯定也劝不动和燕佳一个脾气的阳阳。

“唉！”徐致远骤然有点感慨，“一个个的，都是一长大就不让人省心。行了，你想住校就住校吧，你爸同意就行，反正我说了也不算。公园也到了，你快去跑步吧，半个小时后我们在门口见。”

“嗯，你放心啦外公，只是住校而已，肯定不会耽误事的。”傅景和笑得露出一口白牙，原地蹦跳几下，挥挥手，沿着小路慢慢跑远了。

徐家小楼里，沈文华下了楼，没看到爷孙两个，也不在意，悠悠然去菜地里捡新鲜的生菜拔了两棵，又摘下两个红透的西红柿，拿在手里端详一刻：“怪不得老头子不舍得给摘，长得确实挺好。”

沈文华不紧不慢准备好了早饭，出去的两人却还没回来，她上楼取了手机，给傅闻声拨了过去。

傅闻声许是手头有事，迟了一会儿才接起电话，隔着电话还有细微而模糊的水声传来。

沈文华不由得微笑："已经吃完饭啦？"

"吃完饭还去学校开会？……还有几天才能开完啊。那你开完会过来吗？"

"不来也好，阳阳在这边一切都好，别太惦记，等快开学了我们送他回去，不会耽误他去报到的。"

"嗯，我跟你爸也一切都好，身体都不错，定期去医院体检，你别担心。"

"好，那就先这样，阳阳跟你爸估计是去附近公园晨跑了，我趁你爸不在摘了他地里两棵菜，估计还有的闹呢。你工作忙，也要多注意身体，来不及做饭的话在外面吃或者请个钟点工回家里做饭都好。"

"嗯嗯，再见。"

沈文华挂了电话，提了一整夜的心终于放下，认真生活就好啊。

有心力认真经营生活的人至少生活热情很饱满。

电话另一端，傅闻声将手机放到一旁，洗干净水池里的碗筷，却没有如电话里说的一样直接前往学校，而是熟门熟路地坐到书桌前，翻出了信封和信纸。

燕佳：

见字如面。

又是一年七月，和往常的七月一样热，却又和往年的七月有一些不同。阳阳已经结束了初中学业，以优异的成绩升入了市一中，我们都很为他骄傲。还有钱老板的女儿小鹿，也一起考入了市一中，我、钱老板一家、章东一家，我们都很高兴，为此特意为两个孩子庆祝了一场。

小鹿已经成了大姑娘，章东和汤颜的孩子章旭也正是天真可爱的年纪，每次看到他的时候我总有些遗憾。我们的阳阳好像很久没有过那样如小溪般清澈灵动的神情了。

好像就是一眨眼间，阳阳已经真正长大了，他已经和我一般高，行走时可以毫不费力地跟上我的步伐，而他又比我那个时候成熟稳重得多。

他有一个比我更轻松愉快的少年时代，可以只做他想做的事情，而又在这样的环境里成长为了一个比我更优秀的人。作为父亲，我对这一点感到十分自豪。我尽我所能给阳阳创造了一个利于他成长的环境，同时看着他一步步成长为一个优秀、独立的个体，还有什么能比这个更加令人欣慰？

三年的学习后他就要进入人生中最美好的几年了，他将尽情挥洒他的才能，释放他的能力，从大学这个平台进入更广阔的世界。作为老师，我希望他能进入我们的学校，因为希望学校能拥有一个像阳阳一样的学生；作为父母，我也希望他能进入我们的学校。不仅因为这是个不错的平台，更因为这是我们留下无数回忆的地方。目睹阳阳在这样一个地方飞快成长，简直就像看着他又走了一遍我们的路，多么奇妙。

当然，我也担心他是不是愿意一直陪在我身边，或者说，愿意不愿意为这座他已经十分熟悉的校园而驻足。

近来我经常想到这些问题，想他的大学，想他毕业后，想他会从事什么样的工作，选择跟什么样的人共度一生，想……很多年后，确切地说，是十五年后的那个春天。

想得多了，就好像那个春天在向我招手似的。

燕佳，我四十岁了，四十而不惑，我确实感到自己近些年来有了一些进步。一些在年轻时看来很令人为难的事件真正降临到我身上来时，竟能够无师自通地处理得很不错。我从没想过会有学生对我产生情愫，刚知道时甚至有些啼笑皆非之感，当然，事情最后得到了妥善的解决。为着这个，林先生私底下很是表扬了我一番。

不过也正是因为我的进步，回想起你时，我才更能感受到你的玲珑心思，一些以往认为不甚重要的举动下竟可能有那么多含义！近来常常在报道中看到着正装、气度优雅自然的女企业家，总觉不如你矣。或有夸张，实是我真实看法，惜乎不能目睹你此时风采。

又，父母身体都很好。今日早晨，母亲打电话时提及父亲陪阳阳去附近公园晨跑。不过我认为有很大可能是阳阳跑步，而父亲在一旁散步。你知道，父亲年轻的时候就不喜欢跑步。犹记得高中跑操的时候，只有父亲从来没有随班跑过步。

一切都很好，燕佳，请你不要为我们担心。

折好信纸，放进信封，再封好贴上邮票，一切都是傅闻声做惯了的动作，在投递时却与以往有了不同——小区出门后不远的那个邮筒被撤掉了，现在寄信得到邮局去才可以。

安平小区去年又整修过一次。这座落成年限不超过二十年的小区已经成了市政眼里的老旧小区，时不时请人来做入户调查，然后或多或少换一批设施。当然，它也的确有些老了，却老得半点不令人觉得破旧，而是从骨子里浸透着岁月安然的气息。

街边的法国梧桐越发高大苍翠，初升的太阳照耀下仍带着化不开的沉静，十数年来，周围的景象或多或少都有变化，只有这条街在一片热闹喧嚣中仿佛亘古不变地僻静着。

邮局不远，傅闻声慢慢走过去也不过二十几分钟，过了邮局的拐角处就是地铁站。傅闻声寄好信，踏上扶梯，慢慢进入地下一层，也回归现实，预备着新一天的忙碌。

傅景和也过着充实又愉快的生活。在外公外婆家的生活日程与在家时区别不大，最令他期待的是每天和外公外婆的聊天时间。两位老人阅历丰富，又性格开朗语言风趣，常有妙语连珠，往往事后回想还令傅景和情不自禁微笑。

白昼就在这样的轻松中一天一天渐短，徐致远兴致勃勃地带着傅景和几乎走遍了整个市区里好玩的角落，被沈文华抱怨说阳阳不用再担心军训了，已经黑到不能再黑了，然后迎接两张一样冒着傻气的笑脸，心疼地回去张罗着给阳阳做点据说有美白功效的食物。

连吃了好多天，傅景和到底恢复了些许，徐致远与沈文华却始终争执不下，一个认为是药膳的功效，一个却觉得不出门自然就恢复了，和吃什么半点关系都没有。还没争出个是非高低，傅景和开学的日子就快到了，所有的争执都只好暂时放下，一同唉声叹气地送傅景和去高铁站。

傅景和实在不忍，不由得再次试探："不如外公外婆搬过去？"

谁知刚出口就被徐致远瞪得没了下文："我们在这儿住了多少年了，才不去陪你跟你爸！哪有老人迁就小辈的道理？"

离别气息顿时散去，傅景和只好赔罪认错，等到不得不检票上车的时候才依依不舍道了别。

背影渐渐不见了，沈文华满目不舍，又叹了口气，拉着徐致远，也离开了这生来就是为了别离的地方。

第六章

傅景和上了高铁，找到自己的位置坐好，就拿出了一直放在口袋里的手机。

班群里消息飞速地刷新着，私聊窗口也显示有十数条未读消息，傅景和一一看过去，先在班群里随意应了一声，表示自己会去过两天的聚会，无视班群里因为他的出现而骤然更加热闹的氛围，退出来，点开小鹿的对话框，回复道：

“我马上回家了，你晚上在花店等我，我有东西给你。”

小鹿仿佛早守在了对面，傅景和的消息刚发送过去，她就回复了一连串的表情包和文字过来。傅景和眼花缭乱，只看清了飞速闪过的一句话，满心以为自己眼花了，往上拉了拉对话框，确信真的不是看错了，挑出这句话单独回复她：

“钱叔和赵姨怎么会同意你住校的？”

“因为我跟他们说了你要住校呀！”

“你也知道，我爸妈把你的话当圣旨似的，老觉得你做什么我也做什么，我就能跟你考得一样好了，怎么可能嘛。不过正好我高中也想住校，一听说你要住校，我连借口都没多想，去跟爸妈一说他们就同意了。”

小鹿显然手速大涨，不过片刻就发了一长串消息过来，傅景和一笑：

“好吧，到时候别嫌住校辛苦就是了。”

“学校是八人间？这么多人怎么住在一起啊？”刚告别引路的老师，小鹿就忍不住了，在她有限的生命里，这还是第一次离开家庭在别的地方长期居住，早先的憧憬还没来得及升腾已经被老师简简单单的“八人间”三个字冲散。

八个人住一间房欸！这怎么住得开？

赵夏乐得看笑话，幸灾乐祸道：“怎么，之前信誓旦旦一定要跟阳阳一样住校、好好学习的是谁？这么快就打退堂鼓了？就知道你说之前根本没仔细想，不知道住校代表什么意思。好好想想，现在反悔还来得及，反正今天只是来报到注册，你的行李还在车上没拿下来。”

小鹿咬牙：“妈妈你可不要小看我了！我肯定可以的。说住校就住校，君子一言，快马一鞭！”

钱老板乐呵呵地接过话头：“不错，不错，我们家小鹿果然坚强勇敢，离开了爸爸妈妈可千万不要伤心。”夫妻两个刚得到准话就回头去车上推了行李箱下来，到宿舍挑好床位，前后不过半个小时已经帮着她把行李都规置得整整齐齐。

小鹿：“……”其实不用我搬出傅景和，爸妈也会迫不及待送我来住宿的吧？

钱老板环视一圈，见闺女宿舍的人似乎一时半会儿都到不了，一击掌：“走吧，我们先去阳阳宿舍看看，看他们没事的话刚好一起去吃个饭，吃完饭把你们送回学校，再见面就是两周后了。”

阳阳的宿舍被分配在一楼，同寝八个人已经来了六个，都是他的同班同学，不出意外的话，按照一中的制度，他们将是三年的室友。

显然大家都知道三年同住一起意味着什么，各自忙完就开始互相试探着交谈起来，期待着未来的室友们都是好相处的人。

傅闻声对于孩子们之间的交际向来不怎么管，何况也相信阳阳有处理好这种关系的能力，见他们互通了姓名，各自都是一副“早有耳闻”的神色，你吹捧我一句“某中第一”，我夸奖你一句“早就听说你数学特别好”，他心下一笑，见其他几个家长也都闲着，干脆一道出了宿舍，随意闲聊着。

陆续有几个家长带着孩子离开，傅闻声也乐得清净，站在门口处漫无目的地看着来往的人群，耳边时不时传来宿舍里阳阳和两个同学的说话声。

一中的宿舍虽是每间住的人多，条件却绝不能说差，也是当初建校时预料到了未来招收的学生数量可能会比较多，在这寸土寸金的地界想要扩大校园可能性不大，就干脆把床位安排得密集了些。实际上空调、热水、独立卫浴一应俱全，也就是稍微挤了些。

男女生宿舍都是各三栋楼，却在教学区域的两侧对称分布，也无形中彰显了一中的某些态度。

平日里，男女生想要到异性的宿舍区去可以说是难如登天，也就是每年的开学日和放假时能看到来来往往的许多“不应该”出现的人物。

小鹿跟着爸爸妈妈一路走来，已经察觉到了宿舍分布的玄机，好奇之心顿起，颇带着几分小心翼翼地进入这显然被学校打上了“女生禁入”标签的宿舍楼。

眼前所见却没有什么肃穆氛围，正是开学，宿舍不宽的走廊里来来往往到处都是忙着收拾宿舍的家长和学生，小鹿一行三人混入其中，丝毫未能引起别人的注意。

小鹿左右张望了半晌，终于对这座与女生宿舍在外观上没有半分差别的建筑物失去了兴趣，老老实实跟着父母一路前行。

傅闻声见他们过来了，不由得一笑，转头见这场开学第一天的交际已经渐入尾声，傅景和与剩下的两个人都拿着手机不知道在看什么，喊他：“景和，你伯父伯母来了。”

又歉意地对剩下二人点了点头："我要带景和离开一会儿了，你们有什么话要说的话晚上再聊，可以吗？"

"当然可以，叔叔再见！"

说话间小鹿已经跑到了宿舍门口，声音轻快如小鸟："傅叔叔好！"就探头去看傅景和的宿舍，指着墙角的上铺，"傅景和，这是你的床？"

带着满脸"我猜得对吧，快夸我吧"的得意。

傅景和收拾好东西，走到门口，轻轻拍她一记："床单还是我们一起买的，认出来不是理所应当吗，得意什么？"

小鹿嘿嘿一笑，不以为忤："只是惊喜嘛，我在我们宿舍也是这个位置。你说我们这算不算心有灵犀？"

被晾在一边无人搭理的两位背景板同学将他俩的互动看得一清二楚，情不自禁对视一眼，目光中尽是意味深长。

傅景和余光掠见，竟有些微赧，抬眸见家长们早已经聊开了，心下微松，扯一扯小鹿的书包带："行了，乱说什么，快走吧，一会儿叔叔他们等急了。"

"好啦好啦，别催嘛。"小鹿急急地说着，三步并作两步，很快追上了前面的几位家长，回头微微抬了抬下巴，比口型：腿长有什么用。

傅景和轻挑眉梢，照旧不慌不忙，也不见他如何动作，等出校门时倒还走到了最前面，得意地朝着小鹿一笑，让她气得直跳脚。

正是开学时，一中附近的餐厅自然人满为患，四处都是正对孩子殷殷嘱托的家长。

这里面至少有一半都是要今天晚上直接住到学校里去的，教家长们如何舍得？一顿饭也就延长再延长。

好在这一行五人都对这种情况有心理准备，早已订了包间，径自入内时引来诸多艳羡目光。

不过，就算心里对这种情况再满意，也改变不了他们一行一半以上是家长的现实，两个孩子自然都让人放心——就算小鹿不那么让人放心，还有阳阳呢，可再令人放心也改变不了下一次见面得到两周以后的事实。

一向爱叮嘱的钱老板且不说了，就连傅闻声也破天荒地多说了几句话，让赵夏心里啧啧感叹：果然当了父亲的人再稳重也不能免俗，傅老师一向不多话的人也变啰唆了。

一顿晚饭直用了将近两个小时才算结束，目送两个孩子踏入校门，背影也渐渐遮掩在花木后，三人才带着一肚子的不放心驱车回家。

傅闻声推开门，摸索着按下墙边的开关，明亮的灯光盈满室，家里的一切还是那么生机盎然，换过几次的抱枕和各色垫子依旧艳丽温暖到杂乱，却无端带了几分寂寥。

阳阳的房门半开，傅闻声站在门口往里望，床铺整整齐齐，书架依旧拥挤，早被阳阳从墙上取下来的“太阳系”按顺序排列在书架上，闪着微光，并没有因为历经了数年时光而失去光泽，可见主人有多爱护。

傅闻声左手扶着门框，右手却不由得微弯放在身侧，正好是个能被人挽住的姿势。

如果燕佳现在还在，他们就应该像现在这样，相携着带着骄傲和怅然看着阳阳的房间吧？

现在还只是两周回家一次，三年后就要变成一个学期，甚或一年，再往后，不知道阳阳会选择在哪里生活，又会多久回来一次了。

傅闻声叹了口气，右手轻轻抬起又放下，带起一阵微弱的气流，将那声叹息吹散在无人的房间里。

相隔不算远，一中的某间男生宿舍里，却正是一片热闹。

宿舍八个人，竟都选择提前一天住到学校来，离家的第一个夜晚，又是宿舍第一次聚齐，自然有无数的话题可聊。

几个人排了生日，傅景和荣登小六宝座，却又在老二林超的强烈要求下不得不顺延成了小七，眼下新鲜出炉的小七同志正盘腿坐在床上一心二用，一边回消息，一边听下面几个人说话。

“我们一班的班主任据说是路光烨老师啊，听说路老师可严格了。”这是自称“消息通”的老三林超。

“还好吧，路老师人挺好的。”这是话不太多的老大路向文。

最小的段嘉许不服：“我表哥就是从一中出来的，说全学校最难搞的老师非路老师莫属，在他手底下的学生一个个三年下来脱层皮都不止。”

“这倒是。”路向文点头以示赞同。

“不过路老师班的学生成绩总是很好也是真的。”老四李木森推推眼镜，目光中自然而然地涌现出向往之情，显然对于往后的生活十分期待。

傅景和按下发送，把手机放在一旁，想起了什么似的，看向老大路向文：“老大的路和路老师的路，是一个路吗？”

“什么路不路的，小七你说绕口令呢？”

“是啊。”

两道声音同时发出，林超明白了什么，一跃而起，站到路向文面前，龇牙咧嘴的样子怎么看怎么像牙痛犯了：“好你个路向文，一个班三年了你都没跟我透露过这件事！”

路向文还是那副话不多的端正样：“你也没问过啊。”

林超又是不满又是懊恼，不过片刻就开始拉着其他人琢磨着能不能借此谋福利，夹杂着其他人的起哄和路向文的调侃，宿舍又陷入一片喧闹，直闹到熄灯才渐次安静。

好像这样的三年集体生活也不错。

傅景和放下心弦，沉沉睡去。

太阳照常升起，九月份明亮的晨光透过窗帘唤醒了床上意识不清的傅闻声。

傅闻声睁开双眼，目光飘浮了片刻，想起来阳阳住校去了，再等也等不到他下楼跑步的关门声，一时间竟有点懒得起床。

开学也有段时间了，他还是有些不能习惯早上家里这安静的气氛。

磨蹭着收拾好自己，又慢吞吞地浇了花，傅闻声惯常进了厨房，往锅里放水的时候却又有些迟疑了——一个人的饭做起来实在麻烦。

思量再三，傅闻声把水倒干净，收拾好厨房，背起包，提前出了门。

从家到学校需要的时间算不得长，学校食堂供应早餐的时间又长，长到几乎和开始供应午饭的时间无缝衔接，既然在家麻烦，还不如去学校。

到学校时将近早上八点，校园内来来往往尽是赶着去上早八的学生，有人面色悠然，不慌不忙地慢慢踱步，也有人在路边找了半晌也找不到可供使用的共享单车，恨恨地咬着牙小跑起来，还有人走着走着干脆换了个方向，不往教学楼去了。

傅闻声看得有趣，嘴角便带上了笑，这样生机盎然热闹喧腾的景象，果然只有在这样的年轻人群体中才能欣赏到。

一直隐隐让他有些压抑的东西不知不觉散去了，傅闻声脚步都轻快起来，慢慢去了食堂，逆着人流行走时分明感觉到有几道羡慕的目光看过来。

大约人的快乐真的要对比之后才会更加明显，傅闻声悠悠走在人群中，呼吸着清晨带着凉意的空气，脑海中不知不觉浮现出当年他还以学生的身份行走在校园中的那段时光。

那时候的同学们大抵也是不太喜欢起大早上课的，同个宿舍的舍友在第一天算好需要多久能从下床到教室之后就再也没“浪费”过一分钟的时间，总是在上课铃响前一分钟到教室，傅闻声为此甚至有些佩服他了。

至少他的时间规划相当精确。

当然，佩服归佩服，傅闻声还是一直按着自己的步调来。

早晨称得上是他一天中最喜欢的时间段，万物刚刚苏醒，安静中透着不惹人烦躁的喧闹，他和燕佳总是约在宿舍楼下见面，用过饭后再散步到教学楼，然后各自分开。

即便是年级高了以后，上课的地点渐渐都转移到了各自的院楼也是如此，只不过分开的地点变成了交叉路口。

有时他和燕佳忙于各自的课业无法脱身，每天早晨的时间就越发宝贵，忙碌的一天中这可能是他们两个唯一能够见面的机会。

早上七点在楼下见面，一道散步到三食堂用过早饭，出食堂不久就到了两人要分开的路口，大四上学期期末的时候，两人连着两三周都是到了这里就默契道了分别。

又是一个要各自去忙碌的清晨，徐燕佳停在路口，不知想到了什么，看着傅闻声笑起来，她搓搓手，哈一口气，一团团白雾出现又消散："你说我们像不像牛郎和织女，隔着学业的银河，只有每天早上七点鹊桥搭起来的时候才能见一面。"

傅闻声先是点头，后又摇头，把徐燕佳双手拢在自己手心："我们要比他们幸运得多，我们这哪里算是银河？充其量是条小溪，抬抬脚就跨过去了。"

那些以往觉得算是苦中作乐的时光现在看来却弥足珍贵，时隔多年依旧熠熠生辉，衬得眼前的现实像蒙上了一层灰尘，傅闻声飞扬的心绪渐渐低落下来，不愿再想，找出校园卡，迈上台阶，进了食堂。

傅闻声习惯了在学校盘旋一整天后再回家的时候，傅景和的高中生活也渐渐走上了正轨。

与初中不同，高中开学的第一件事就是军训。

一中特意请驻扎在本市的部队派了教官过来，待各个班用半天的时间安排好座位、认识新同学、认识各科老师、组建临时班委会这些杂七杂八的“开学预备工作”后，军训就拉开了帷幕。

九月的天气自不消说，穿着汗衫短裤在外面走一圈都会浑身冒汗，这些十五岁的少年少女却要穿着长袖长裤，端正戴好帽子，在大太阳下面站军姿、走正步，有爱出汗的已经连里面的短袖都湿透了，紧紧贴在身上痒痒得难受，却连动都不敢动。

才将将半天，学生群里已是“怨声载道”，却只能咬牙坚持下来，盼着晚上快点到来。

谁知道晚上却也不得安闲。

白日里要随着教官军训，自然没办法上课，排得满满当当的课表只好暂时不作数。晚上却是已经开始按着课表上课，一共九个要学习的科目，主科自然要重要一些，排的课便多，剩下的却也称得上平分秋色，每天晚上两节课，一周下来，倒也各科都轮了一遍。

于是军训之外更有了一重学习的任务压下来。

能考进一中，又被分在这两个班级之一的学生，哪一个在初中时不是老师眼中的天之骄子，又有哪一个肯放松对自己的要求?

学校又是这样一点不肯放松，一班众人虽然口上没什么表示，心里却渐渐把弦绷了起来，倒把中考完又放松了一个暑假带来的浮躁气去了大半。变化虽不显著，但也让老师们满意地点点头，办公室闲聊时都会夸上几句：“这届学生收心收得还挺快，看来又要是个‘丰收年’。”

一中身为市里牌子最好、实力最强的一所高中，重点班级虽是每年都会板上钉钉全部考入重点高校，但那重点高校之间却也有差别。

因着一中的规矩，老师们都会跟着学生一起从高一升到高三，除了分科时要调整一次班级，大部分学生都会跟入学时候的老师们朝夕相处三年。

既是如此，老师们也分外注意自己所带的班级，从入学开始就观察班里的情况，要是整体质量高，就会戏称这届会是个“丰收年”，取“园丁”的隐喻。

一班的班主任路老师却是从入学前拿到班级名单时就兴奋起来——有些学生的名字他是早就从在初中任教的朋友那里听过好些次了，不由得更加留意三分。

等观察了一段时间，隐隐了解了班级的情况，就决意换个方式来带领班里的学生。

他教学多年，自然有自己的体会，学生不自觉的时候需要班主任严加要求，好好引导，学生过于自觉了却要适当放松一些，以免弦紧易崩。

因此几乎被军训和课业打得晕头转向，咬牙逼着自己尽早适应高中生活的学生们敏锐地发现，传闻中十分严厉的路老师好像有些“名不副实”。

整日里端着和“老好人”路向文一样的笑脸就算了，除了学校的规章制度外竟也没有额外要求他们些什么，甚至在作业实在太多时还会主动帮忙去向其他老师“说情”，倒让隐隐听说了路老师名声的同学们暗地里松了一口气，觉得或许那些传言都是以讹传讹。

一两周下来，大家渐渐习惯了这样的时间表，起床洗漱吃饭都比以往快了许多，军训时教官们也不再那么严厉，中场休息时还会带着大家拉歌，甚至去别的班级“挑衅”，演变到最后往往是大家哄堂大笑，笑完彼此对视一眼，生出些同甘共苦的情谊来。

等到了为期三周的军训结束时，刚入学透着陌生和紧张的班级除却肤色都大致深了一层，相处中已经带上了熟稔，气氛越发轻快从容，有了几分集体的样子。

傅闻声自然能感受到每次傅景和打电话来时的语气变化，心里为他高兴，嘴上却不说，只趁着开学两周休息时带他去改善了一番伙食，又放任他随意松散上一天，到时间返校时又给他带了衣服和牛奶，送他去学校。

其余的家长也大抵如此，返校的那个下午一中门口被堵得水泄不通，早已熟悉了这种场面的交警从附近赶过来指挥着车辆慢慢疏散。

傅家父子二人是乘了地铁过来的，比起开车来学校的倒还好些，两人一路慢慢走到校门口，傅闻声把东西递给阳阳，再嘱托几句，也就道了别。

傅景和转身进了学校，傅闻声却站在原地没动，看着他渐行渐远的背影，心道阳阳似乎又长高了些，在家时怎么忘了给他量一下。

不过片刻，定睛再看的时候，傅景和身边竟已走着三四个人，俱是大包小包，两手拎得满满当当，一看便知是他的同班同学，返校时候恰好遇上了。

傅闻声兀自笑一回，见那一群人转过弯去不见了，转身离开。

等到了天气转凉，该换上秋季校服的时候，刚入学的这些高一新生已经完全适应了一中的生活。

每天早上六点钟跟着起床铃起身洗漱，跑过操后回教室早读，用罢早饭后才是一整天课程的开启。直到晚上十点打了下课铃，方才能回了宿舍洗漱睡觉。

课业繁重自不消说，课间却也被压缩得厉害，唯有个上厕所接水的工夫罢了。

刚开学时自然无人擅动，到了这会儿，趁着下课的那几分钟，楼上楼下跑一趟早成了大家司空见惯的事情，毕竟也不可能上了高中之后人际关系就全部清零重来不是？

即使是这样，小鹿到来的频率还是让人有些惊讶。

“就算是你们七班就在我们一班楼上，要过来也就是下个楼梯的工夫，也用不着这么频繁地过来借笔记吧！”

当然，最关键的是傅景和有求必应。

已经知道傅景和是个什么级别的学霸，却总有些不太好意思上前借笔记的一班同学们，暗地里实在是酸了一酸。

傅景和知道了，在寝室里大笑一场，勾了林超的脖子笑话他："不是吧，你一直脸皮那么厚，借个笔记而已怎么还扭捏起来了？"

林超愤愤："我哪里脸皮厚了？！要论脸皮厚，谁能比得过你？小七你不会忘了你带头鼓动教官带我们去别的班'挑衅'时的嘴脸了吧？哪个班有你这样的？"

说完哼哼两句："再说了，你跟七班那个女生明显关系不一般，说不定借给她不介意，借给我们却不行呢，我才不要当第一个冲锋陷阵的人。"

门外有人叫他，傅景和回了句话，没听清林超哼哼了什么，只当他又在抱怨，端了脸盆朝水房走，只丢下一句话给他："有哪里没听懂只管来问我就好了，我如果会肯定跟你讲清楚，我要是不会那你就随便听听，错了不怪我哈。"

有了这句话，林超第二天小自习的时间还真的转头让傅景和给他讲题，时不时发出几声诸如"这样啊""懂了懂了"之类的声音。

班级向学之风浓厚，班主任路老师本来该十分欣慰，近来却很有些愁：他的重点关注学生不会是自带着"对象"来上学的吧？

路老师心里觉得可能有情况，面上一点不露，只是默默观察着，发现七班那个女生不仅经常下楼来找傅景和借笔记，周末放假的时候也常常跟他一起出校门，明显是上高中之前就认识的。

他本来还有些紧张，这要是从小就认识，傅景和又一看就有主见，自己想管都不好开口。某次却恰好遇见傅闻声一个人过来接了两个孩子回去，顿时放下心来。

傅老师自己也是老师，要是自己的孩子早恋，怎么可能不管嘛！

路光烨放下心来。

七班的班主任却忍耐不了，开班会时意有所指："我们都学过诗经，'士之耽兮，尤可说也；女之耽兮，不可说也。'我们班的女生一定要把这句话记在心上，在正确的时间做正确的事情，一定要注意好自己的言行举止。"

钱从露坐在下面，觉得脸上火辣辣地痛，强忍着没有露出异样的神情，还和平常一样，预习、复习、写作业，一丝不苟。

却很少下楼去找傅景和借笔记了。

傅景和每门课的笔记都写得整整齐齐，甚至有些与他的成绩不相称的细致，不知情的翻阅起来只会觉得笔记的主人成绩中等偏上，又热爱学习。

为此借过他笔记的人都在心里感叹越是成绩好越要更用功，记笔记时都认真细致许多。

傅景和看着自己整齐放着的一摞笔记本，却微微皱了眉头：有一周不见小鹿下来找自己了。

开始还以为是学期后期太忙了没有时间，谁知道过了几天却看到照样有其他班级的人趁下课过来"串门"，傅景和就觉得情况有些不寻常了。

刚好这周大休，下午第二节的下课铃刚响，放假心切的学生们已如潮水般涌出教室，去宿舍提了行李之后又奔向校门。

傅景和背着包站在教学楼前的香樟树下，看见小鹿从女生宿舍的方向走来，情不自禁上前几步迎上去，伸手要替她拿包，小鹿却一闪身躲了过去，声音里透着几分难为情："我们还是不要一起走了，我给爸妈打了电话，他们在校门口等着接我。"

脚步匆匆，与傅景和擦肩而过。

傅景和被劈头盖脸砸了一通根本没想到的话，呆滞了片刻，回过神去再看，哪里还能看到小鹿的身影，连背影也被淹没在人潮中找不见了。

他只当小鹿在其他人那里受了气，一时冲动脱口而出，倒也没什么反应，跟着傅闻声去吃了饭，回家收整好，借着去花店取花的工夫，问钱老板："小鹿气消了吗？我把这周的笔记给她带过来了，跟她说不急着还，下周二之前给我就可以了。"

钱老板又是感谢又是疑惑，一边给傅景和拿预订好的百合花，一边细细回想今天见到小鹿时的样子，不由得问他："我看小鹿不像生气了的样子啊，她在学校受人欺负了？阳阳你要是知道什么，可一定得跟叔叔阿姨说。这一晃两周看不见人，学校里发生点什么事，老师不说，小鹿不说，我跟小鹿妈妈恐怕直到你们毕业了都半点不知情。"

看来事情没那么严重，不然小鹿绝对不会掩饰得这么好。

小鹿一见到他就说"以后不要一起走了"，语气虽然不坚定，却转身就走……是我惹到她了？

可是这都一周没见了，要想惹到她也得有个机会吧？傅景和勉强笑笑，接过百合花，迈着有些沉重的步子走了。

却不想他为什么仅仅因为小鹿的一句话就心情低落。

第二天再见时，小鹿缓和了许多，郑重地与他道了歉，请他原谅昨天那恶劣的态度，又把笔记还给傅景和，说是已经连夜看过了一遍。

傅景和心情就好起来。

等到了学校，小鹿却又摆出了一副冷淡的面孔，透着股生人勿近的凛然，匆匆忙忙地拿着东西直奔女生宿舍楼，连说句话的机会都不给他。

傅景和越发迷惑。

等到了快期末的时候，连傅闻声都看出了他的不对劲儿。

或许是经历的事情比较多的缘故，傅景和从小就表现得比同龄人更加成熟，面对家长也早早学会了“报喜不报忧”，就算有什么事，也会努力掩饰过去，争取不让傅闻声为他担心。因此这还是傅闻声第一次发现他的异状。

发现了不对之处，傅闻声不动声色，试探了几次，终于确定阳阳最近的表现肯定跟小鹿有关系。

两个孩子闹矛盾了？傅闻声这样猜测，却又觉得不像，起笔给燕佳写信，略提了两句，忽然福至心灵，意识到阳阳已经是个十五岁的少年了。

十五岁啊。嗯，有些事是该提上日程了。

周末上午，傅闻声浇花看书写文件，事情都做好了，收拾好东西从书房里出来，调了两杯蜂蜜水，端进傅景和房间，递给他一杯，自然地在他床沿坐下。

傅景和正对着电脑敲打着键盘，见傅闻声进来了，关掉两个界面，接过水放在桌子上，转动椅子，对着傅闻声，正要说话，已经注意到傅闻声的视线落点，原本就带着些红意的脸颊瞬时又微烫起来，讷讷半晌，竟一时张不开口。

傅闻声笑意更浓，端起杯子喝了口水以做掩饰，看着阳阳，又笑起来：“看来已经有人跟你说了些什么了？这是明白过来了？”嗯，很可能是他小时候认识的那位“月亮阿姨”，除了她，阳阳大约也不会有什么其他的人可以聊这些事情了。

或许是旁观者清，也或许是“术业有专攻”，王曼月一听就知道是怎么一回事，隔着屏幕大笑三声，肆无忌惮地调侃了几句，傅景和这才明白过来是怎么回事。

见傅闻声进来，他原本有点紧张，此时话被说透，傅景和反而松了一口气，瞬间恢复了以往的镇定自若，期待地看着傅闻声：“爸，你是个有经验的，教教我呗，你当年和妈妈是怎么在一起的？”

见爸爸不说话，傅景和微微有些紧张。

多久没看过阳阳这么紧张的样子了？

傅闻声在心里感叹几句，难得起了别样的心思，面上故意做出一副严肃的表情，沉声道："你知道为什么高中老师们对于早恋看得很紧，而到了大学却没有人会干涉吗？

"高中时期，你们都还是未成年人，心性大多都不成熟。老师们身处在这个位置，有自己的职责所在，会不自觉地以成年人的身份要求和限制你们，希望你们能够对自己负责。

"而到了上大学以后，作为成年人，就应该对自己负责，所有的事务都由自己来决定，老师们并不会多加干涉，好也罢坏也罢，那都是你们应该承担的后果。"

傅景和没想到一向开明的傅闻声这次却很严肃，难得有些丧气，却暗暗打定主意不能坐视小鹿就这么跟他保持距离，总要做些什么才好。

傅闻声却转了话音："不过，身为家长，我能理解老师们的心情和用意，有时却不免觉得有些矫枉过正。青春期的孩子彼此之间产生一些朦胧的好感是很自然的事情，或许用不着干涉，你们自然而然地就会分开，毕竟尚且年纪小，变数多得很。况且，谁就能断言把你们强硬隔开才是好的解决办法？我反而觉得因着逆反心理越发坚定的还要多些。

"至于说是不是这个时候该做的事，又哪里有定论？若单纯以年龄来分隔一个人的一生，规定他十五岁到十八岁就是要一心一意学习，十八岁成年之后就要立刻变得独立自主，等到了二十二岁大学毕业，又要马上找到相伴一生的伴侣走入婚姻殿堂，也未免太刻意和想当然了一些。

"每个人的一生都譬如一条奔赴中的河流，每一段流经过的土地，每一条汇入的支流，都会让主干产生相应的变化，谁能把一条河流装进一个固定的模子中呢？"

说完，傅闻声嘴角上扬，声音骤然变得柔软，无端让傅景和想起春日的微风：

“便不提这些，我这个做父亲的没能以身作则，自然也不好意思拿着我都没做到的事情来要求你。我知道你肯定已经有了主意，但如果结局令你失望，你也不要做出伤害别人的事情，不管是现在，还是未来，我都希望你能记住。

“阳阳，感情的事情最是说不准，不是每一份你付出的情意都一定能得到回应的，你要做好心理准备。”

傅景和眼神越来越亮：“我知道了！谢谢爸爸。”

跟儿子长谈了一番，收获了一个小小的崇拜眼神，傅闻声心满意足，拿起自己的杯子走出去，留给傅景和一个安静的空间，自己悠悠然去厨房做饭了。

另一边，傅景和沉思一刻，骤然转回到电脑桌前，打开聊天框，给小鹿发消息：

“小鹿，以后我假期给你补习吧？下学期期中考之后就要分班了，我们争取都考到一班来，班主任路老师特别好玩儿，在他手下度过高中一定会很愉快的。”

对高一的学生来说，入校以来最为重要的一场考试就在近期落下帷幕。高一下学期的期中考试，虽然仅仅是学期中的一场正式测试，紧随其后进行的分科与分班也让它变得举足轻重——老师们早已言明，这场考试的成绩会成为分班的重要参考。

既是优胜劣汰，按成绩分班，自然是几家欢喜几家愁。一班人在得知分班结果后却都松了一口气：除了选了文科的一些同学要被分到文科班去，班里的人竟一个都没有少，只补进来了十几位同学，凑足班级人数。

这补进来的十几位同学中，就有小鹿。

这三四个月来，小鹿除了学校的作业之外，还要额外做一些傅景和布置给她的任务，几乎一丝空闲都没有，就连寒假过年时也几乎足不出户，埋头做题。

钱老板夫妻两个又心疼又欣慰，也不愿耽误女儿学习，一心一意做好后勤，过年时的各种交际干脆能推则推，力争让女儿安安心心不出门。

好在功夫不负有心人，开学以来大考小考，小鹿在七班都是顶尖，在年级里更是排名靠前，原本总觉得她有些定不下心的班主任也变了态度，对小鹿越发和颜悦色。

等期中成绩一出，紧随其后的就是开学后几次大型考试的加权分数的排名，综合了分科意愿后，高中时期规模最大的一次分班就拉开了序幕。

小鹿第二学期的成绩都不错，到底受了第一个学期的影响，综合排名只在年级一百出头，她原本已经大失所望，想着板上钉钉进不了一班了。结果没来得及失望，等确定了分科意愿，因着在她前面的同学有人选了文科，名次竟又前进了许多，到底有惊无险地被分到了一班，当天下午就在傅景和的帮忙下把自己的书和资料全都搬到了楼下。

能离开那个让小鹿十分不舒服的班主任，她不知道有多舒心，想到自己的成绩能进步这许多，傅景和当居首功，安顿下后想去给他道谢，却又担心起一班那位路老师，哪怕傅景和说过许多次，路老师十分温和开明，她却还是担心。

就她自己所见，原本的班主任等她成绩变好了之后也十分和颜悦色，再也没有一丝让她不舒服的举动，甚至还暗暗催促她下楼去找一班的同学借笔记，好争取让成绩更上一层楼。

傅景和能得到的待遇，于别人来说可是未必。犹豫再三，没敢轻举妄动，只在他笔记里夹了张纸条递过去：

“周末我跟爸妈请你吃饭。”

傅景和眼前一亮，在那句话下面写了行字，敲敲她的肩膀又把本子递了回去，头一次期待起周末的到来。

只不管他如何期待，日子还是一样慢慢地过。

一班的成员虽变了小半，但一是学业繁忙，二是由班长开始，活跃的班级成员都对新成员表现出了十足的接纳，其他人自也有样学样。不过三四天的工夫，等熟悉了这些新成员的相貌和名字，班级气氛又变得和从前一般无二。

大考过后都要换座位，不知有意无意，小鹿正正好被分到了傅景和的正前方。

林超还记得刚开学那一两个月，总有位七班的同学过来借傅景和的笔记，往后虽然来得少了，可林超在校外也遇到过几次他们两个上一辆车回家，见小鹿进了一班，又坐在了傅景和的正前方，不由得多注意几分。

这一注意就发现大课间时，他们看着温和实则不容易亲近的小七傅景和同学总是十足认真细致地给那位钱丛露同学讲题。

一次还好，两次三次就有些显眼了。

林超觉得自己心里有只小人在兴奋地跳舞，晚上回了宿舍，磨磨蹭蹭等到其他人都去水房或卫生间洗漱了，凑到傅景和身边，故意拿捏着腔调，问他："小七同学，从实招来，你和你前桌到底什么关系？"

傅景和一愣，没等林超露出更得意的表情，果然"从实招来"："从小一起长大的关系。"

林超噎住，半晌摆摆手："真是的，无趣无趣。"

林超嘟囔着拿了洗漱用品，去了水房。

两周倏然而过，又到了大休的时间，傅景和和钱丛露既分到了一个班，班主任也果然并不在意这些，下课铃响起后就自然地收拾了东西一起出门。

傅闻声就站在一中门口的一棵法国梧桐下，注视着门口，等着那两个熟悉的身影出来。

身边尽是焦急的家长，目之所及处阳阳和小鹿并肩而行，脸上洋溢着青春的笑意。小鹿上高中以来就剪短的头发不知不觉又长长了些，披散下来刚刚齐肩，微风吹过有些散乱，她就把手里的东西都递给阳阳，自己褪下手腕上的皮筋，把头发扎在脑后，白净的小脸完全露出来，越发清丽动人。

扎完头发，阳阳却也没把东西都还给她，只拣了最轻那个袋子给她拿着，小鹿十分自然地接过，张望着开始在人群里寻找家长们。

仿佛时间倒流，傅闻声站在原地，却好像回到了二十多年前，那时他和燕佳也还在读高中。

他们高中也是一个班级，那时候还不兴寄宿，高中生也都是走读，晚上就在家里自己写作业。

傅闻声和徐燕佳相熟，放学时就总一起回家，一高一低的身影分外和谐。徐燕佳嫌书包重不肯每天背书包回家，就总拿帆布包把今天的作业装起来，拎着带回家。渐渐地却连帆布包也不想拿，总是还没出校门就到了傅闻声手里，到岔路口时才交接过去。

徐燕佳又心虚又感谢，总带了家里母亲做的点心“犒劳”他，有时候也故意长长地叹息：“要是没有你，我至少要被包压得矮上五厘米。”说着就快走几步赶到前面去，夕阳从背后照过来，徐燕佳的影子也仿佛比傅闻声的长上一截。

从入学到升高二，因着有人相伴，傅闻声回家的一路上都从未觉得寂寞过。

高二的某天，也是这样蝉鸣阵阵，艳阳高照的天气，傅闻声失去了父亲。

他自出生起就没见过自己的母亲，家中只他和父亲两人相伴。无论从哪个方面讲，傅忠待他都算不上好，喝醉的时候让人厌恶愤怒又怜悯，醒着的时候也让人亲近不起来，无论傅闻声做什么，他总是不满，甚至好端端地坐着看书，也能引得他突然大怒，以至于傅闻声常常不愿意回到那个仿佛让人永远也快活不起来的“家”。

磕磕绊绊地长到十几岁上了高中，傅闻声常常想，等他高考完，一定要去一个离家里最远的地方上大学，等工作以后就只往家里寄钱，再也不回来。

每次回家时，面对着父亲的冷脸，这样想总能让他好受一些，好像多想一想，就能早些从这个环境里脱离，又或者，在那时的他眼里，这是对父亲的一种“报复”。

却没想到，脱离环境、“报复”，其实都等不及他来实现，傅忠喝醉了酒，自己干脆利落地走了。

那些他幻想过的未来里，他总是离傅忠远远的，生活中从来没有这个人的位置，可不论如何，有这个人和没有这个人，带来的影响却是天差地别。

他总想等他过上了正常的、幸福的生活后，一定要站在他面前，告诉他，“你不配为人父亲”，却连这个机会都没有了。

傅闻声得到消息就失魂落魄，徐燕佳知道发生了什么，却什么都没有说，一反平常的活泼样子，安安静静背着书包，只一直跟着傅闻声，他去哪儿，她就跟到哪儿。

出校门时也是恰巧一阵风起，傅闻声走在徐燕佳的左边，总觉得有发丝拂在了他的脸上，痒痒的。

他不想说话，出了校门就漫无目的地乱走，徐燕佳也跟着他漫无目的地乱走，他走得累了，在河边草地上坐下，徐燕佳也就跟着他坐下。

两人并肩坐到夕阳西沉，天幕一点点暗下来，河边凉风阵起，对面的灯光一点一点亮起，映在夜色下浓墨般的河水里像是点点星光。来散步的人群越来越多，嘈杂的声音里，两人却一直都是沉默着。

很神奇地，傅闻声觉得好受了很多，漂泊的蒲公英种子找到了新的落脚点，浅浅地扎下根来。

他转头看徐燕佳，忽地笑了笑，说：“我们回去吧。”

徐燕佳也笑笑，说：“好。”

仿佛是自那以后，他和燕佳在原本很好的关系上，还要再加一个更字。

那时的班主任正是徐燕佳的父亲徐老师，班级里却没多少人知道这件事，徐老师也从来不跟女儿一起回家，放学后总要再留上半个小时。

徐老师脾气暴躁，对学生却都是真心实意；傅闻声有些不喜欢跟人交流，真跟人相处时倒也温温和和。这样的两个人，不知为何，却多多少少总有些不对盘。准确说来，是徐老师对傅闻声的要求总是更严格，严格到几乎有些苛刻。

原本因着傅忠，傅闻声对徐老师这严格的态度总有几分抵触，即便知道他是燕佳的父亲，也有些难以亲近。等知道这事的人渐渐多了，徐老师依旧是这副做派，傅闻声反倒升出几分感激来，不管徐老师说什么，他都应下。

说来也好笑，他乖顺了，徐老师反倒不适应了，本是不善安慰人的性格，见傅闻声来办公室交收上来的作业，还别别扭扭地宽慰了他几句……

“爸爸？”

傅闻声恍然回神，看着站在自己面前的阳阳和小鹿，笑道：“走吧，我们今天都去小鹿家里吃饭，尝尝小鹿爸爸妈妈的手艺。”

早上十点去院楼一楼上课……下午两点半到云星楼大会议室开会……晚上约了学生面谈。傅闻声把今天要做的事又过了一遍，翻出记事本边走边看，确认没什么遗漏的才放下心，开始思考晚上跟学生面谈的时候要说些什么。

他的基础是很牢固的……表述上却总有些欠缺，确定选题时总是不够灵活……嗯，该给他讲一讲这方面的东西，再让他做一些训练。

既是不够灵活，那么给他说明了哪些选题比较好，好在何处，下次他自然而然会往这个模式靠拢。

昨天晚上下了一夜的雪，放眼望去一片银装素裹，唯有松柏还透着绿意，苍翠的颜色衬着枝叶上银白的雪，寒气似乎能透到人的心里去。

下这样大的雪，在向来温暖少雪的这座城市简直是件天大的稀奇事。有许多本地的同学长到这么大也还是第一次在家乡见到这样的景象，醒来一发现就急急忙忙穿了衣服出来玩雪。

操场上、路边，到处都是兴奋地看雪、玩雪的学生们，和兴奋地看着学生的学生们。

积雪厚重，走在上面咯吱咯吱地响，傅闻声怕有些地方被踩得多了成了冰，每一步都要踩实了才肯迈下一步，步子不知不觉慢了许多，倒被从背后走来的林先生追上来了。

林先生年近花甲，依旧精神矍铄，仿佛每天都有用不完的精力，见傅闻声走得慢，到了近前，打趣道：“小傅怎么年纪越大，步子越小？还不如我们这些半截身子入土的人敢往前冲！”

“能有现在的日子已是满足，自然要以稳重为要，走得慢些，却无波澜。”傅闻声往后稍稍落了半步，跟在林先生身后，含笑回应。

林先生一生都是干劲十足，从来都不满足于现状，在傅闻声这个年纪时，已是板上钉钉的下任文学院院长，只等着老院长退休就要接任，最得意的弟子却偏偏是个温暾性子，三十岁时评上了副教授之后就再无寸进，半分往上走的意思都没有，怎不令林先生扼腕？

因此每每见他，总忍不住说上两句，万一他想法变了呢？

打了两句机锋，林先生见他依旧是那副样子，就转了话题，看着校园清晨里比往日热闹十倍不止的景象，笑道："你看看，这里头，怕是有一半是来看看雪的南方人的。"

"雪不稀奇，看到雪这么兴奋，却很稀奇，不怪他们出来看热闹。'你站在桥上看风景，看风景的人在楼上看你'，焉知我们这两个看似置身热闹外的，不会成为他人眼里的风景？"

林先生又笑又叹："满面风霜，老菜帮子两个，无甚可看，自然没人要看。"

说罢转头来上下打量了一番傅闻声，连忙改口："半老傅郎，风韵犹存，便如珠玉在侧，大有可观之处，老菜帮子只有我一个，傅郎莫恼，莫恼！"

"半老的傅郎哪比得上先生儒雅随和之风姿？先生可不要妄自菲薄才是。"傅闻声自知是先生故意打趣他，三言两语挡了回去。

林先生大笑："不错不错，你这话我很爱听。不惑之年终于学会了拍先生马屁，大有长进！"

笑声稍歇，林先生又问："咱们家阳阳马上高三了吧，想好报什么大学没？要是没想好，就来我们学校嘛！来咱们文学院，你是不中用了，从头培养一下咱们阳阳倒也不算晚。"

"九月过后就是高三了。至于什么大学，我还没问过他，总之看他的意思，想去哪里就去哪里，我总是支持他的。"要按傅闻声的意思，其实希望阳阳去北方念大学，华大对他来说实在是太熟悉了，从小待到大的地方，要是大学也在这里度过，不免有些太过单调。

当然，还是要看阳阳自己的意愿。

"这大学四年在什么环境度过，对于以后阳阳的一生可是很重要的，你也不要太放任，总由着他的性子来可不好。"林先生又是一叹，这个学生，养孩子说精心也精心，阳阳长这么大可是连感冒都少有，说不精心，也实在太不精心了些，简直是大撒手，什么都不管！

"先生也不要说我放任。"傅闻声反倒劝起他来了，"您也知道阳阳的成绩，这样保持下去，以他的成绩能去的大学，哪一所差了？所以我才说，随他去，总归出不了差错。”

林先生不知是不是被他镇住了，半晌无言，进了电梯，幽幽吐出一口气：“闻声啊，你那话可千万不要跟外人说，尤其是不要在家里有高考生的人面前说，我怕你被打。”

六月七日似乎一转眼就到来了，对数以千万计的家庭来说，这是个重要性可以排在第一位的日期，第二位则绝对是六月八日。

一中早在四天前就放了假，一是因为一中要在这几天里把学校布置成考场，二则是要学生们回家里或自主复习，或放松心态，总之调整好自己的状态，以便迎接考试的到来。

往年华阳市的六月已经渐渐炎热，若是不开空调，室内也常常热得人坐不住。今年的六月七日却是个好天气，前一天刚刚下过暴雨，今天太阳高照，却一点都不热，倒让紧张了许久的家长们不由得放松些许。

阳阳的考场被安排到了十九中，离家里说是不太远，却也总要乘坐上半个小时的地铁，傅闻声思来想去，干脆早早下手，考场安排出来不久就在十九中附近订了两天的宾馆——就是这样也险些订不到，若是他再考虑上半个小时，就只能对着宾馆挂出的“满员”字号望洋兴叹了。

早上七点半，用罢早饭，两人最后一次检查了要带的东西，出了宾馆慢悠悠地向十九中过去。

十九中门口已经人满为患，都是等待着进入校园，再排队进考场的学生和陪考的家长们。

家长们大多面色紧张，反倒是学生有紧张的、有悠闲的，甚或有带着满脸的笑意四处寻找熟人说话的，众生百态不过如此，傅闻声看得有趣，却在人群外止了步，与阳阳二人站在边缘处等着校门口“放人”。

“一会儿你考完试出来，我还站在这里等你。要是我没在这儿，你也不要乱走，在这里等我一刻，免得我们两相错过。”

“嗯，我记住了。”阳阳点头。

身后，人群已经开始移动，学生们挥手告别家长，向着校门口涌过去。

傅闻声轻轻拍了拍阳阳的肩膀，推他一把：“去吧，爸爸等你考试出来。”

门前空地渐渐变得稀稀落落，傅闻声回了宾馆，找了个角落坐着，拿出包里带的书，翻到夹着书签的那一页，看了半晌，到底有些无法静心看下去，干脆合上书，往后靠在椅背上，闭目养神。

语文考试两个半小时，等考完试出来，要将近十二点了，傅闻声从来没觉得有哪个上午能让他这么难熬过，当年他在考场里高考时倒比现在要平静得多。

想到接下来还有一天半，傅闻声干脆去学校附近的书店买了一套高考卷子，回房间坐在桌前，摊开也做了起来。

多少年没做过卷子，傅闻声乍看现在的题型，只觉十分陌生，等渐渐沉下心去，就觉得顺手许多。等写完作文，抬头一看，还差二十分钟才到十一点，于是又翻了卷子后面附的答案给自己批对错。

傅闻声本是自信满满，改出成绩来却让他摇头失笑：“真是年纪大了，本也不是做题的材料。”——不算作文，满分九十，他却只能得六十分不到，连及格分都够不上了。

这一来一去，时间就过得快，傅闻声将笔放下，到了约好的地方时，已有走得快的学生出了校门了。

接到了阳阳，傅闻声也不问他考得如何，只催着他一道吃了饭，又回宾馆小睡半个小时，就到了再去考场的时间。

下午傅闻声待要也做一套数学卷子来试试，翻开却如看天书，不过做了两个选择题，就已经无处下笔，只好又做了一套语文。

这次却比上午好一些，满分九十分，他也能拿个六十出头了。

“进步不小！”傅闻声赞一声自己，照旧去接阳阳回来。

等到高考终于结束，可以回家安心等成绩出来时，傅闻声已能拿到七十分了，自觉虽年纪渐长，学习能力丝毫不减，颇高兴了几日。

傅景和还道是爸爸对自己信心十足，相信他高考考得肯定不错，兀自担忧了几日——爸爸一向算得上是喜怒不形于色，不知对他抱有多大的自信，才会高兴得这么明显，若是成绩不佳，岂不令父亲失望?

傅闻声连问一问他感觉如何都没有，傅景和也不便主动去给父亲打预防针，如果再让父亲提前失望了也不太好，毕竟他觉得自己考得还算正常水平来着。

左右为难了几日，班长路向文一句提议八方赞同，一班除了实在有事的几个人，都投身到轰轰烈烈的班级聚会准备活动中去，傅景和也就没心思再去想这些。

高考后的第十天，华阳一中三年级一班一行四十几人，带了准备好的行李，租好了大巴车，直奔华阳市不远处的一个度假山庄，放言要家长不要多管，他们放松几天后马上回家。

一行三辆大巴车呼啸而过，洒下一路欢声笑语，正是前路坦荡满是光明的自信笑声。

一班此行的目的地是距离市区不远的一处度假山庄，山庄主人眼光极好，原本这一片是有名的荒郊野岭，他包下这片后投入大笔资金重新设计建造，历经数年方才落成。山庄占地近千亩，说是度假山庄，其实更接近大型公园，山明水秀，步步都是景色，不过是提供的服务异常丰富罢了。

大巴车直接驶入山庄内，在工作人员的带领下，把一班一行人送到了他们预订好的两座小别墅，又帮他们把行李安置好，留下联系方式，言明有需要随时呼叫，才把场地让给这群年轻人，让他们享受这跃出樊笼的快乐时光。

班里的人都心里有数，知道以后要想凑得这么齐是件十分困难的事了，除了实在来不了的，班里一共五十个人竟到了四十四个，各自选了房间，两人一间住进去，两座三层的小别墅转眼就被住得满满当当。

傅景和与路向文在一楼安顿下来，左右无事，一起到别墅附近看了看，找到了餐厅的方向，在群里发了张平面图，指了路。

刚要问大家要不要一起去吃饭，已经有人热情十足地拍了冰箱的图发到群里：

“冰箱里好多食材啊！有人要跟我一起试着做饭吗？”

响应者云集，两人想说的话就这么咽了回去。

可回来的路上，他们又遇到了成群结队赶向餐厅的同学，一问才知道原来班里算得上会做饭的只有三个半，那半个还是因为能把食材做熟而被强行算上的。一群人折腾了半天，食材用了不少，能入口的却实在不多，最后终于宣告这次行动失败，前往餐厅弥补受伤的心灵和空空如也的胃。

华阳山庄建设时费时费力，等落成后不过一两个月就在华阳市声名鹊起，成为短期旅游休闲的不二之选，所凭借的自然是它的贴心服务。

他们租的别墅地上三层尽是风格各不相同的房间，地下却还有一层是游戏区。既有桌游、网游区，又有KTV房、电影房，精力过剩的少年们一发现这个地下区域，便立即找到了适合自己的去处，三五成群地娱乐起来。

离别墅区不远，还有户外烧烤点、温泉水浴，再远些的地方还有水果采摘园，上山观景的观景车发车点也在附近，便不提这些，仅仅是慢慢散步，也有许多景色上佳的地方可以放松。三五天时间里，日程排得满满当当，才终于把各种项目都体验了一遍。

离开前的最后一个晚上，班里人在餐厅预订了最大的包间，三张桌子、四十几个人坐得挤挤挨挨，目光相对，涌动的都是不舍。

这顿饭大家吃得多少有些怅然，几个敏感的女生已经悄悄红了眼眶。

傅景和看着也不大好受，正准备说些什么缓和一下气氛，班主任路光烨路老师竟推门而入。

他自称跟朋友到这边休假，听说自己班的学生在这里聚餐，便不请自来，要厚着脸皮蹭一顿饭。

三年里路老师一向对班里同学关怀备至，在他们完成了学习任务后总是主动带着他们稍稍放松一下，而班长路向文又一向人缘极好，因此路老师刚进门不过说了几句话，郁闷的氛围就被冲散，重新热闹起来。

傅景和就笑：“别忘了明天早上我们还要一起爬上去看日出呢，又不是吃完饭就马上各回各家了，现在伤心还太早了些。再说了，吃完饭我们要合照呢，眼睛哭肿了被照下来，可是一辈子的黑历史。”

说着，傅景和不知从哪里拎出了相机，骤然对准众人，快门“咔嚓”一响，画面已经定格下来。

他拍完悠然收起相机，众人还在愣怔，坐在傅景和身边的小鹿就扒着他的手臂，凑到跟前，仔细看了看那张照片，骤然笑出了声。

这下，场面骤然喧腾起来，那些伤心的情怀在打闹喧嚣中悄然消失不见，那张照片在大家强烈的要求中到底也没被删掉。没能达成愿望的人只得在心里安慰自己：那谁谁谁在照片里比我还丑呢，不亏不亏。

第二天早上凌晨三点多，一班已经集合完毕，照着平面图看准了路线，打着手电慢慢向山上走去。

此时天色浓黑，璀璨的星星如钻石般散落在黑天鹅绒一样的天幕上，手电照耀出的光柱交织成一片密密的网，网里灰尘熠熠飞舞。

偶尔有飞蛾见到光源，飞快地冲上前，最开始时引起一片小小的骚乱，几声惊呼过后，见不过是几只飞蛾，队伍便又恢复了正常。

这座山是华阳山庄范围内的最高峰，最高点处海拔不过九百多米，远远算不上什么高峰。却妙在从这里往东一览无余，再没有什么比它更高的山峰，天气好时极目望去，甚至可以隐约看到市区的轮廓。

山庄主人敏锐地察觉到了这一点，当即决定将之作为重点项目来设计，不仅道路修得极好，山顶上还建了一个极大的观景台，打的就是引人爬上来看日出的主意。

就连这座山，也被改名为“东来峰”，取紫气东来之意，找了名家题字，在巨石上镌刻了这几个字，放在观景台的正中央，倒也成了一景。

傅景和原本背着书包行走在队伍的最前端，等大家渐渐散开时，就逐渐落到了后面，把小鹿的包接过来背在自己身上，跟她并肩而行。

上山的台阶平坦却狭窄，仅容两个人并肩前行，两人各自扶着手边的栏杆，慢慢向上走，目光不知不觉都被星空吸引。

傅景和见她感兴趣，也来了兴致，仔细辨认着天空中星星组成的形状，一个个指着告诉小鹿，那些都是什么星座。

他声音和缓，小鹿听得入迷了，不觉间就已上到了平台最顶端，班里同学已经到了一大半，看到他们两个一起上来，不由得轰然笑开。

“我说呢怎么不见这两个人，原来是悄悄地落在了后面！”

“欸，人家可能有什么悄悄话要说呢，管那么多干什么？”

小鹿顿时大为窘迫，不觉红了一张脸，偷眼去看傅景和，却见他丝毫没有被起哄的自觉，挑挑眉笑着说：“马上就日出了，你们再这样一直盯着我们看，可就白上来一趟了。”

此时天已微亮，平台角落里还有两顶没收起来的帐篷，显而易见昨晚上有人在这里过夜，就是为了等着今天看日出，只是不知道主人现在去了哪里。

班里人听见傅景和这么说，也担心来一趟真的什么都看不到，连忙转身各自寻了合适的角度，站在栏杆旁朝着东边期待着日出，再没人关心这两个。反正他们两个关系好也不是一天两天的事了，想调侃有的是时间。

小鹿不觉松了一口气，却又因为傅景和再正常不过的表现有点失落，在心里告诫自己几句，也慢慢上前去，寻了处无人的地方站着，出神地看着眼前的景象。

天光熹微，从这里向下看，满目的翠绿、墨绿、青绿、水绿、嫩绿、油绿、碧绿交织成深深浅浅的一幅画，画上薄雾笼罩，就添上了一层仙雾缥缈，山下隐约可见的小楼更让这画面多了一丝静美。

远处萦绕着的云雾渐渐由白而黄，接着又成了耀眼的金红色，从山峦怀抱里渐渐晕染开来。天空与地面交接的地方越来越亮，成了一条点缀得极其华丽的霞光织成的腰带，星星隐去不见，云雾渐渐稀薄，有几缕耀眼的阳光冲破云雾，给遇到的一切镀上一层耀眼的金边。

一道深红的圆弧从地面处跃出来，依旧是耀眼的，小鹿凭栏而立，发丝被晨风吹得扬起，看着正前方一动不动。

傅景和就在这时按下了快门，深红的太阳与小鹿的侧脸分布在画面两端，背景被虚化，只有她的脸颊和那一轮日光是真实的，色调温暖又冷清。

拍到了满意的照片，傅景和心情极好，接下来班里的同学找他拍照时来者不拒，还十分贴心地给出许多指导意见，直到每个人都满意了才算数。

太阳已经高高挂起，云蒸霞蔚之景虽然也壮观绮丽，但毕竟是凌晨三点就起床了，兴奋劲过去，都有些蔫蔫儿的，一行人准备就此下山。

就在这时，一旁的小径处传来两个人一前一后大呼小叫的声音：

“我就说不能离开观景台半步，你看看，你看看，才几分钟，太阳都升这么高了，还看什么日出！白瞎我们昨天晚上在这儿喂了一晚上蚊子！”

“行啦行啦，下次再来看就是了嘛！”

原来这两个人正是那两顶帐篷的主人。本来萍水相逢，一班众人自然可以随时离去，却没有一个人移步，只是专注地看着小径处。

不一会儿，一个长袖长裤的中年男子走了出来，平平无奇的样貌，标准的中年模样，大家却都忍不住看向了班长路向文。

林超忍不住嘟囔：“路老师还说是偶遇？昨天晚上也就算了，怎么今天也跟了过来？班长大人，说，是不是你这枝梧桐引来了金凤凰？”

路向文苦笑：“我怎么知道？”

路光烨已经兴奋得冲上前，一脸“好巧”，却是上前就接过了傅景和手里的相机，大笑道：“运气真好，丢了日出捡了一群太阳！来来来，我给你们拍几张合照！少的那几个人，你们回去要了他们的照片，把他们加上来，修完图记得发我一份！”

此时此刻谁有工夫去想到底是不是偶遇？在路老师的指引下已经不知不觉地排成了队列，甚至还真的留出了六个空位置，为了后面修图方便，站好之后就由着他飞快地按快门。

路光烨指挥着他们站好，见他们一个个面色严肃，大为不满，猛然大声喊道：“来来来，跟我念，三（一）班前程似锦！”

一群人全都笑开，声音在无人的清晨里回荡到很远：

“三（一）班前程似锦——”

路老师说是偶遇，就是偶遇，给他们拍完照片，摆摆手赶他们快点下山，他要和朋友占据空无一人的东来峰顶，迎着清风晨露多说会儿话。

傅景和笑着应了，一群人跟路老师道了别，向着另一个方向过去。

因为都觉得自己爬上山看日出比较有意义，上山时候是爬台阶上来的，下山时众人却一个个现出了“原形”，纷纷自动向着缆车的方向走过去。

等到了近前，原本还担心着缆车到底有没有开始使用的小鹿一时哑然：已经有工作人员在那里等着了。

“他们上班这么早啊？”现在才六点多，就开始上班了吗？

傅景和笑着拍她一下：“你以为我们说要上山就自己浩浩荡荡地上来了？我们这么多人要来爬山，这里路灯又暗得相当于没有，当然要跟这里的工作人员报备一下。他们也不放心我们就这么上山的。”

小鹿鼓了鼓脸颊：“说话就说话，做什么拍我！”小跑着追到了前面，跟另外三个女生凑了一辆缆车，一路下山去了。

留下摸不着头脑的傅景和，站在原地思索着小鹿到底为什么突然生气了，他们从小到大不都是这么过来的？

回到家中，傅闻声不在，傅景和见时间还早，干脆打开电脑，导入照片，一张张看了一遍，挑出一批看起来不错的，准备开始修图。

他在班群里新建了个群相册，修好一张就在相册里上传一张，惹得班里人干脆从下午到晚上一直提心吊胆，既怕下一张是自己，又期待下一张是自己，一边还要得意地跟没来的几个人解释照片上他们在做什么，热热闹闹直到傅景和修完图跟他们说没有了才算结束。

此时日暮已经低垂，傅景和往窗外看了一眼，惊觉已经很晚了，抓起手机和U盘直奔附近的商场，在一楼角落找到了自助洗照片的机器，扫码下单，把照片洗出来装好，才放心回家。

到家时傅闻声也已经回来了，看到傅景和满头大汗的样子，不由得皱眉：“怎么跑得这么急？虽然已经傍晚了，暑气却还没散，最好不要在这个时候跑步。快先去洗澡换个衣服。”

“知道知道，以后不会了。”傅景和一笑，越过傅闻声，小跑着进了自己的卧室，把照片放好，去衣柜里随手抓了两件衣服，又一阵风般进了浴室。

傅闻声无奈笑笑，去厨房做饭了。

等到了第二天早上，傅闻声醒来时却又听见熟悉的洗漱和收拾东西的声音，片刻后门口一声轻响，是阳阳出去晨跑了。

浴室的镜子上一片水雾，傅闻声洗漱完，找抹布擦干净镜子，转身去了厨房。

才刚把粥煲上不久，阳阳竟回来了，身上干净清爽，一点也不像刚跑过步的样子，傅闻声心里一紧，急声问道："扭到脚了？严重吗？"

阳阳一愣，随即流露出几许笑意："没事啦爸爸，我今天早上没跑步而已，要是真的扭到脚了我肯定不会就这么强撑着走回来了。"

等一起吃了饭，傅景和连忙也整理了书包跟上去："爸，你的校园卡借我用用呗，我去你们学校图书馆看书。"

傅闻声侧身让他出门，锁好门，边下楼边在包里翻找，掏出一张蓝色的卡片放在傅景和手里。

傅景和道："华大的教师卡不是橙色的吗？什么时候换成蓝色的了？"

"这就不是教师卡。"傅闻声走在前面，声音里带了点不易察觉的笑意，"知道你考完试闲不住，老早就给你办了临时校卡，有效期到八月三十号，过期作废。"

傅景和惊喜地跳起来，从背后扑到傅闻声身上又立马跳下来，绕到他前面，举着卡看了又看，然后珍重地放进口袋里："知我者老爸也，这可真是个宝贝。"

"知道去哪里充饭卡吧？不用我带你？"

"不用不用，我自己去充就好了，爸你赶紧去上课，别迟到了被你的学生抓到。"

"这就不劳你操心了，你爸我从踏上讲台那天起还没迟到过一次呢，我去院楼了，你自己找地方去吧，十二点记得到教工二食堂一起吃饭。”

“嗯嗯，知道了知道了，爸爸再见！”

华阳大学在国内虽说也是顶尖的大学，到底不如在京城的几所声名显赫，然而隐藏在它看起来有些不甚起眼的外表下，位于新校区中央的这座图书馆却足可称得上是国内藏书最丰富的一座图书馆，在所有高校图书馆中都是首屈一指。

工作日的上午，时间还不算太晚，傅景和刷开门禁，熟门熟路地到了密集书库区，也不刻意找什么书，只在一排排的书架前慢慢看过去，看到感兴趣的书名就拿出来翻看一遍目录和简介，若是还想看，就在手机上记下书名和位置。

等便签上记够了十个书名，他标记好今天粗略看过的区域，取出这十本中最感兴趣的那一本，找了个无人的位置，专心致志地翻看起来。

转眼便是一天过去，两人在学校用过晚饭才回家。

傅景和就是在这个时候收到了小鹿的消息。

“我在花店，你来找我？”

消息发出去，小鹿紧张地在原地轻轻蹦了两下，左右看了看，干脆寻了些还是花苞的鲜切花枝，慢慢插起了花，花束渐渐成型，小鹿也慢慢觉得平静了下来。

花店里空无一人，暖黄的灯光从玻璃橱窗洒出去，晕出一片安详宁静，傅景和推开门进去，迎面就看见了正站在柜台后面的小鹿，手头一束错落有致的鲜花，只是大多将开未开，颜色虽然繁复，倒不似盛开时那样灼灼逼人，而是带着几分静美。

傅景和动作不由得放轻，走到柜台前，低下头，正好看到小鹿头上小巧的发旋，看着看着就忍不住伸手摸了一下，小鹿顿时仰起脸：“你干吗呢？”

“你叫我来干吗？”傅景和笑眯眯地反问，料定小鹿肯定是明白了他的意思，才会给他发消息。

果不其然，眼前人白皙的脸上浮上一层薄红，让人想起那天看到的日出，洁白的云染上一层艳丽的红色时，就是太阳将要出来了。

小鹿咬咬唇，拿出那张照片，递给傅景和：“你什么时候拍的？”

“当然是昨天早上，你们都在看日出，我在看你。也是那时候运气好，随手抓拍了一下，效果就这么好。”

“你拍我干什么？”

“我在照片背后写的话，你没看懂吗？”

“我怎么不知道你是个这么委婉的人？”

“那你现在知道了。”傅景和笑，指尖触摸上照片，描摹了一遍照片上小鹿侧脸的轮廓，“太阳在你眼里升起来了。”

小鹿垂着眼帘，总觉得停留在照片上的指尖也停留在自己的脸颊，带来一阵陌生的战栗，沉默片刻，忽而问：“‘你’是谁？”

“当然是我们花丛中的露水，林间的精灵，钱丛露、小鹿。”傅景和闷笑。

小鹿猛然抬起头，有些气恼：“爸妈怎么什么都跟你说？”

“可见我们早就是一家人了。”傅景和笑得有几分无赖，“你不也知道我名字的由来吗？这又不是什么秘密。当然，你要想把他当成只有亲近的人才能知道的秘密的话也没关系，我保证以后绝对不会告诉其他人了。”

“说了这么多，”傅景和上前一步，脚尖抵上柜台，低下头，把小鹿整个人笼罩在他的影子里，问她，“你有没有什么想跟我说的？”

小鹿低着头不说话，抬起手，指尖轻点照片上那一轮红彤彤的太阳，耳尖也渐渐染上了太阳的颜色，红得滴血。

傅景和情不自禁笑出来，张开双臂，要把小鹿抱在怀里，刚抬起手，小鹿就轻轻尖叫一声，挡住他的胳膊：“没看到柜台上还有花吗？

一会儿把你上衣染上颜色了。”

出师未捷，傅景和闷闷地盯着这瓶花看了半晌，忽而扬眉一笑：“这花归我了，你不许跟我抢。”

小鹿闷闷翻了个白眼，她是疯了才会把他叫来花店，手上动作却更快些，已经连瓶带水带花都推到了傅景和手边，明摆着的同意。

傅景和捧着花，把小鹿送回家才心情舒畅地回了家。

傅闻声正坐在客厅沙发上，一边喝水，一边在笔记本上写着什么，听到门响了，抬起手腕看了一眼手表。

“七点钟出去的，九点半才回来，看来玩得很开心。把小鹿送到家了？”

傅景和正愁无人可炫耀，闻言立刻坐到傅闻声身边，献宝似的把花瓶摆在茶几中间，左右调整了一下角度：“我跟小鹿心有灵犀两情相悦，当然是一拍即合。”

说着又好奇：“你当年追妈妈用了多长时间呀，爸？你只说你们很早就在一起了，还没跟我说过经过呢。”

“经过呀……”傅闻声拖长声音，“经过就是我跟你妈妈心有灵犀，两情相悦，不约而同地报了华阳大学的志愿，又一起来华阳市上学，就这么在一起了。”

傅闻声轻敲他一记，起身回卧室：“早点洗漱吧啊，别激动得睡不着。”

遥远的那个夏天，刚高考结束，所有人都被拘在教室里趁考完试不久对答案，吊扇挂在天花板上，吱吱呀呀地响。

傅闻声对完答案，估了分，轻轻敲了敲徐燕佳的肩膀，等她转过身疑惑地看过来，小声问她：“你要报哪个学校呀？”

徐燕佳歪头看他，发丝随着动作滑落下去：“你问这个做什么？”

傅闻声强作镇定，声音却紧张地发颤：“我总是要跟你一起的。”

徐燕佳明白了什么，笑容从眼睛里流溢出来，又引得嘴角上扬出一个十足欢快的弧度：“我要报隔壁华阳市的华阳大学，我们一起？”

“嗯，一起。”

第七章

孩子们之间有点风吹草动的，家长们怎会不知？

小鹿晚上到家没多长时间，夫妻两个就从她有些异样的神态里发现了些蛛丝马迹。赵夏看着小鹿进了房间，几乎是小跑着到了自家阳台上，由上往下看，刚好就看到阳阳的背影。

再联想到小鹿的神情，这还有什么不明白的？

赵夏简直满意极了："真好，傅老师就不用说了，阳阳也是我们看着长大的。这两个孩子要是能修成正果，我可就再也不用担心了。把我们小鹿交给谁都不会有交给阳阳能让我更放心了。"

钱老板则多少有些郁闷："这小子，下手也太快了，我们小鹿这才多大就被他拐走了。"

就不能再忍忍？刚刚考完，这去向可都还没定呢。

赵夏一看就知道丈夫在担心些什么，一边往脸上涂着面膜，一边笑话他："行啦，还记得高一那个寒假时，阳阳天天带着我们小鹿学习不？转年一分班，小鹿就跟阳阳到一个班去了。阳阳现在敢说透，那到时候就算不在一个学校，也肯定会在一个城市的，还用得着你操心？现在好好算算手里有多少钱，他俩买房子的时候给他们添一点才是正经事。"

赵夏完全是丈母娘看女婿，越看越爱，怡然自乐地等了十分钟，去把面膜洗了，理都不理还在郁闷的钱老板，自己关灯睡了。

第二天早上，见小鹿穿的衣服明显是要出门，眼前一亮，笑着问她：“今天出门？”

小鹿满心满眼都是爸妈应该还不知道她谈恋爱了，还有点小小的心虚：“傅景和说带我去华大图书馆，我听说华大图书馆全国有名，藏书很多，想去找找有没有什么感兴趣的书看一看。”

还看书？自家女儿，赵夏怎么会不清楚，那就是个没事绝对不愿意学习的主儿，要不是高考在前面逼着，她铁定下不了那么大功夫。

“嗯嗯，去吧去吧，中午不做你饭了，你也尝尝人家大学食堂，看看好吃不好吃。”

小鹿狐疑地看了妈妈一眼，迟疑着出去了。

小区门口，傅景和已经在等着了，见小鹿过来，伸出手递到她面前，如愿牵了手才满意地往前走。

小鹿倒也不觉得有什么不习惯，左右从小到大都被牵习惯了，也就是渐渐大了之后变成了牵书包带。

她走在傅景和右手边，这时候才想起来问他：“你不是只有一张卡吗？怎么带我进去？”

“你忘了还有我爸的卡了？将就用几天吧，我爸说办临时卡得用个两三天，等拿回来就不用再借我爸的卡用了。”

小鹿：“……”

“傅叔叔为什么会说要给我办卡？”

“当然是因为他知道你要跟我一起去图书馆了。老用他的卡多不方便，一张卡也是办，两张卡也是办，还不如再办一张。”

小鹿莫名松了一口气，就听傅景和又说：“再说了，我爸知道我终于跟你表明心意了，高兴得不得了，给你办张卡而已，也没什么大不了的，你着急什么。”

小鹿一口气还没松完，结结实实呛了一口，嗔了傅景和一眼：“才一个晚上而已，你怎么就告诉傅叔叔了？”

“告诉他又有什么，我们早晚要结婚的，总不能要领证了才去爸妈那儿要户口本吧。”傅景和看了小鹿一眼，眼神中明明白白透露出“你怎么这么没有远见”。

小鹿先是一羞，后又被傅景和看得只想跟他争辩一场，地铁站却已经在眼前了，两人在扶梯上站稳，傅景和轻轻把手搭在小鹿肩上，温热的触感透过夏天薄薄的衣料传过来，小鹿忽而头脑一片空白，把组织好的语言忘了个干净。

图书馆里人依旧不多，两人找好了书，相对坐下，真的各自看了一上午的书。

吃午饭刷卡时候，小鹿又有些不安了：“傅叔叔怎么吃饭？”

“爸爸去蹭林爷爷家的饭吃了。”傅景和递给她一双筷子，“林爷爷就是爸爸的先生，当年爸爸读研究生和博士的时候，都是林爷爷带的他。现在林爷爷是文学院的院长，爸爸又在文学院工作，他们关系可好了，说不定吃饭的时候比我们说的话还多。”

“能比你话多就了不起了。”

“你也要体谅我终于脱单的激动心情嘛。”

小鹿抿唇一笑，两人一顿午饭果然用了很久，比起高中吃午饭用掉的时间简直是成倍增长。

又过了几天，早上再见面时，傅景和递给小鹿一张跟他一样的蓝色卡片：“你的卡办好了，到八月三十号之前都有效。不过图书馆暑假时候要闭馆一段时间，等通知出来了我告诉你。”

傅闻声终于拿回了自己的校园卡，不用再蹭林先生的饭吃，林先生还有些不高兴：“你就不能拖几天再把临时卡给阳阳的小女朋友？这么急着拿回自己的卡，是不想跟我一起吃饭啊？”

傅闻声只得端了餐盘跟林先生坐在一起："已经成家立业了还要先生接济，多不好意思。不刷先生的卡也可以一起吃饭嘛。"

"高考成绩估计这两天就出了，你问阳阳要去哪里没？"林先生小胜一局，神情舒展很多。

"还没。"傅闻声摇头，"现在阳阳可能要参考一下小鹿的成绩再定他去哪儿。如果小鹿能超常发挥自然是最好，如果和平常一样，我们市又没有中等偏上的那一类大学，恐怕两个人都会到京城去。"

"你说这些不是白说。"林先生哼哼两声，"我看遍这几个有顶尖大学的城市，也就我们华阳众星捧月，独树一帜，京城、宁城、康城、鄂城，都是百花齐放，什么学校都有。你这个当爸的现在不管，到时候空巢了可别又整天提不起精神。"

"京城风沙大，宁城又潮湿，康城西南边陲，鄂城一到夏天就热得很，我看来看去，都不如我们华阳好，你舍得阳阳去别的地方受苦？"林先生一言不成，换个角度再次相劝。

傅闻声没办法，只好使出杀招："先生，我看阳阳多半不会报文学系，就算来了我们学校，也不会到文学院来的。"这下可以死心了吧？

林先生气得瞪他："有个在文学院当教授的爸，孩子都不愿意学文学，你这当爸的也挺失败的。"

"阳阳不仅有个在文学院当教授的爸爸，还有个计算机系高才生的妈妈呢，我失败就失败吧，燕佳不失败就行。"傅闻声岿然不动，扳回一城。

两三天的工夫，高考出分的日期就到了。华阳市的惯例，高考成绩都要六月二十八日的下午两点开放查询，无数高考生和家长中午吃饭时都不安心，早早守在电脑前，等着一到两点就赶快登上网页查询分数。

傅景和却从上午起就开始接到高校招生组的电话，威逼利诱无所不用其极，傅景和一一耐着性子周旋，挂掉电话立马关了机，心里却荡漾着喜悦：虽然怎么问成绩那些老师都不肯说，但看这架势，他的高考成绩肯定要比想象中的还好。

把手机扔到一边，傅景和打开电脑，先看班群，却发现群里静悄悄的，想了想，打开路向文的对话框：

“向文，你知道成绩了吗？”

路向文头像灰着，却马上回了他消息，显然守在电脑前：

“市第五，你呢？”

傅景和有点郁闷：

“那些老师都不肯跟我说，他们手里肯定有成绩单了，我还想着能不能打听一下我们班的成绩呢。

“对了，还没恭喜你！”

“也跟你说一声恭喜。招生组的老师都给你打电话了，肯定考得不错。至于具体成绩，你去问一下傅叔叔试试？我的成绩是我爸从朋友那里打听到的，傅叔叔说不定这会儿已经连你的各科成绩都知道了呢。”

傅闻声何止有渠道知道。他还在办公室备课，就有几个面熟却不大认识的老师敲门进了他的办公室，一进门就先说恭喜，周旋了片刻才知道是学校华阳市招生组的老师，听说他是傅景和的家长，就直接不请自来，要问傅景和的报考意愿，口口声声都是传承衣钵，父子都在华大，也算一段佳话。

傅闻声许久没遇到如此热情的老师了，全凭多年来长进了不少的社交技能强撑着送走了老师们的同时，又没糊里糊涂许下什么承诺。

等办公室终于安静下来，傅闻声心里才后知后觉地盈满了喜悦，想跟人炫耀，却又觉得跟谁说好像都不太好。

半晌，他抽出信纸，一笔一顿，慢慢说完了阳阳的成绩和今天发生的事，忍不住拿起手机，想问问阳阳现在知不知道自己的成绩，又觉得这个惊喜还是留着他自己查出来比较好，最终还是没有拨出这个电话。

他拾起笔，继续写道："未到查成绩时间已是宾客盈门，如此情状，颇有父凭子贵之感。大约往后数年，但凡有同事家中有人备考，都要寻我索要教子之方，好借鉴来教育家中子女。然景和如此，全凭他天资聪颖，确与我无关。若说实情，必不为人所信，自今日起，大约我还要多方求证，好总结出一套行之有效的教子之方，行之有效或许困难，求个四平八稳却是必须，至少也不能随意出口，以免误人子弟。

"燕佳，你我有子若此，如芝兰玉树，满堂生辉，怎能不令人欣慰？"

傅景和忍到下午两点终于开放查询，却没有立即登上网站去看自己的成绩，反正他考得不错已经是板上钉钉的事实，小鹿的分数到底如何才是眼下更重要的事情。

时间一分一秒过去，班群里不时有人抱怨，查分页面又卡住了，怎么都进不去，一会儿进去了，却又怎么都刷新不出来内容。

傅景和烦躁地敲了敲桌子，耐着性子等待。

角落的图标突然闪了又闪，是小鹿来了消息。

傅景和屏着呼吸打开，映入眼帘的先是一个哈哈大笑的熊猫头，不由得放下心，往后靠了靠，等着小鹿的下一条消息。

不过片刻，一条长长的消息发过来：

"傅景和傅景和傅景和，我考了市九十八名！！！太不可思议了！我是怎么做到的！感谢你感谢老师感谢阅卷老师感谢出卷老师啊啊啊——"

"你呢，你考得怎么样？是不是状元？"

傅景和已经打开了查分的页面，看着进度条不断往前赶，手指飞快，灵活地敲击着键盘。

"唔，我估计不是。你忘了几次联考，都有一个外校的同学分数很高？我猜应该是他。

“再说了，我觉得还是探花比较好听一点，与我的外貌比较匹配。”

小鹿：“你能不能停止你的自恋行为？”

傅景和：“因为现在有你来恋了吗？”

进度条走到了底，页面依旧是空白，停顿了足有两三秒，突然变得满满当当，正中间一个五行两列的简单至极的表格，写着傅景和的各项分数和总分。

表格下方有一行小字：

市名次：3

傅景和认真看清，缓慢敲字给小鹿：

“还真的是探花！

“看来冥冥之中自有天意，我肯定是市前三里最好看的那个了。”

“能不能不要这么自信——”

话是这么说，小鹿却也在心里暗暗赞同：傅景和的确担得起“探花”这个雅称。

至于是不是市前三里最好看的那个，小鹿说不清，毕竟前两名是其他学校的同学，只闻其名，从未见过面。

两个人都知道了成绩，就放下了心，晚上三家人再次聚在一起庆祝，不免提到报志愿的话题。

傅闻声还没问过阳阳，对阳阳的想法也拿不准，本来应该是看热闹的角色，眼下看起来倒是跟那两对夫妻一致地好奇。

阳阳显然早就想过了，放下筷子，看向傅闻声：“我想去华阳大学的计算机学院，查过往年分数线了，我这个分数应该没问题。”

傅闻声点点头，平静的表情里带着一丝不易察觉的欣慰，为人父母，看到孩子想走上和自己有些重合的路线时，或许都会有些被认同的欣喜。见阳阳想读计算机，无论这个专业如何，只看当年燕佳就是从这个学院毕业的，傅闻声就已经先自顾高兴了起来。

意料之外情理之中的答案，计算机相关专业又是众所周知的炙手可热，众人就又看小鹿，想知道她要去哪里。

小鹿却没有想过这个问题，毕竟之前也没料到发挥得意外好，以前想过的学校现在自然不作数，还是下午的时候草草查了几个学校，也隐隐有了决定。

“应该会报华大的新传学院吧，我的排名应该没什么问题。”

无论是计算机学院还是新传学院，在华大都算是相对成熟的院系，教授副教授众多，学科体系也比较完善。哪怕不知道这些，现场就有两位华大的副教授，要是能被华大录取，也算众望所归。

两个孩子的决定被一致通过，大人们也就不再提，只又开始了对章旭小朋友的“例行关心”，几年前前途未卜的阳阳小鹿已经算得上未来明朗，章旭却还有得熬，只得苦着一张小脸灌了满耳的“好好学习天天向上”，保证向哥哥姐姐学习。

要占用大量时间的报考志愿环节对阳阳和小鹿两个人来说几乎只用掉了半个小时，在志愿填报的网站上填好了志愿信息后，两人就把这件事情抛在脑后，全心全意享受着自己的假期。

七月初惯例是华大的考试周，图书馆常常人满为患，两个人不愿去跟被期末折磨的学长学姐们抢位置，干脆收拾了行李一起去了隔壁市，住到了徐家。

小鹿刚开始还有些拘谨，后来见徐致远活泼有趣，沈文华温柔慈和，阳阳又一直在试图让她赶紧放松下来，她本来天性就是个大大方方的人，也就放开了手脚。

早上跟着沈文华学做饭，傍晚和傅景和一起陪着徐致远散步，不过一两周的工夫，两位老人已经从一开始的因着阳阳而对小鹿客气，变成了因为小鹿这个人而对她真心实意地关心。

等两人要回家时，沈文华还特意避开阳阳，拉着小鹿告诉她："你是个好孩子，外婆喜欢你是因为你活泼大方，以后要是跟阳阳闹矛盾了，走不到一处去，也不要就把外公外婆抛到脑后了，随时来，我们都欢迎。"

小鹿有心想说她跟阳阳一定能走到最后，却又觉得这样斩钉截铁的话有些像敷衍，最后点点头："嗯，外婆你放心，到时候您就是想赶我走我也不走，我们把阳阳赶出去，等我回家了再让他来。"

沈文华就笑，这孩子可真是惹人疼。才刚挥手作别，就有些想念，不知道两个孩子下次再来是什么时候了。

徐致远拉了她的手带着她往车站外走，安慰道："上大学就跟以前不一样了，刚开学就是国庆，到时候打电话让他们再过来呗。"

"到时候再说吧。"真要天天嚷着让他们两地奔波，沈文华自己先心疼了。

两人回了华阳市，左右无事，又天天往大学里去。

此时已经放了暑假，大部分学生都回了家，虽有留下做实验的研究生和博士生，各个部门也都没停止运转，却依旧显得像一座空城。

两个拿着临时卡的编外人员就这么无法无天在这座空城里四处行走，还没开学，小鹿已经在阳阳的带领下把学校的地形摸了个透。

将近八月底，学生们开始返校，学校里又开始渐渐热闹起来，各个学院负责迎新事宜的同学们更是热火朝天，在学校规定好的报到区域早早搭建起各个院系的帐篷，准备迎接新生的到来。

阳阳和小鹿见了，还凑到各自的院系那里做了回志愿者，帮着搬桌子、放物资，忙活了一整天。

午饭是院系提供的盒饭，傅景和坐在一群学长学姐中间，一点也不觉得不自在，听着他们谈论老师和课程，还时不时插几句话，一副十分自然的样子唬住了众人。大家满心以为这是其他班的人，只是因为在一起上课的机会不多，所以不太眼熟而已，竟没有一个人发现不对劲儿。

等傍晚终于收工时，迎新负责人掏出记录本，要在场的人一个个过来签到，好登记志愿时长，才发现了不对。

“景和，报名迎新的人没你啊？”负责人对着报名表大皱眉头，“不过也没什么，你学号跟我说一下我回头给你算志愿时长，就是可能得晚两天。”

“谢谢学长啦！不过我就是有事到学校早了，过来随手帮下忙，不用给我登记了。”傅景和连连推辞，摘下脖子上挂着的志愿者胸牌放在桌子上，小跑着去往新传学院的方向。

负责人原地迷惑：他怎么叫我学长？大一没入校呢吧，整个学校里我难道不是最小的那一批？

想不通怎么会有人来忙了一天又不要志愿时长的，负责人干脆只记了名字，打算等以后再说。索性当今天白捡了一个人过来帮忙，他也就不再多想，转而开始带着迎新组准备再过一遍明天的流程。

八月三十日早上八点钟，各个院系都摆开阵势开始等待迎接新生，每过来报到一位就会有高年级的志愿者带着他去走流程，直到送到宿舍，返回迎新点开始带领下一位。

傅景和和傅闻声到计算机学院迎新点时还早，在帐篷前排队的人不多，傅景和自己拿着证件和录取通知书去排队，傅闻声就带着相机四处拍一拍。

今年是华大的一百二十年校庆，虽然时间还没到，学校里已经到处开始用起了一百二十这个元素，迎新点也竖着一块大大的屏障，华大标志性建筑的轮廓为底，左上角写着百年华大，四个字下面却是曲线流畅的“120”，像要强调一下百年指的是120年一样。

这屏障是专门用来给新生拍照留念的，还有专门的志愿者站在一旁负责拍照，到时候要选一些好的征得同意后用作校媒宣传。陆续也有办完了手续的新生过来拍照，拍完还要拿起马克笔在上面签上自己的名字，仪式感十足。

他在这儿站了一会儿，已经有几个上过他的课的学生过来跟他打招呼，见他手里也拿着相机，不由得好奇："傅老师怎么今天到这里来了？想要照片的话我找林娜要个图包给您发过去，就是带人像的可能不行，我们还得问下当事人。"

傅闻声指了指计算机学院迎新点的方向："我陪孩子过来报到，打算拍几张照片留念。你们今天是要在这里忙一整天吗？"

那女生笑得爽朗："那怎么可能！我们可是招了三千多的新生，大部分都要今天过来报到的，在这里站一天人都要累瘫了，院里也不能可着我们这几个人使唤呀。我们下午就不过来了，换另外的人。"

旁边站着的男生却好奇："傅老师，您是陪着自己的孩子过来的吗，还是亲戚家的？"

"我的。"

正说着，傅景和已经办完手续过来了，他前一天刚刚交回已经作废的临时卡，就又拿到了绿色的本科生校园卡，正好无缝衔接。拿到自己绿色的校卡后仔细看了眼上面的照片，大笑着举到傅闻声面前："爸，你看，我这张证件照是不是还不错！"

傅闻声凝神看去，绿色的卡片左侧一个白色的框框，框框里一个头发有些飘逸的男生对着镜头笑得灿烂，眉眼和他相似，神情却像足了燕佳，不由得点头："是不错。"

一旁站着的女生眼前一亮，立刻"抛弃"了傅闻声，上上下下地看着傅景和，试探着跟他搭话："是今年大一的学弟吗？要不要来这儿拍张照，那边拍照的学姐技术可好了，肯定能把你拍得很帅！"

傅景和把手里的东西递给傅闻声，爽快答应道："好啊。那就麻烦学姐啦。"

按着学姐的意思前前后后换了几个姿势拍了照，傅景和找了处干净的位置签上自己的名字，回身去找傅闻声，就见小鹿他们也已经办好了手续，此时正站在傅闻声身边跟他说话。

傅景和走过去，先把小鹿的校园卡拿在手里端详了一会儿，随后皱皱眉："没你本人好看。"

得到小鹿含嗔的一眼："行啦，我们一般人肯定比不上探花上相。"

傅闻声含笑看着，见拍照的地方暂时没人，举起相机朝两人示意，傅景和看到他示意，拉着小鹿站过去，揽着她的肩膀，两个人凑得极近，在相机里定格下笑得同样灿烂的入学第一天。

同样是升学，同样是住校，在大学里居住的感觉和高中时完全不一样。且不说别的，同样是宿舍，大学的宿舍几乎可以当半个家来看待，高中的宿舍却只像是个睡觉的地方。

除此之外，进入了宛如个小城镇一样的学校，也不像在高中一样只需要想着怎么把分数提得更高。大到决定生活费的分配，小到到学校的哪个地方修修拉链，都成了两耳不闻窗外事的学生们需要自己决定的事情，几乎等于大半只脚已经步入了社会。

傅景和运气极好地跟同样上了华大的路向文分到了一个宿舍，另外两个同学则一个来自新疆，一个来自甘肃，离华阳市千里之遥。

都是好相处的人，傅景和又当班长当习惯了，不自觉就揽下了宿舍的事务，带着大家相互自我介绍完之后的第一件事就是建了群，又排好了寝室的值日表，接着收了舍费商量好采购清单，四个人一起去把宿舍需要的公用物件购置完成。

路向文向来有什么说什么，跟傅景和又相熟，高中三年里听傅景和传达各种事务已经习惯了，不自觉就跟着傅景和的步调走，只有觉得他说得不大合理的时候才出言反驳。另两个室友有样学样，也懒得费心思操心那么多，有个人拿主意，拿的主意还不错，就也跟着走就好了，未来四年寝室生活的大致规章框架就这么建立了起来。

小鹿运气不大好，宿舍里没有一个是之前认识的，却又运气很好，分到的室友也都是讲道理的人，几个人有商有量地制定了寝室的“公约”，也算是给大家的行为都画上了一条线，以保证寝室生活的良好有序开展。

刚开学，新生们大都还保持着看校媒公众号的良好习惯，小鹿坐在自己的位置上跟傅景和商量明天中午去哪里吃饭，就听见旁边的室友小声惊呼：“哎呀，这男生长得不错欸。”

小鹿好奇地探身过去看，只见屏幕上赫然是开学那天的傅景和，对着镜头笑得一脸春光灿烂。

“什么时候拍的这张照片，净会招蜂引蝶。”小鹿嘀咕一声，倒也不在意，回身继续给傅景和回消息。

领完军训服的第二天，在操场上开完了全体新生的军训动员大会，紧接着军训就提上日程，男生女生按开学时量的身高被分到了不同的连排。华大惯例，女生们军训的地点在寝室楼后不远这类有树荫遮蔽的地方，男生们则在剩下的地点里按队列随机分配。

华大一贯是从附近驻扎的部队里请教官，在军营里历练出来的教官们对一个个刚过完暑假懒懒散散的新生们大约十分看不下去，严格按照要求操练这群新生，短短几天所有连队被狠狠地磨掉了一层皮的同时也像样了不少。

阳阳跟小鹿的军训地点恰好离得不远，傅景和经过校媒那一宣传，又多少算得上“名声在外”，他穿上军训服装倒比照片上更引人注目几分，挺拔白净又常带笑容的大男孩，再加上在父母两人的遗传下相当端正的五官，傅景和站在第一排站军姿时，经过他们方阵的人都格外多些。

小鹿就在旁边的方阵，也看出了些端倪，见来来往往总是有人放慢脚步朝傅景和那边看，大感意外：怎么偌大一个华大，连傅景和这样的也能排得上号，不禁生出股“时无英雄”的感叹来。

一周过去，各个省份的同学会也展开了活动。同省的老生们自发组织在一起凑了钱买了饮料到处给本省的新生送水，也当作认识一下同乡。就只华阳市的要特殊一些，因着学校就在本地，学校里同市的学生总要多一些，最后是按照各个高中学校划分，同校的老生来给新生们送“温暖”。

一中早先考进来的学长学姐们早把一中校友群号公开在了学校的迎新群里，阳阳和小鹿自然也早就加了进去，在群里报了自己所在的连队和军训地点，安心等着学长学姐们过来。

周末上午，正常开始上课的学生们自然正常过周末，五六个一中出来的大二学生推着小推车按照收上来的地点在各个连队间穿梭。轮到傅景和这边，因为他们两个离得近，干脆就分头去跟教官说，把他们两个一起叫了出来。

傅景和探头看了眼小推车，拿了瓶红茶递给小鹿，又给自己捡了瓶矿泉水，对着学长学姐们笑：“谢谢学长学姐们啦。”

小鹿把红茶拿在手里，抿嘴微笑，等傅景和说完正要开口，领头的学姐注意到了什么似的，饶有兴味地打断：“你们俩是情侣？”

傅景和微愣，心里嘟囔一句这是怎么看出来的，不是刚见第一面吗？他大大方方地承认：“是。”

“啧，你们俩在群名片上标的都是一班吧，能在一班培养出感情也挺不容易的。难道一班班主任是李老师？”说话的学长今年已经大四了，恰好跟傅景和他们完全错开，半点这一届的情况也不知道。

“是路光烨路老师。”小鹿接话道。

站在后面一直低头打字的男生听到后几乎跳起来：“不是吧？！路老头？”

“嗯，可能更年期到了。”傅景和做严肃状，一脸深沉地说完，立刻被小鹿轻拍了一记。有七班班主任的对比，路老师在小鹿心里的地位简直不可撼动，傅景和在嘴边做了个拉拉链的动作，小鹿这才说话："可能因为路老师本来就是个开明的人，只要不影响成绩，睁一只眼闭一只眼也就过去了。"

有了这一遭，傅景和已经名草有主的事很快就传了出去，青梅竹马一起长大，又一起考上了华阳大学，甚至还能算得上见过家长、被家长默许的关系。这消息一传出来，愿意顶着大太阳来看人的各路人马骤然减少一多半，剩下的那三三两两，见人家小情侣军训休息个十分钟的工夫也要赶紧凑到一起喝口水说说话，就也失去了所有兴趣。

小鹿知道了缘由，不由得笑他："门前冷落鞍马稀了这是。"

傅景和捏住她的指尖笑："嗯，等大了就嫁给你做商人妇，你可要努力赚钱养我啊。"

向来一脸阳光正气的人突然拿捏出个妖孽的模样，小鹿笑得直颤，捂着肚子怎么都站不直，说话都断断续续的："你可真是……你的偶像包袱呢，注意点形象好不好？"

傅景和立刻立正稍息站好，军姿标准得无可指摘，小鹿还在笑就已经被迷得七荤八素，半晌捂上眼睛低下头嘟囔了几句色即是空空即是色，抬头时恢复了义正词严："傅景和同志军姿站得非常好，请继续保持，再接再厉！"

傅景和果然再接再厉，很快被教官挑去了国旗班，每天的训练内容只剩下了站军姿、走正步，还有如何把国旗扬起得更好看。

军训结束后，校媒的推送上用的正是他站在国旗台上，挥手扬起国旗的那一幕。少年人身姿挺拔如白杨，身着白金配色的军装，扬手把国旗挥舞出去，红色的旗帜在风中猎猎飞扬，映衬着初升的太阳，朝气蓬勃而出。小鹿喜欢得不得了，把照片洗出来在背面写上日期，郑重放在了相册里。

傅景和从来不掩饰他对摄影的喜爱，小鹿经常收到傅景和随手发过来的不知何时拍下的照片，就干脆买了本相册，挑喜欢的都洗出来，在照片背后写上日期或者一句简短的话，放在里面收集起来。才不过短短两个月，一本相册已经用掉了小半。

小鹿从前往后翻一遍，打定主意以后每存满一本就妥善保管起来，等到了头发花白的时候拿出来一张一张地看，肯定很有意思。就是不知道向来标榜自己记忆力好的傅景和到时候还能把这些照片背后的故事回忆起来多少。

军训的一个月对新生来说既是磨炼意志的一个月，也是快速熟悉校园生活的一个过渡期，每天晚上都安排有各式讲座，新生教育、选课指南、各个院系的迎新晚会等，都在这一个月里紧锣密鼓地召开，力争让学生们在军训结束后无缝进入大学生活中来。

大学重要的不仅有进一步的学习，还有如何学会生活。

华阳大学占地数千亩，单食堂就有大大小小的十几个，再加上各院的院楼、集中教学楼、行政楼、本科生宿舍、研究生公寓、博士生公寓、图书馆、运动馆等建筑物，如何快速记下路线竟也成了一件困难的事。开学这段时间，校园里到处都能看见穿着军训服，拿着手机，对着导航走路的新生，竟也成了校园一景。

就不提认路，校区内的建筑物大多风格统一，又因用途的不同而有着各自的特色，再加上几处造出来的景致，虽是个校园，也颇有可观之处，只要留心，处处都是风景。

因而这段时间探索校园无疑成了新生们最为重要的事项。

在这样的热潮里，傅景和与钱丛露两个人多少显得有些格格不入。

他们两个人早就在校园里晃荡，路线熟到不能再熟，也没心思再去到处乱转，干脆在学校没有安排的晚上就一起到图书馆去自习。换下军训的衣服，两人坐在人群里半点也显不出来。

军训结束不久，绚烂的大学生活正式展开画卷，轰轰烈烈的“百团大战”延续了新生们第一次正常度过的周末，整整两天里学校的所有社团几乎都在力争趁着新生入学季吸引到更多的新鲜血液。

最受欢迎的当然还是学生会、团委、社团管理中心这些校级组织，既能锻炼自己，又能在履历上写上一笔，报名的人简直络绎不绝，学生会单单面试就排了三天。

傅景和因着进了计算机学院，大一起课表已经满满当当，又对什么学生工作半点兴趣也无，就只加入了摄影相关的社团，没有作业的时候跟学长们跑到各种地方拍照片。

小鹿进了新传学院，课不算多，对社团就比较感兴趣，挑挑选选，加了三四个社团，又煞有介事地分了等级，有的只想进去参加一些活动，不愿投入太多精力；有的打定主意要留到大二大三，担任一些职务，好锻炼一下自己；有的则是纯粹因为爱好，想进入社团寻找有同样爱好的人一起玩儿。

等大一渐渐被课业和社团活动等占据了许多精力的时候，校园每年都要经历一次的躁动也渐渐平息了下去。

到了大一的第二学期，走在路上已经几乎不能从外观上看出大一同学和老生们的区别了。

已经习惯了傅景和不住在家里，到了大学，傅闻声也没再觉得不习惯，让他不习惯的反而是常常能见到傅景和。

大约是时间撞上了，每周二傅闻声去逸善楼上完公选课回办公室，在逸善楼附近都正好能遇到赶着换教室的傅景和，第一次碰见时还觉得奇怪，总觉得傅景和这个时间出现在这个地点是一件很不正常的事情，两人四目相对，傅闻声差点脱口而出：你怎么在这儿？

还是傅景和先跟傅闻声打招呼，然后背着电脑赶往下节课的教室。

傅景和课表满得让人心生绝望，一周满课六十节，他课表上就有五十四节，那空出来的六节里还有两节是因为学校强制规定周三的七八节不允许排课，是留给学生们的活动时间。

因此虽然同在一个校园，傅闻声能见着他的时间也不多，小鹿更是戏称他们在学校里谈异地恋。

直到大二的第一学期，傅景和才松散许多，院里排给本科生二年级的课一周只有二十几节，傅景和骤然闲下来还觉得不习惯，挑挑选选申请了许多公选课只等着抽签。

他和小鹿兴趣相似，选的课也重合甚多，等抽签结果出来，两人一对，发现运气极好地都中了傅闻声的课。

路向文看了傅景和的课表，满怀羡慕："我也想去上傅老师的课。"

傅景和豪气万分："想来就来嘛！"

路向文眼前一亮："你能说服傅老师给我加个名额？"

"你想什么呢？"傅景和瞥他一眼，"我怎么可能做这种走后门的事，我是说，你想听就来旁听，教室和上课时间明明白白公开在教务网上，我爸上课又从来不禁止旁听。"

路向文气得，到底还是忍住没去旁听，心道不信八个学期一次都抽不中。

于是这个学期第一节课，傅闻声走进教室，在讲台上站定后，就发现正前方的中间坐着两个熟悉的面孔。

想到阳阳跟自己抱怨过学校的一些公选课在教务网上的教学大纲写得花团锦簇十分有意思，到了现场却让人失望至极，经常第一节课还没上完就忍不住想退课，不由得存了几分较劲儿的心思，原本就精彩的课程在的他刻意发挥下越发令人专注。

两个小时倏然而过，教室掌声雷动，傅景和和小鹿落在最后，等教室渐渐空了，傅景和凑到傅闻声面前，举起两个大拇指凑到傅闻声面前颇有些夸张地赞叹道："不愧是我爸，真厉害！"

“嗯，不愧是我儿子，真会说话。”傅闻声看他一眼，把包递到他手里，“怎么感觉最近很少见你？在忙什么？刚开学作业就很多吗？”

“作业倒是不多，课也不多，这不是最近在搞大创吗，分给我的任务不轻，偏偏好多东西老师还没讲到，只好去网上找了网课自己学。要不是运气好，跟小鹿一起雀屏中选，课表上荣幸地有了您的大名，估计我现在还在图书馆对着网课挠头呢。”

“你们现在就要开始做大创了？你不是大二才开学两周吗？”傅闻声还记得当年燕佳是到了研究生才开始拉了几个关系好的同学开始做项目的，“果然是一代新人换旧人了。”现在的学生从小开始接触到的新事物太多了，想法多，活动也多。

提起这个，傅景和颇有点不满：“不知道怎么想的，一个个好像他们每天有四十八个小时一样，整个专业到最后竟然只有我们宿舍四个人没报名，连辅导员都来问我们了，话里话外大学里还是要有些经历比较好，我们几个也只好赶鸭子上架了。

“还好都是靠谱的人，不然我这会儿肯定更累。还有小鹿，靠谱中的靠谱，专业的审美就是好，比他们搞的配色好看多了，原来那真是看了一眼就不想再看第二眼。”

“说得这么好听，还不是你想偷懒？我就不信你这个搞摄影的不会做UI？”小鹿才不想听他的鬼话，明明就是看不得她课少清闲，想给她派活罢了。

“我这不是想跟你一起做事情嘛，你要是不想的话，我再去你们新传招个人过来？”

“你敢。”

傅闻声看着一对小儿女说说笑笑，颇有些无奈地摇摇头，见两个人跟着自己越走越偏僻，不由得好奇道：“你们接下来没课？再走就到文学院了。”

傅景和凑到他身边：“有人帮你拿包还不好吗，爸爸，怎么感觉你很想赶我走的样子。”

“是啊，吵得我头痛，很长时间没人在我耳边这么聒噪过了。”

“那我就多在你耳边聒噪一阵子，争取让你早日习惯。”傅景和半点也不在意傅闻声给他泼的冷水，想到了什么，突然看向傅闻声，“爸，你手机给我一下呗。”

傅闻声下巴微抬，隔空点了点傅景和手里的包：“包里呢，自己拿。”

傅景和拿出手机捣鼓了一阵子，再递还到傅闻声手里时手机已经大变了样子，多了许多他不识得的图标，傅闻声只看了一眼，不由得皱眉：“你给我下载了什么乱七八糟的软件？我不用那些。”

“没多少啦。”傅景和把包递给小鹿，自己凑到傅闻声身边点着屏幕，“这是个可以随便发文和图的平台，我最近正想积累点粉丝好申请认证，刚好还差一个，这不是想到我亲爱的爸爸肯定会支持我吗，就帮你也注册了一个账号，好帮我凑个数。”

傅闻声循着看过去，只见屏幕左上角一个圆形的头像，里面一只正歪头看人的白色小鸟，再往下滑就是傅景和拍的一些照片，已经累计发出来了六十多张。

他点开其中一条，下面林林总总几十条评论，大都是夸傅景和拍的照片好看，还有几条说希望他能勤快一点。

明白了这大概是个跟朋友圈差不多，只是更加公开的平台，傅闻声就失去了兴趣，关掉页面，看了一眼傅景和：“别让这些东西占据你太多精力。”

傅景和马上立正稍息站好，严肃答应：“听从傅闻声同志教导。”

这里答应得痛快，却有越来越多的闲暇时间被傅景和花到了拍摄和剪辑上面。

他们宿舍外加小鹿五个人做的大创项目是个简单的校内App，提供课表、课堂评价和“表白墙”服务，人少力量就少，凭他们五个人也仅仅是做出了个雏形罢了，学校却觉得这个想法极好，拿出一笔不大不小的钱算是买下了这个雏形，又让他们和学校的信息中心一起参与这个App的后续开发与维护，又增添了许多功能，基本成型后，就推广到全校，成了华大人几乎一定要下载的一个软件。

这笔奖金对傅景和他们来说自然是意外之喜，按照参与度和贡献度分了钱，傅景和第一时间把自己的积蓄添进去给自己购置了一台无人机，从此又多了一种拍摄手段。

傅闻声说着不用这些软件，但既然傅景和已经给他下载并注册好了，他也就没有卸载，偶尔打开看看，点开时多数会看见阳阳最近的作品。

最开始是一张一张的照片，有风景，有花草，有动物。再后来出现了剪辑好的视频，不长，但是视觉效果非常震撼。最近傅闻声在他的视频里看到了俯视角度下的华大校园，略一想就知道他肯定买了无人机用来航拍。

不知道他买无人机花了多少钱？傅闻声思索着，提前给他预支了后三个月的生活费：

“保证生活质量的前提下，随你支配。”

当然，他进入软件后的页面上也不仅仅全是傅景和，有时会莫名出现一些奇怪的内容，他大多数随便划过去，看到那些发出来的文字里明显的语病和标点使用错误时则皱皱眉在下面评论纠正。

有时他的评论莫名其妙就消失不见了；有时他收到提醒，是有人回复了他的评论，那些评论有骂他的，有说他太过较真的，还有人说他“ky”，他既不懂什么意思，也懒得去了解当代年轻人这些层出不穷的网络用语，往往一扫而过；当然有时候也会得到善意的回复，对方真诚地道谢，他再点进去看时，那些错误已经被修改过来了。

这些隔着网线的小小互动让傅闻声逐渐习惯以固定的频率打开来看看有没有收到什么新的回复，也开始搜索自己感兴趣的内容。

也是在这时候，他才突然发现，好像很多同事都早已注册了这个软件，甚至几个他熟悉的老前辈也有这平台的账号，最活跃的当属林先生，发布的内容多不说，竟已经有三万余人关注了他。

……是我真的落后时代太久了吗？傅闻声暗暗地想，按着学院的名单一个个搜索，确认是本人的就点一下关注。

半个小时过去，他原本孤零零只挂着傅景和一个人的关注列表已经扩充到了二十多，放眼望去全是他熟悉的名字。

大约是他这一番动作过于显眼，毕竟一下子关注了二十几个华大文学院的老师，那么必定不是文学院的学生就是文学院的老师。也或许是有一个人认出他来了，然后消息飞快传播，等他过两天再看，自己那空空荡荡没有发布过任何东西的账号也有了几十个关注者，还有人私信问他是不是傅老师。

傅闻声找了找修改用户名的地方，把系统自动生成的一串乱码一样的名称修改为傅闻声，算是承认了自己的身份。

也是从这个时候开始，他逐渐习惯了偶尔在上面说上一两句话。

日子就这样波澜不惊地过下去。

于傅闻声来说，只要他不再突发奇想，想争取一下评教授职称，那么他完全可以过着这样每周给学生上几节课，定期给手下的研究生们开开组会的生活直到退休。他对生活没有要求，也没有进一步的期待，眼下的日子完全符合他的意愿，他也就这么平平稳稳地走下去。

于傅景和来说，进入大学则是进入了一片广阔的新天地，从大一到大四，几乎每天都有新的事情发生，有新的任务等着他去完成，而在课业之外，也有着那么多的困难等着他去征服。

前十八年的慢慢生长让他在泥土里深深扎下根去，进入了新的环境后瞬间以飞快的速度抽枝成长，直到枝繁叶茂。

傅景和对学生工作没有兴趣，对各类大型活动也兴致缺缺，按理说没有什么出现在同学眼中的机会，却因为他拍摄剪辑的一个视频屡屡被提起。

——以“百年华大”为主题的一个短短几分钟的视频，得到了很大范围的传播，成功让同学们注意到了向来十分低调的他。

然而来不及苦恼，傅景和先因为这个视频参与进了一个他原本丝毫没有将之和自己联系到一起的领域。

十几年断断续续地联系，他早就知道了当年那位“月亮阿姨”王曼月是个网络作家，也去搜过她的笔名，发现大都是十几万字的中篇爱情小说。

就算知道了这些，傅景和也从来没有想过王曼月的这层身份意味着什么。收到她发来的消息说邀请他参与一部电影的拍摄时，他情不自禁回了个惊讶的表情过去。

王曼月大概也知道他没反应过来，十分钟后发了长长的一段话过来：

“不是真的让你来给我们当摄影师啦！是这样，我有个朋友，就想追求梦想当个导演，就拉了我们一帮人入伙。现在剧本组就我一个，而我还没想好该写什么，摄影组呢也有一个朋友答应要来，但是他工作很忙，我们就想着再拉一个会摄影的过来给他当助理。这不是我朋友正好看到你那个视频了吗，他很惊喜，我也很惊喜，就想着直接来找你了。”

“也就是说现在还是个草台班子，八字还没一撇？”傅景和回话。

“喂，太阳小朋友，你说话注意点。什么叫草台班子，我也算畅销作家了好不好，那个摄影朋友也是业内有名，配置很高的好不好。至于八字撇不撇，只要有钱又真的想拍，那八字就撇出去了。多少剧组什么都到位了，就是没钱，才死活进行不下去。你先进群来待着嘛，反正现在只有钱到位了，开始还不知道要到什么时候，到时候我们还要二次确认的，你到那个时候再想想也行。”

傅景和心中一动，想到她说还没想好要写什么样的故事，又想到她一贯的风格，一个隐隐约约的想法爬上心头，他稍稍带着些期待，回复王曼月。

“那我先进群好了。

“月亮阿姨，我们的导演，有没有说过他想要拍一个什么样的故事？”

王曼月挑挑眉：

“你不是知道我的笔名吗？他既然找了我来当编剧，那就是想拍那样的故事了。”

发生在傅景和手机里的一场对话，傅闻声自然无从知晓。

忙完了一天的工作，走出办公室时已是六点，却因为正是盛夏时节，天光依旧大亮。

这是一个和以往很多年一样平常的傍晚，他像往常那样踏着夕阳进了小区，抬头间发现今天的晚霞红得异常瑰丽，远远望去如一匹绚烂至极的蜀锦。他心念一动，拿出手机拍下来，想要发给人看，却一时不知道发给谁合适一些，干脆上传到了那个半公开的平台上。

“今有晚霞，与你共赏。”

安平小区一如既往地静谧安闲，傅闻声收好手机往自家单元走过去时却总隐隐觉得空气里有些躁动的意味，他不明所以，却看到几个人围在公告栏前兴奋地议论着些什么，抬步走过去，站在那几个人后面，仗着身高和视力把公告栏上的内容看得一清二楚。

往常经常能在上面看到的租房、买房卖房，甚或是寻人启事和寻物启事全都消失不见，干干净净到让人不习惯的公告栏上只贴了一张纸，而就是这张纸上的内容，如水滴进了热油，在安平小区激起一阵一阵的浪潮，也让傅闻声一时竟有些恍惚。

那上面白纸黑字，清清楚楚地写着，因政府工程需要，这里被划入了需要拆迁的区域。

后面如何补偿何时开工，傅闻声已经完全看不到了，他用力闭了闭眼，看似毫无波澜地回了家。

推开门，入目所见是他早已看惯了的景象。

当初装修时他和燕佳两个人几乎所有的闲暇时间都用来跑市里大大小小的市场，电视柜上那个根雕摆件是他们在旧货市场看到的，明明张牙舞爪的，燕佳却很喜欢，一眼看中，买回来后就一直放在那里，从来没动过。

沙发上颜色艳丽温暖的各色抱枕是燕佳不知从哪里淘到的，某天他回来时沙发上已经凌乱散落着这些温暖柔软的点缀，随着时间的流逝，这些抱枕慢慢褪色、失去蓬松的质感，他在这偌大的城市里寻了好久，也只能找到颜色形状相似的来替换，打眼看上去区别倒也不大。

沙发后墙上的装饰是他和燕佳买了贝壳和小石子一点一点粘上去拼出来的，他们两个都不太会画画，是先找了人在墙上画出轮廓，然后他们填色一样把这些小东西填进去，倒也不算难看，这些年当然也有不牢靠的掉下来过，被他第一时间又粘上去了。

茶几上放着一套摆设似的从没用过的茶具是燕佳在林先生那里看到后硬讨过来的，她觉得那上面的山水画实在漂亮，拿回来后却只用了一次就嫌茶杯太小，根本不是用来喝水的，然后高高兴兴地当成摆件一直放在茶几上给人看，转头买了一套更小而精致的送到林先生家，暗暗观察林先生是不是也只是拿这样的茶具当摆设用，然后她大失所望，发现文学院的人可能就是要有点文艺细胞的。

他现在还记得那次从林先生家回来后，燕佳不死心地把那茶具又拿过来用，不到十分钟就垂头丧气地放了回去，唉声叹气：“看来我就是不适合这些文艺的东西，林先生用得那么怡然自得，我只觉得这样喝茶实在难受。”

傅闻声递给她一杯蜂蜜水：“没事，我还不如你，我甚至连茶都喝不惯，始终不明白为什么会有人喜欢喝那么苦的东西。”

徐燕佳把水放到一边，扑到他身上，笑着捶他：“有你这样劝人的吗？你这时候难道不应该夸我几句，说我正是风华正茂、朝气蓬勃的年纪，不需要学着林先生做这种慢悠悠的事。”

那时燕佳已经有了身孕，尽管他知道燕佳一向身体很好，却怎么看都觉得燕佳像尊易碎的琉璃，被她一扑简直心惊胆战，僵在那里半晌不敢动弹，任她轻轻捶打了几下，见她坐稳了，小心翼翼地松开她，转身进了他们给孩子预留的卧室，从衣柜里取出一个盒子，带过来给燕佳。

“早前两三个月的时候去店里定制的，最近才做好拿回来。”

徐燕佳好奇地拆着盒子，不忘笑他：“至于小心成这样吗？还藏到孩子的房间里去，等他长大了，我可要告诉他一定要在房间里好好找找，说不定能找到爸爸藏在他房间里的私房钱，到时候我们就三七分成，一分也不留给你。”

傅闻声只含笑看着她，果然她打开后小小尖叫了一声，抱住傅闻声亲了一口：“可真是时候，再晚一点我就是想穿也穿不上了。”然后马上起身去卧室换衣服。

傅闻声坐在沙发上，看向卧室，他还记得当时他就是坐在这里，看着换上他给她定制的旗袍后款款走了出来。她正是有孕初期，身材没什么变化，衣服穿在她身上恰是纤秾合度，柔软的布料勾勒衬托出她窈窕的身段，配上她夹在发上的珍珠发卡，从卧室走到他身边，像是走过了两个世纪。

燕佳对这件礼物满意极了，立刻逼着他换上西装，下午两个人就去照相馆拍了一组民国时期布景的照片。

他还记得燕佳看完照片不太满意，总说没有那种味道，思索半天又让照相馆洗了一张黑白的出来。照片上的他们神情舒缓，衣着相配，打眼望去仿佛是张民国时期传下来的老照片，这次她点了头，回家后在照片后面写上了拍摄的时间，夹在了他们的相册里。

整整一本色彩鲜明的相册里，这张黑白的显得格外格格不入，傅闻声皱眉看着这张照片，总觉得有些刺眼，燕佳看出来了，笑着劝他："一张黑白照片而已，不要只看着这一张黑白的，而忽视了我们那么多其他的纪念啊。"

说着又笑："而且我总觉得我本来已经很好看了，没想到穿上旗袍还能更好看，现在这张照片已经荣升为我心目中的前三名了。等我们都去世了，这张照片就拿来给我们当墓碑上的照片你说好不好？"徐燕佳有些向往，"我们成了老头子老太太被埋进去了，就把这张照片贴在外面，说不定会有很多陌生人停下来看看我们，惋惜一下我们英年早逝呢。"

傅闻声原本只是觉得刺眼，此时随着徐燕佳的话想一想，却骤然觉得有种难以忍受的仿佛要失去什么的恐慌感，他把徐燕佳揽在怀里，闷声道："我们不说这些了好不好。"

徐燕佳一愣，拍了拍他的背："好，那就不说了。我们还有那么长的时间要度过，到时候再想这些。"

傅闻声放松自己往后靠过去，柔软不失弹性的沙发托住了他的脊背，他随手捞过一个抱枕抱在怀里，有些无所适从。

是否世间之事，往往事与愿违？他们曾经有过很多约定，有些实现了，有些没有，而实现得最彻底的一句话，竟是他们新婚那晚给彼此的承诺："我们除非死别，绝不生离。"

他们曾一起设想过的未来，一起说过的话，大多一夕之间如风流云散，眨眼就消逝了。如同这个家里燕佳的气息，无论他怎么费心保持，最后也还是一点点流逝了，只留下这个盛满了回忆的房子，给他一点虚幻的安慰。

而现在，他连这个房子也保不住了。

第八章

燕佳：

见字如面。

这些日子我时常想起我们过去经历过的事情。这是很少见的，近些年来或许是由于记忆力下降，也或许是生活琐事占据了我大部分的心神，我已经很少想起过去的事情了。

更多的是站在名为“现在”的时间点，想象一下若你还在，会发生什么。看到朝阳晚霞，看到阳阳和小鹿，看到附近新开了一家餐馆，我都会想象你还在，站在我身旁，用你那双永远带着笑意的眼睛看着这一切。而那些我们真真正正一起做过、经历过的事情，反倒像是被抹去了，很少在我记忆中浮现。

我们的家，安平小区，要拆迁了。

在这个寸土寸金的城市，在这个拆迁二字几乎与财富飞速增长画上等号的时代，按理来说我应该为这件事感到欣喜若狂，毕竟身为一个收入只能算是尚可的教师，有了这次机会便可大大提升财富等级。

我可以借机换一个离学校更近的居所，可以给阳阳未来的生活提供更多的支持，最少也能大大提升我们的生活水平。

然而我实在是高兴不起来。

小区里陆陆续续已经有住户搬出去了，我这段时间每天晚上下班回家时都能看到货车载着行李驶出安平街，安平小区一天比一天更空旷。

往常总是让附近住户感到烦躁的跳广场舞的人群也悄无声息地解散了，大家都忙着另寻新的居所，然后在新的居所里等待着新生活的来临。

就连钱老板一家，也在寻找着新的店址。他们的花店主要靠附近几个小区的住户维持生意，这次搬走了许多人，他们在考虑换个地方重新开家店。

动工的日子一天比一天更近，我应该赶快收拾东西寻找新的地方搬进去的，可实在是提不起劲儿。就算我能把家里所有的东西都带走，在新的住所里把我们的家一点一点复原出来又能怎么样呢？那终究也不是我们的家，况且，我也做不到把家里的东西全都带走。

燕佳，从失去你之后，我又一次有了这样强烈的要眼睁睁看着自己失去什么而无能为力的感受，又偏偏无从宣泄。甚至可能连宣泄的想法都不该有。

阳阳最近在忙保研的事情，按照他的成绩，保送本校研究生应该十拿九稳，可他前段时间告诉我他不想再继续念下去，我表示了反对，可他大约不会听我的。我经常为阳阳是个有主见的孩子而欣慰，可现在又恨不得他能立刻对我言听计从。

为此我们之间稍微有些不愉快，我们各自有各自的理由和立场，大约没办法相互说服，可能还要再僵持上一段时间。当然，我有预感，就算僵持再久，最后肯定是我后退一步，由着他去，现在只不过是我在改变态度之前的最后的微弱挣扎罢了。

从他小时候我就不擅长拒绝他，到现在更是如此。

只不过那时是无奈，这时是无能为力。或许这也是养育一个孩子必须要经历的阶段吧，看着他一步步成年，一步步羽翼丰满，然后独自翱翔于天际，去承担狂风骤雨或者乘势而起。

春和景明，希望阳阳的一生中永远是这样的好天气，但现在看来，也许他更渴望充满冒险和变数的人生呢？

燕佳，我很想念你。

无论再怎么不情愿，傅闻声最终还是接受了这个现实，在房子马上要被拆除的压力下去小区附近租了合适的房子，开始一点点收拾东西预备着把家里的东西搬过去。

傅景和已经大四，又对毕业之后的事情早有打算，没有不知该去向何处的迷茫和压力，时间自然而然就充裕起来，尽管知道父亲对自己放弃保研的决定颇有些不满，不顾他的冷脸，直接住回了家里帮忙收拾东西。

他自来知道家里有一个向来没人使用的屋子是充当杂物房的，趁傅闻声去学校上课，自己打开房间预备收拾的时候，却着实惊讶了一瞬。

房间里整整齐齐，东西多却不凌乱，半点不像是常规认知中杂物房该有的样子，他轻轻摸了一把墙边靠着的柜子，竟只有薄薄一层灰尘，可见主人经常进来打扫。

连杂物房爸爸也天天进来打扫吗？傅景和有些讶然。

不过既是如此，省下了打扫的时间，傅景和把自己从网上购买的纸箱抱过来撑开一个，先挑拣着比较重且形状规整的物品放进去，塞了满满一箱后就用胶带固定好放到一边。

等傅闻声下班回家，杂物间里已经基本不剩下什么东西了，傅景和自己一个人就把这些打包好堆叠在一起，纸箱堆成一座小山，只等着搬家的工人上门。

他自己则席地而坐，靠在杂物间的门框上，一件件翻看着手边的东西，看得入神。

“看什么呢？”傅闻声有一瞬的惊讶，随即把钥匙和包放在鞋柜上，换了拖鞋，踱步到他的旁边。

“在看我小时候的照片呢。”傅景和抬头一笑，拍拍身边的位置，“你也坐下来一起看吧，爸。”

傅闻声依言曲起一条腿坐在他旁边，傅景和马上调整了姿势，盘腿坐好，身子向傅闻声那边倾过去，把相册放在两人中间的位置上摊开，指着一张照片笑："我小时候你和妈妈怎么还让我穿裙子？我都完全不记得了。刚刚看到这张照片，我还以为是哪家的妹妹，怎么被你们两个抱着拍照，偏偏照片上还没有我，翻到背面才发现这个'妹妹'竟然是我。"

傅闻声顺着他的指尖看过去，声音里不由得带了笑意："我和你妈妈都想要个女孩子来着。大家不是都说'酸儿辣女'吗，虽然没什么科学依据，但你妈妈那段时间特别喜欢吃辣，心里又想要女孩子，就一厢情愿认定了她肯定要生个女儿出来。你还没出生，她已经把你三岁之前的小裙子小发卡都安排好了。"

傅景和还是第一次知道有这样的故事，不由得瞪大眼睛："可我的名字不是出生前就取好了吗？"

"是啊。你外婆坚持不能那么草率地定下名字，所以我跟你妈妈虽然不是很情愿，还是取了两个名字预备着，男孩就叫'景和'，女孩就叫'晚晴'。"傅景和笑意更深，"你出生之后，燕佳其实失望了一阵子来着，后来发现小时候的孩子们看起来都差不多，她买的衣服半点没有浪费，也就释然了。"

傅景和活了二十一年才知道自己竟差一点就被起名为傅晚晴，再看手中相册里自己穿着裙子笑得开怀的照片也不知道该说些什么好，想了半晌，由衷叹了口气："寒假过去外婆家时，我可一定要好好谢谢她。"

"嗯，你是该谢谢外婆。"傅闻声把相册合起来，轻轻敲了敲相册厚重的外壳，笑道，"若不是你外婆同意把燕佳嫁给我，现在有没有你还是未知数，我们也就不能坐在这里讨论你到底应该叫什么的问题了。"

傅景和重重点点头，灵光一现，忽而一撑身子，蹲在傅闻声面前，眼巴巴地看着他："既然两个名字都是给我准备的，那我可以随便用了？”

“怎么？”

“我和小鹿要是有了女儿，就取名叫晚晴好了，爸妈给我取的名字肯定寓意很好，我们也不用费心思再想了。”他说着重重点点头，“嗯，我看不错，就这么定了。”

傅闻声颇有些哭笑不得：“你现在才刚刚大四，又一意不要念研究生，未来的去向还没有确定，拿什么负担起一个家庭？现在想这些未免也太为时过早。”

想到了什么似的，傅闻声狐疑地看了他一眼，迟疑道：“你和小鹿都成年了，想要更亲密一些也无可厚非，但是你一定要注意做好保护措施，在你们两个都深思熟虑下定决心之前，最好时时注意。”

傅景和这次是实实在在地愣住了，过了好一会儿才明白过来傅闻声话里的意思，脸色瞬间红透，连声音都低落了几分：“爸，你想得也太多了，我现在没女儿还不许我想想吗？怎么就扯到那上头去了。”

傅闻声撑着地面站起来，顺手拍了下眼前傅景和毛茸茸的脑袋：“这不是怕你们年纪小不懂事，真的造成了什么后果。提前打打预防针总比事后后悔的好。你是男孩子，对你来说可能没什么大的影响，对于女孩子可是往往要影响她一辈子的。爸爸希望你们能在考虑清楚之后一起迎接爱情的结晶，而不是因为一次意外手忙脚乱，把你们的计划全盘打乱。”

“嗯，我知道了。”傅景和点点头，抬起头看傅闻声，眨了眨眼，“爸，你不反对我直接毕业了？”

傅闻声轻哼一声：“反对你就会乖乖继续读研吗？是你要在学校里再度过三年，要是你根本不愿意，我再压着你去读有什么意义？”

“我爸就是通情达理！”傅景和一跃而起，重重拥抱了一下傅闻声，钻进杂物间里四处搜寻还有没有什么遗漏的“宝贝”去了。

在他身后，傅闻声翻开那本相册，指尖从抱着“女儿”满脸得偿所愿的燕佳脸颊上划过，轻轻舒了口气，或许是不应该想那么多的。

他有阳阳，有那么多的回忆，无论到哪里，他都能拥有一个全新的家。

他会在那个家里，带着他的回忆，带着他所有珍贵的东西，守着他一直以来的盼望和想象，日复一日地生活下去。

原本应该十分烦琐的搬家事宜在傅闻声的坚持下，被简化到不能再简化，新租的房子里只有家具和必需品被摆放出来供人使用，更多的则是依旧放在纸箱里不见天日。因此一眼望过去，简直可以称得上“家徒四壁”。

沈文华来看了一次，十分不赞同，却也在傅闻声的劝说下改变了主意，认同了他的决定：“那你可得操心着赶紧看看哪里合适再买一套，一直租房子也不是个事。学校宿舍你也别长住，买到房子就赶紧搬出来。一家人都去住宿舍算是怎么回事，阳阳马上毕业了，总不能他想找你一趟还要去学校宿舍吧？”

傅闻声一概应下：“正好阳阳毕业论文已经写完了，最近空闲时间比较多，我们打算这两周去学校附近看看有没有合适的房子。”顿了顿，傅闻声询问道，“正好爸妈你们要在这里住两天，不然我们就趁这几天到处去转转好了？早点定下来，你们也放心。”

“你手里钱够不够？”一直在四处看着，对他们暂居的地点十分不满意的徐致远不知何时走到两人附近，板着脸，声音也干巴巴的，“我跟你妈手里还有点钱，你们那个补偿款也不知道什么时候能下来，要是买房手头紧，我们支援你点。别因为钱不够往偏僻地界儿买，阳阳以后上班都不方便。”

傅闻声点头：“首付应该没问题，后面先慢慢还着房贷等赔偿款就好了，应该不至于到手头紧的地步。”

“好啦外公，您就别操心这些啦，马上我毕业就也有收入了，我们又不乱花钱，不会像你想象的那么惨的。”傅景和拉着徐致远坐下，“您呢，就加把劲儿跟我外婆抢地盘就行了，到时候我们新家搞好了办乔迁宴时候就用您种的菜来待客。”

徐致远敲他一记：“想得挺美。”

沈文华却注意到了傅景和话里透出来的某种信息：“阳阳工作已经定下了？我记得你去年秋招根本没怎么参与？”

阳阳放弃保研已成定局，两个老人自然不可能不知道，只是也觉得无关紧要，就没多说什么罢了。和傅闻声的想法不一样，他们都觉得家里积蓄不算少，阳阳又不是那种全靠家里的人，每个月能拿到一笔不高不低的工资就足以生活得很舒服，读不读研究生都没什么必要，凭着华阳大学的本科生学历，找工作也算不上什么难事。

此时见阳阳似乎已经决定了毕业之后的去向，倒比当初听说他不想念研究生时更关心。

“嗯，大概定下了吧。”傅景和真的点了点头，“是一个朋友介绍的，去给人家当摄影师，我看工作时间没那么紧张，收入也还行，就答应了下来。”

沈文华有些疑惑：“怎么找到你的？我记得你念的是计算机相关专业？怎么倒决定进入这八竿子打不着的行业里去了？”

傅闻声倒是略知一二，接口道：“他早就开始拿着照相机四处拍照了，还有不少‘粉丝’，大概也是这个原因吧。”

沈文华拍拍傅景和手背，满怀关切：“我们都老了，不懂你们年轻人现在的什么新兴职业，既然是你朋友介绍的，应该也不会差到哪里去，但还是要留一个心眼，工作时候多注意注意。要是觉得不好，就趁早脱身，总归你还年轻，有的是机会从头开始。”

傅景和就点头，拉着沈文华去一旁的房间，说要问她一些事，留下徐致远和傅闻声两个人坐在客厅，沉默了半晌，干脆找了之前收到的楼盘广告各自捧着看起来。

傅闻声当年买房时手头相当拮据，也就十分精打细算，用了许久才定下安平小区。此时经过多年积累也算小有积蓄，确定速度也就不可同日而语，趁着徐家二老留在华阳市的这几天，陆陆续续走了五六个小区，多方比较，定下了一处学校和市中心中间位置的房子，既方便傅闻声去学校上班，又方便傅景和以后上班回家。

房子定下，了却了一桩大事，徐家二老没了负担，一家人一起去公墓看望了燕佳，絮絮说了许多话，也就回归日常生活中去。

因着新房还未交付，傅闻声向院里提出的宿舍申请也得到了批复，寻了个没课的日子，傅闻声带着简单的行李搬进宿舍，正式开始了整天都在校内的生活。

学校里自然是没有单独给老师们建造的宿舍的，傅闻声就被安排在了博士生宿舍，所有配置都是学校博士生宿舍的标配，只不过里面只住了他一个人就是了。

真正住到学生宿舍里，和仅仅在学校里走动又是一重不一样的感受。傅闻声偶尔会想，自己也算是兜兜转转终于把该走的路程都走完了——当年他在学校念博士的时候已经同燕佳结婚，住到了学校外面去。

自然也有好处，傅闻声连每天早上的通勤时间都省了，醒来去食堂吃完饭，看看离平常开始工作的时间还早，就去学校后山上走一圈再到院楼去，伴着清风鸟鸣，倒也十分惬意。

可惜学校宿舍情况紧张，这空出来的宿舍也只是暂时无人居住，不可能长期给他，不然傅闻声真的有从此住在校园的冲动。

转眼，天气日渐炎热起来，在傅闻声刚刚结束了自己院本科毕业生答辩的同时，计算机学院也开始了答辩的进程。

让所有毕业生又紧张又盼望的答辩程序走完，终于了却了本科期间的最后一件大事，连学校的气氛似乎都更加热烈了些。校园里经常能看到穿着学士服到处拍合照的毕业生团体，在其他几个年级已经逐渐步入学期末的映衬下，毕业生显得格外轻松洒脱。

傅景和跟小鹿一个已经确定了毕业几年内要做什么，一个已经通过了保研面试只等着通知书，两个半点烦恼都没有的人一合计，跟朋友们聚完餐合完照，跟家长报备了一下，就收拾行李旅游去了。

两个人一个摆弄摄像机已经将近十年，一个又是新传学院出来的，拍照水平自不必说，几乎每天都能在傅景和的主页上看到他更新的照片。“留守”的老人们无师自通地学会了使用新兴的平台，以此来判断孩子们的动向。

直到毕业典礼前几天，两个人才赶回学校，又是一连数天的相聚和道别，这一届的学生们四散而去，各自奔向自己或许已经确定，或许还前途未卜的未来。

傅景和早早跟家里说好了自己要去做的工作，毕业之后就很快过去报到。王曼月出版的书籍不少，也有被改编成电视剧的，算半只脚踏进了这个圈子，她算是看着傅景和长大，自己没有孩子，拿他当自家后辈一样看待，他自己实力又在那里摆着，给他介绍的工作着实不错。

上班地点离家不远，工作的时间还相对自由，忙的时候自然也是忙的，可能一天都没什么工夫好好吃顿饭，清闲的时候却又有一天的时间可以随他支配。

虽没什么事，他也没真的清闲过。当初他跟王曼月提出或许可以以傅闻声和徐燕佳为原型把故事加工之后拍出来，本来也没抱着多少希望，没想到王曼月却同意了，只说得进行二次加工才行，可能要进行很大程度的改编，让他最好征求了父亲的同意再说。

傅闻声当然不怎么同意，耐不住傅景和多次保证了说肯定会改编到什么都看不出来，他会在一边盯着所有的拍摄流程，末了还眼巴巴地看着傅闻声，说也是想借这个机会送他一个礼物，傅闻声只好答应下来，心里却隐隐绷着一根弦。

傅景和自那时起就一直在跟王曼月进行剧本的编写，进展却不是很顺利，现下空闲时间更多了，就越来越多地参与进去。

王曼月倒也不在意，乐得有个人帮自己理剧情逻辑，日子就这么晃晃悠悠地过，一年又两个月过去，小鹿荣升研二的时候，剧本终于到了位。

那位一直只见红包不见人的追梦导演也瞬间兴奋起来，很快从自家公司里拉了靠谱的制片人过来，开始了轰轰烈烈的准备工作。

导演立志要一炮而红，所有事情都随他说了算，大到主演，小到一个用作道具的书包，都要严格把关才作数，反倒对傅景和一直没什么意见——既然是王曼月拉过来的人，他也看过他拍的照片和视频，又还没到需要摄影师的时候，自然没什么意见可提，每次遇见，都是匆匆打个招呼。

因此直到万事俱备，只等开机，傅景和才算是真正意义上和这位导演、他未来一段时间的最高领导，有了接触。

导演年近四十，浑身散发着热情，脸上常带笑容，据他自己所说，他是某天突发奇想，要拍一部电影出来，就去电影学院进修了两三年，自觉学得差不多了，才开始联系朋友要他们帮自己筹备。

没想到这一筹备就筹备了这么久，终于等到他认定的编剧跟他说剧本差不多了，他还以为能早日开机，没想到一晃又是一两年，他都换了个学院又修了个研究生学位了。

傅景和听得咋舌，就对这位闻名已久的人早早心生好奇，正式见面时还没想好该怎么打招呼，导演已经一脸惊讶地问他："你跟华阳大学的傅教授是什么关系？"

傅景和满头莫名，心道我们家老傅虽然是老师，可听说导演转行当导演之前读的是金融专业啊，怎么对文学院的老师这么熟悉？

嘴上应道："正是家父。"

导演原本就热情洋溢，这下更是惊喜，边走边说，费了半天的工夫才让傅景和听明白这位导演是怎么因为自家父亲一节公选课下定决心改掉了一直以来的"坏毛病"。

"你是不知道，那次一时嘴快，全班同学都对我行'注目礼'，我从小到大就是个普通人，还从来没成为人群焦点过，那次过后我就打定主意以后一定要改掉这个毛病，现在总算是比以前好一点了。"

导演有些感叹："真没想到曼月推荐的竟然是你，我也竟然直到现在才知道，傅老师家的小孩儿都大学毕业了，我也老喽。"

王曼月不满："你都老了，我算什么？你要老一个人老，我可要永远年轻。"

导演大笑着赔罪，气氛顿时欢快起来。

正式见过面，这个早已经进入预备状态的剧组终于开始了运转。理论丰富的导演大人有了实践的机会，迫不及待地实践着早已构思好的种种想法，连带着整个剧组也跟随着他的脚步全心沉浸在了这个状态中。

忙碌的日子匆匆而过，几个月后，拍摄周期终于赶在新年之前结束，新年假期之后则进入后期制作流程，傅景和终于松了口气，开始期待最后的成品。

傅景和毕业这两年多，新房早已经装修好，傅闻声父子二人也分别从出租房和宿舍里搬出来，进了新家居住。

这房子与以前自然是大不一样了，单面积就大了许多，四室两厅的格局，宽敞又明亮。傅闻声刚搬进来时总有些不习惯，有种进了别人家里的错觉。好在装修风格与以往一般无二，他和燕佳的卧室更是几乎原样挪了过来，只细微处能看出不是以前的旧家具，他也就慢慢安下心。

钱老板夫妻二人因那边小区拆迁，决心要换个地方开店，乔迁宴来给傅家贺喜暖房的时候却正好遇到街边一小店要转让店面，看了周围的环境，两人不过两三天就拍板定下了这店面。

因为阳阳和小鹿感情稳定，赵夏又难免起了别的心思："老钱，你说我们也在这附近买套房子怎么样？"

"嗯？"

"俩孩子在一起这也足有五六年了，我看还是好得跟一个人似的，保不准哪天他俩都想结婚了，就去领证了。闻声是拿拆迁款和积蓄买的这里的房子，装修又费了大力气，肯定不会再换地方了。以后阳阳和小鹿结婚，多半是要么住在现在房子里，要么就在这附近买一套。我们俩现在又看上了这里的店面，搬到这边，几家人住得近一点，以后也好互相照顾。"

钱老板自然没有不答应的道理，夫妻两个动作迅速，很快不仅店面到手，房子也说定了，是人家的精装样板房，买完就能直接入住。

紧赶慢赶，钱老板一家算是在过年前一个月搬了过来，在装修好的小小店面里开了新的幸福花店。

钱老板一家为什么也搬了过来，两家人自然是彼此心知肚明，干脆在一起过了年。小鹿已经放了寒假，阳阳也因工作告一段落进入休闲状态，彼此难得有了大段空闲，常常要凑到一起，置办年货时更是自告奋勇，非要长辈们都歇着，他两人拿了清单去超市大采购。

钱老板不免微酸，哼道："难为你们两个谈恋爱之余还记得家里有旁人。"

小鹿笑眯眯："没事没事，过几年就忘啦！"

几人哄然大笑，钱老板气结，晚间看到小鹿给他带回来的铁观音，又马上恢复了笑容，扬扬自得地向赵夏炫耀："还是闺女贴心，永远是爸的贴心小棉袄啊。"

赵夏摸着手上的手链笑而不语，心道小鹿这孩子什么时候会有心思买这些，年年收礼物收保暖内衣还没看出来？保准是阳阳买的。越发觉得小鹿眼光真正是好，等小鹿毕业再找到个稳定点的工作，她就再也不用担心什么了。

两家人热热闹闹一起吃了年夜饭，又趁夜色尚早去看了电影。春节档自然都是些热热闹闹的合家欢，几人检票进了厅，坐定在椅子上等着冗长的广告时间过去。

光影变换里小鹿忽然转头问阳阳：“你的那个电影大约要什么时候上映？”

阳阳思索一会儿，迟疑道：“可能暑假？导演看起来下定决心要赶暑假上映的样子。”

“暑假啊……”小鹿拖长声音，后一句淹没在电影开场的音乐里，阳阳没怎么听清，不由得偏头看过去，只见小鹿笑得灿烂，却是闭口不再说，专心沉浸到电影里去了。

阳阳到底没能从小鹿那里问出被遮盖的那半句话是什么，也只好在春节的忙碌里把这件事抛之脑后。

傅闻声从事教学已有二十几年，虽远远称不上桃李遍天下，也总有不少毕业后留在华阳市的学生给他拜年。二十四岁的傅景和身为家里唯一的小辈，自然要端茶倒水，又兼陪着各路师兄师姐聊天，几天下来累得嗓子都痛了，看着傅闻声不无羡慕：

“爸，你嗓子怎么那么好？”

“我要是和你一样，这二十几年可该怎么过？”傅闻声看他一眼，抿了口温水咽下去。

傅景和唉声叹气一顿，满心以为这样的日子还要持续到元宵节后复工，谁知道初六一大早，傅闻声整装待发，提着小行李箱，敲响阳阳的房门：“收拾七八天的行李出来，我们十点出发去城外。”

他不明所以，但既然能逃离现在的状态当然是求之不得，到了所谓的城外才知道，原来傅闻声早跟钱家和章家约好了初六后一起来华阳山庄玩几天，度过最后的春节假期，不由得哀怨：“就我一个是两个小时前才知道要出门？”

小鹿抿嘴笑，章旭大笑，笑完得意道：“我可是昨天晚上就知道了！”

被自己亲爱的爷爷章显敲了一记：“要不是知道你肯定会赖床，你爸妈肯定不会让你早知道。”

一行人说说笑笑入住早租好的房间，热热闹闹过了几天世外桃源般的休闲日子，等春节假期结束各自该回归岗位时，都有些失落。

其中章旭尤甚。他刚上高中不久，深觉高中环境“水深火热”，偏偏身边的人要么退休，要么自己开店，最不济的也是双休和国家法定节假日一天不落地放，对比产生痛苦，他连做梦梦的都是自己终于考上大学可以解脱了。

说出来后被傅景和一阵打击：“想什么呢，上了大学只有更忙的，你起码也得以大学老师为目标吧，你看汤姨和我爸，是不是看起来都挺闲的。”

章旭深表赞同，梦想瞬间从考上大学变成了当大学老师，过上一周只用上几节课、什么假期都不落下的幸福生活。

一旁的小鹿忍不住笑，看到章旭疑惑的眼神，连忙点头表示傅景和说得对，让他一定要向着这个目标勇敢前进。

返程中的这个小小的插曲竟成了章旭很长一段时间里的动力，也算令人欣慰。而等他终于上了大学，第一阶段的目标完成，想起来去问问彼时已经是教授的妈妈成为大学教师需要具备什么条件时，第一眼看到的却是汤颜手边标记得满满的行程本，也才终于明白，说什么清闲，全是欺负他那时候不懂而已。当然，这是后话了。

春暖花开的季节里，电影的后期和剪辑紧锣密鼓地进行着，傅景和是与这些关系不大的，也就只在工作空闲常常跑过去看看进度。

他人长得不错，性格又活泼，更重要的是肉眼可见地跟导演关系好，工作人员们也乐见他常过来，偶尔有什么总是达不到导演要求的部分还跟他吐槽，指望他能从中调解一二。傅景和对这部电影抱有的热情说不定比导演还高，当然愿意配合着他们当当传话筒。

天气日渐炎热起来时，后期工作也终于宣告完成，进入了宣发期。

傅景和自认对这些一窍不通，就不再掺和，只等着电影上映了请爸爸去看。有空时还顺便盘算了下这几年手里攒下了多少存款，预备着在新家附近再买一套小户型。

——小鹿要毕业工作了，在傅景和的观念里，就是他们可以筹备结婚的意思了。

从校服到婚纱，傅景和想象了一下，觉得这才算顶级的浪漫。

他动静这样大，小鹿就算再迟钝也察觉到了，何况他们二人之间本来就毫无秘密可言。她研究生毕业典礼那天，傅景和带着相机来学校给她拍照顺便带她出去玩，回家后才发现口袋里多出一张卡，手机屏幕上同时跳出一条消息：

“既然是我们以后的家，我觉得我也该出一点，你说呢？”

随后还有几张照片，都是各式各样的户型图，小鹿语气坚决：

“我喜欢这几套，我们改天去看房？”

傅景和笑容爬了满脸，指尖满怀眷恋地在小鹿头像上点了点，从没有哪一刻这么真实地意识到，他们会成为一家人。

会住在一起，会每天相拥着醒来，会一起期待周末的到来，会孕育儿女，看他或者她长大，会对未来满怀期待。

他也从没有哪一刻，像现在这样清晰地意识到，他崇敬、敬爱的父亲，是经受着怎样的一种悲哀，走到现在。

妈妈，我真希望你还在。

傅闻声早上照常起来，总觉得有些不对劲，转身发现阳阳站在他房间门口默默地看着自己，不由得疑惑：“你这是怎么了？”

傅景和回过神，冲上来使劲抱了下傅闻声：“爸爸，你辛苦了。”

傅闻声不明所以，喉咙里发出个疑惑的单音节，傅景和却不再说什么，进卫生间洗漱去了，留下傅闻声站在原地，只能将这归结为阳阳又大半夜看了什么专门写来煽情的文章，早上忍不住宣泄。

不睡觉就是容易这样啊，傅闻声想到时常能在朋友圈看到的“深夜网抑云”，深觉人还是应该早睡早起健康作息，省得夜半无人时徒增烦恼。

谁知道后面几天，阳阳又不知是怎么改了主意，不仅悄悄告诉了傅闻声他要怎么跟小鹿求婚，还请傅闻声给他提些建议，甚至连那天买什么花都要问问他。

买房更是如此，他跟小鹿付好了首付准备装修，连买什么样的沙发也要拉着小鹿过来征求傅闻声的意见，让原本还有些兴致的傅闻声不胜其扰，最后态度坚决地拒绝了两人，心里却十分疑惑：这两个孩子不是从小到大都有主见吗？怎么到了要成家立业的时候，又要事事过问父母了，真是奇怪。

见傅闻声真的十分不愿他们打扰自己的样子，阳阳只得悻悻作罢。他们买房时就是买的已经粗粗装修过的，墙纸地砖一应俱全，只要买了家具电器往里填充就是了。两人办完这事，请了两家人一起吃饭，“宣布”了他们决定结婚的消息。

在场五个人，恐怕只有钱老板一个人什么都没察觉到，乍然听到自家女儿说的话，直是目瞪口呆。他早想为难为难自家这个内定女婿，却在不知道的时候已经丧失了这个机会，深觉傅景和就是专门克制他家小鹿的，不然怎么他的宝贝女儿说也没说一声就已经决定好什么时候结婚了呢？

然而家庭大势浩浩汤汤，又或者说少数服从多数、胳膊拧不过大腿，钱老板再多小心思也在一比四的压倒性劣势中惨被碾压，只好打起精神帮两个孩子筹备婚礼。

没想到婚礼也没有他的用武之地——

“我们觉得用旅游代替婚礼比较经济实惠，都已经定好旅游路线，买好票了。我也正好能在正式上班之前好好放松一段时间，爸您就歇着吧。”拍完婚纱照的当天，面对一腔热血的自家父亲，小鹿笑着说出这句话，让钱老板再次体会到什么叫女大不由爹的痛苦。

“跟亲戚朋友吃顿饭总要的吧。”钱老板试图做最后一次挣扎。

“不用啦，放到过年一起吃吧，大夏天的大家出来一趟也挺热的。”

几番劝说终于还是以落败告终，钱老板摆摆手，不满道：“行啦，去吧去吧，出门在外记得注意安全，钱不够了跟你爸说，总不能让我闺女在外面吃不好喝不好。”

小鹿上前抱抱他的胳膊，声音像蘸了蜜，一路甜到钱老板心里去：“知道啦，我爸爸待我最好了！”

两个人选在小鹿生日那天去民政局正式登记结婚，成为彼此的法定伴侣，第二天就带着行李直奔机场，按着早就定好的行程一路玩过去，照片更新得比任何一个时候都更勤快。

夏日渐渐过去，秋老虎依旧凶猛的九月，晒黑了不止一度的两个人终于回了家。

傅闻声早早开始预备开学事宜，对于这两个玩心甚重的“大龄儿童”一出去就不着家的行为没机会多唠叨什么，钱赵二人却又是心疼又是埋怨，直言应该早回来些日子，好歹把晒黑的皮子养回来，现下两个人都跟以前看着不大像，别去了单位再被人赶出来。

小鹿只笑，傅景和却摆出副严肃的面孔，认真道：“我们还打算明年假期时去埃及玩呢，到时候把妈和爸你们都带上，看谁黑得快。”

这不是赵夏第一次听他这么喊，却还是颇有些不习惯，愣神了半晌，嗔道：“真是，叫了这么多年伯父伯母了，每次听你喊爸妈都得反应一会儿。”

小鹿趴在她肩膀上笑得露出一口白牙：“他可是习惯得很，早就在心里改过口了，妈你也在心里多演练几遍，别喊你半天也不知道是在喊你就行了。”

赵夏一偏头就能看见自家宝贝女儿黑得明显的脸蛋，和刘海遮盖下依旧白皙的皮肤，颇有些痛苦地闭了闭眼，嫌弃地把小鹿推开：“你先把你肤色给我搞均匀了再来跟我说话，看着就伤眼。你要晒怎么不把你刘海拢上去？这黑不黑白不白的，看着就难受。”

“行啦，过两天我就上班了，眼不见心不烦，妈妈有没有这个兴趣明天晚上赏脸出去吃个饭？我跟阳阳在一品居订了包间。”小鹿被推开，一秒离开赵夏身边，挽上傅景和手臂，早有准备的架势让赵夏为之气结，没好气地应声：“就知道花钱！”

又问：“跟你爸和阳阳爸说没？”

“说啦，这不您比较难请嘛，所以放到最后专心攻克。”

“走吧走吧走吧，回来这才多久，屋子行李收拾好没？别晚上连个睡觉的地儿都没有。”赵夏柳眉一竖，轻轻拍了拍桌子。

恰好店内来人，小鹿连忙告退，出门时还顺走一束花苞紧紧闭合的玫瑰花，递到傅景和手里：“鲜花赠美人。”

傅景和接过：“你这话不贴切，少了一个字。”

“嗯？”

“不是美人，是‘黑美人’。”傅景和捧着玫瑰花看向她，被晒得微黑的面孔在娇艳花瓣的衬托下竟有几分别样的诱惑。

小鹿心头一跳，不由得催促：“走走走，我们快回家。”

“怎么了？嫌弃我这‘黑美人’拿不出手吗？”傅景和佯怒。

“如此美色，当然要带回家好好珍藏，怎么能轻易示于人？”小鹿拉着傅景和，脚步飞快，真是一副不愿傅景和被人看去的样子。

傅景和也不由得加快脚步，两人的影子在夕阳下拉得老长，一路指向他们现在还有些简陋的小家。

聚了餐，又在家里歇了两天，小鹿去她早已签过合同的公司入职，傅景和也终于回自己的单位销了假，开始继续勤勤恳恳地工作。

而与此同时，那部历经数年的电影，或者说傅景和参与其中的那个，他要送给父亲的礼物，也终于迎来了上映的那天。

《盈盈》——这个简单至极、不起眼至极的名字，悄无声息地出现在了影院的上映列表里。

许盈是银城一中高一三班的学生，跟其他同学不一样，三班的班主任是她的爸爸，虽然没人知道，也没人察觉出来，但她就是因为这个无人知道的事实，格外小心三分。

沈黎是她的好朋友之一，从小学一年级开始就在一个班的那种。

之所以从小到大都在一个班，还只是“之一”，是因为在这个小小的学校里，许盈的朋友到处都是。她走在去食堂的路上，迎面遇到五个人，可能其中两个人都会跟她打招呼。

沈黎则不同。他看起来温和，实则不太好接近，从小就在这个城市里生活，也不乏有人对他单方面熟悉，却从没有人知道关于他家的任何事情。

除了许盈。

他和许盈，有别人不知道的，独属于他们两个之间的秘密，这是在所有认识他们的人里，公开的事实。

秋去春来，沈黎成了许盈最好的“朋友”，不再有之一。

到此为止，这还是个简单乏味，又能在某些画面让人会心一笑的平淡校园故事。

然而就是在这个时候，频频有怪事发生。

先是许盈夹在沈黎书中的纸条不翼而飞；再是约定好的时间过去了沈黎却迟迟不露面；最过分的一次，许盈从楼下经过，见沈黎站在二楼往下看，抬头笑意满面打了个招呼，下一秒就被水浇了满头，而沈黎手边，正端端正正放着一个空了的矿泉水瓶。

他们冷战了。

沈黎也越来越沉默，越来越怪异，时常好好地做着题，突然回头往后看，盯着空无一人的角落看上数秒才回身继续。

“我就知道他不对劲儿，上次他突然泼你水的事我还记得呢，多亏你这么果决，盈盈，我看他现在越来越不对劲儿了。”

“他眼神怪瘆人的，明明看的是没人的角落，可他看起来像是能看到那里站着个人似的。”

“好了，别说了。”许盈有心辩驳几句，她当然知道沈黎一点都没变，看她的眼神从一开始就没变化过。但她也无法解释他们中间发生的那些事，张张口，只得咽下了后面的话，一路回到教室。

还是上体育课的时间，大多学生都在外面自由活动，一向不喜欢运动的沈黎这次不知为何不在，许盈扑了空，只好在自己的位置上坐下，看着前面沈黎的位置发呆。

丝毫不知自己的反常引起了别人的注意，沈黎找了个无人的角落，取出纸笔，认真写道：你是谁？

静待了一阵子，安静的角落依旧安静，半分多余的动静都没有，沈黎倒也不失望，继续写道：我知道你肯定在附近看着，也知道你不想我和盈盈在一起，你是谁？

又是一阵沉默，沈黎失望地收起笔，难得多了一丝烦躁，有一个看不见的人在你身边影响着你的生活，这滋味实在是不好受。

他正准备走，抬眼却看见面前窗户上映出来一个模糊的人影，短发干练，身姿笔挺，只是或许因为映在玻璃上看不清楚，她的脸色有种异样的苍白。最重要的，是她看起来和许盈面容一模一样，就像是……长大了的许盈。

玻璃上先是出现一层水雾，随后几个字浮现出来：

我是二十八岁的许盈。

沈黎睁大眼睛，一向沉静的表情在此刻出现了裂痕，他忍不住仔仔细细地再看了一遍玻璃上那道影子，小心问道："我……我长大后做了什么不好的事吗？以至于你要回到现在阻止我和盈盈？"

许盈沉默地看着他，目光里盛满了纠结和无尽的悲伤，很难想象这样的表情会出现在一向开朗外向的许盈身上。沈黎沉默着等她回答，趁着这段沉默充满新奇地看着许盈，又跟自己脑海中的印象相对比，最终认为许盈还是笑起来好看，不管长大了的许盈是因为什么不开心，他都不会让这样的事再次发生。

许盈轻轻摇了摇头，玻璃上有两枝并蒂莲宛然生出，其中一朵却在盛放之际骤然凋零，有字迹出现：生老病死而已。

沈黎盯着那一枯一荣的莲花愣怔了许久，喃喃道："所以，盈盈会先一步离开？你是因为这个回来，要把一切扼杀在刚开始？"

许盈不语，沈黎突然又笑起来："既然是你而不是长大了的沈黎，说明我们做出了一样的选择，并且对这个选择很满意。我们本质上是一样的人，长大后的我不会做的事，即便倒退回十年前，我也依旧不会。盈盈，你失败了。"

许盈失望又懊恼，最后看了沈黎一眼，骤然消失不见了。

没有了外力的影响，沈黎又算是窥见了未来的一丝痕迹，与许盈解开了误会，便一直这样小心而又光明正大地行走在一起。

转眼便是十数年后，许盈二十九岁的生日那天，她从一个长长的梦中醒来，忽然觉得颈后一阵烫热，是身后人的泪水洒在她身上。

她唇角勾出笑容：“没事了，以后也不会有事的。”

沈黎点点头，闷声道：“嗯，没事了。”

片尾响起，伴随着字幕，有照片一张一张浮上来又消失，全是影片里略过的时间里，男女主角的经历。

最后的最后，两个白发苍苍的老人背对着镜头沿着公园小路迎着夕阳走过去，在老妇人抬手抚摸丈夫脸颊时定格成一张泛黄的照片。若有认识傅闻声和徐燕佳二人的坐在此处，定会惊呼一声，因为模糊了面容，只能看清身形的两人与他二人极其相似，甚至会让人觉得，这就是他们两人年老时应该会有的形象。

灯光打开，前排三三两两的情侣结束观影相携着出去，傅闻声坐在后面，看着屏幕上那张他从前从学生手里要过来的照片，眼角慢慢沁出一点湿意，在昏黄的灯光照射下闪过微光。

似乎有人注意到了，朝他投来惊讶的一瞥，看清人之后惊讶之情更浓，可能从来没遇到在影院后排安静落泪的儒雅中年人，骤然停止的片尾音乐里傅闻声听到那个男生向身侧女生惊讶道：“这么无聊的电影也有人能看哭啊？”

傅闻声往后靠了靠，是啊，这的确是一部非常无聊的电影。

走出影院时天光尚早，傅闻声沿着道路慢慢朝家里走去。新家附近的行道树不再是法国梧桐，而是枫树，秋日里红得张扬热烈，远远望去像两行红云。

铃声响起，傅闻声接起电话，是阳阳。

“嗯，看了。”

“感觉怎么样？以电影的角度看，一般水准。”

“以主角原型的角度看，如果是你妈妈，绝对不会做出像许盈那样的事。她会回到初中，回到小学，回到我们认识的第一天，告诉我，眼前这个女孩子是你未来一生的伴侣，可惜你只有很短的时间能够和她相处，你可要抓紧了。”

对面传来阳阳失望的叹气声，傅闻声笑笑：“以一个父亲的角度看，我很高兴我的孩子能够有心送我这样的一份礼物。

“阳阳，谢谢你。”

正是国庆假期，这附近有几个大型的购物广场，难得有空的人们携朋带友出来购物休闲，道路上行人如织，正是一派热闹气象。

新家就在这附近，傅闻声一路走回去也没费多长时间，就只是感觉累得很。

好像想了很多，又好像什么都没想，乱糟糟的，待回过神时，已经从书房柜子里取出了他专门用来放信的那个小箱子。

多年使用，原本木质的箱子也仿佛有了玉一般的温润质感，盖子上的雕花也有些模糊不清了。傅闻声开了锁，打开箱子，里面满满当当放了厚厚一摞信，正是这些年他陆陆续续打开看过的，由上往下，一共八十六封。

他把信一封封摊开在桌子上，封皮上无一例外都写着“傅闻声收”几个字，由前往后，字迹由龙飞凤舞而渐渐潦草无力。

这么多年，其实他已经不知道自己该用什么样的心情来看待这些信了。刚开始是当作支撑下去的希望，想到每过去三个月，他就又能看看燕佳给自己写了些什么，就无比期待下一段时光的到来。

后来他渐渐习惯了没有燕佳的日子，最大的乐趣变成了看看燕佳的想象和现实有哪些不一样，然后顺着她的话想一想要是现实真的如她所想，会不会更有趣，或者要是燕佳知道很多事情都超乎了她的预料，会是什么反应。

会大加叹息，还是会想方设法扭转事实，抑或兴致勃勃地期待下一个转折点的到来，期待着永远不在预料内的事情的发生？

有时候燕佳说的事情几乎和现实一模一样，总让他感觉她其实还在，或许就藏在家里桌上的玫瑰花里，静静地看着他们，为此他好几天路过那束花时，都忍不住多看几眼。

他新换的书桌跟以前大小差不多，几十封信排开，恰好将桌面占了大半，放眼看去，入目皆是“傅闻声”。

傅闻声坐下来，又一封封把信收进去，箱子一点点被填满，最后“啪”的一声，盖子轻轻落下，掩住了这些沉甸甸的心意。

《盈盈》果然没有引发什么大的水花，作为一部爱情片，它实在是过于平淡了些，最终以不功不过的结局收场。导演有些扼腕，更多的是对自己的满意，按他的话说，新手的第一个作品，能在平均线周围已经是很大的成功了，没必要因为这个伤心。没过几天，已经又摩拳擦掌开始准备下一部片子，誓要在五十岁之前拍出一部叫好又叫座的片子。

秋去春来，枫树的叶子红了又青，傅景和开了自己的工作室，工作时间比以前自由了许多，小鹿开始运营自己的公众号，从母校传媒系招过来几个有才华有能力的学妹，也比之前清闲许多。

两人有了准备，心照不宣开始备孕，来年的秋天，傅景和当年的玩笑话成了真，果然有了一个名叫晚晴的女儿。

傅晚晴一出生就得到了所有亲戚朋友的喜爱，实在是出落得可爱，一双眼睛看过来时能让人心都化了。徐家二老过来了一趟，当下就决定要留在这边，方便就近照顾她。

老两口跟傅闻声住在一起，离傅景和不远，每天吃了早饭就溜达过去看孩子，权当是锻炼。

因为这个，已经当了父亲的傅景和还醋了一阵子：“当年怎么劝都不肯过来，她一出生你们就要搬过来，看来还是我不讨人喜欢。”

沈文华笑骂：“多大人了还要跟女儿争这些？”

徐致远就直接得多："你要是个闺女，我跟你外婆当年肯定搬过来，天天把你带在身边，要怪也只能怪你自己不争气了，怎么偏偏是个臭小子。"

到了过年，一下子多了三个人一起，比起往年来何止添了一倍的热闹？几个月大的孩子白白净净，指尖粉嫩如春日桃花，一双眼睛正是清澈见底，又比刚出生那会儿能给予外界更多的反应，不知道有多少招人喜爱之处，便关于晴晴一个人也有说不完的话。

又一年过年时，晴晴已经一岁多，能跑会说的她比起去年又增添许多有趣之处，穿上大红的小裙子，额间一点胭脂痣，玉雕似的小人儿，一本正经说着不着边际的话，凭人怎么忍笑都忍不住。

因着徐家二老长住这边，晴晴又还小，未免在外面人多杂乱，年夜饭便准备了食材请厨师上门来做，往常最多只有三个人的桌边团团围坐了八个人，傅闻声颇有些不习惯，唇边却不由得带上了笑。

饭后大家各自散开，老一辈的还是坐在电视前看春晚，边看边回忆之前哪一届办得最好，又有哪一届实在是让人连当背景音乐都嫌勉强；小鹿和阳阳坐在飘台上看窗外，指指点点不知道在说些什么；晴晴站在茶几边上指尖点着桌上的糖果，一本正经的表情仿佛她真的能数出来这是多少个。

外面忽而接二连三炸响，众人皆是一愣，站在窗边往外看才发现不知是谁如此胆大，在市区燃放烟花。

光点坠落如同星雨，连窝在傅闻声怀里的晴晴也看呆了，五颜六色的烟花倒映在她清澈的眼眸里，像一片五颜六色的星空。

这一场烟花直到半个小时后才渐渐落幕，傅闻声回过神，颇觉手酸，把晴晴递给傅景和，揉了揉手臂，叹息一声："真是老了。"

傅景和笑："爸，你看起来只有三十多好不好？马上就比我看起来还年轻了。"

傅闻声抚了抚口袋，摇摇头，不再说这个，提醒他道："快十点钟了，早点把晴晴哄睡着吧，小孩子睡得晚不好。"

春节刚过，傅景和的工作室立马恢复了忙碌，小鹿也分身乏术，所幸家里老人多，又请了月嫂在家帮忙，倒也还能周转得开。

这日有个小明星约了摄影棚要拍写真，傅景和站在附近，时不时指点两句，手机铃声却骤然响起来。

他给家里人和客户设置了不同的手机铃声，听到是家里人来电，看也没看，接了电话，刚听了一两句，猛然把手机从耳边拿开，确认了一下来电显示，又急急忙忙出了拍摄场地寻到了僻静的地方，追问道："爸？医生怎么说？"

电话那头，傅闻声的语调依旧平和从容，仿佛刚刚告知傅景和自己需要长期住院治疗的并不是他："医生什么也没说，坚持要等家属过去了跟家属谈。"说完小声抱怨，"我告诉他，我是个成年人，有权知道自己的身体状况如何，但他依旧坚持不肯，所以大概需要你过来一趟。"

傅景和一阵无力，甚至想现在就立刻过去医院看看电话对面是不是自己的父亲，从小长到现在，他还从未见父亲说过、做过这样不靠谱的事。

"我现在就去医院，爸你先听医生安排，或者找个地方坐一下吧。"

挂掉电话，傅景和寻人替了自己的班，飞快打车赶往市中心医院。

傅闻声已经办好了住院手续，甚至连住院的衣服都换好了，坐在落地窗前晒太阳。知道他家里人来了，医生送走现在的病人，把傅景和叫进了他的办公室。

再出来时傅景和满目懊恼与自责，蹲在傅闻声面前，认真承诺：

“爸，你放心，我们在医院多住一段时间，配合医生治疗，肯定可以早日好起来的。”

傅闻声笑笑，看着面前早已拥有成年男人宽阔肩膀的阳阳，轻轻拍了拍他的肩：“你的肩膀是用来给从露和晚晴依靠的，不是给爸爸。”

“爸爸自己依靠自己，偶尔依靠你妈妈，在你小时候也给你依靠。现在你已经长大了，我们是两个相互独立的个体，你能为我的身体感到担心和焦急，我很欣慰，这说明我的孩子有情有义。但我还是不希望，你把这件事看得太重。

“生老病死是自然规律，我们能做的就是接受它，然后继续前进。从前你做得很好，爸爸走之后，相信你会做得更好。”

“爸！”傅景和终于忍不住出声打断，看着眼前分明身体很好的父亲，无论如何也无法把他跟刚刚医生描述的“命不久矣”联系在一起，“您说这些干什么？这里有全国数一数二的医院，我不相信您会真的就这样治不好了。您听医生的话，配合治疗，好吗？”

“好好好。”傅闻声无奈地点点头，“你回去帮我收拾日常用品，再带几件衣服，还有我书房柜子里，有个带锁的小箱子，也给我拿过来，我就在这里安安心心地住下来。”

傅景和又是一阵憋闷，有种是自己在无理取闹的错觉，深深呼了一口气，站起来，问傅闻声：“医生把您安排在哪个病房？带我去看一下吧。”

傅闻声无可无不可，点点头，站起来带路。

他住在走廊尽头一间单人病房里，床铺整整齐齐，床头有标配的呼叫铃，床头柜上空无一物，角落衣架上则挂着他换下来的衣物。

傅景和环视一周，即使知道医院病房就是这个样子，心里还是不大舒服，看向傅闻声，见他怡然自得，正在研究从哪里能把床铺的上半部分升起，再次怀疑是医生误诊了。

“爸你在这儿等一阵子，我帮你收拾东西，下午去学校给你请假，让家里人把你的东西带过来。”

“嗯，去吧，记得多给我请一段时间的假，最少请到这个学期结束吧。”傅闻声已经把床升起来了，半靠在床上试了试高度，觉得不甚满意，又下床把它往下降了一点，连傅景和是什么时候叹了口气出去的都不知道。

下午，不仅东西带到了，家里人也都来了市中心医院，整个家里除了晴晴还小，留在家里没来，剩下人全都集中在了这间不大的病房里。

不仅如此，钱老板还带了束向日葵过来，金黄的颜色摆在房间里，整个病房都骤然有了生机。

大约傅闻声平素里身体很好的印象一直深入人心，大家乍然听到这个消息都有些缓不过来，还要反过来担心傅闻声接受不了，连自己都还没安慰好，就开始想方设法安慰傅闻声。医疗技术很发达了肯定能治好之类的话说了没有一百遍也有八十遍，傅闻声含笑认真听着，一个个点头道谢。

接下来的几天，陆续有人听说了消息过来探望，医生不知是出于什么心态，并没有阻止这种理论上会打扰病人休息的行为，反而私下叮嘱说要多和傅闻声说说话，多说些生活里的趣事。

于是虽是病房，接连几天都是欢声笑语不断，让人恍惚间觉得这里并不是医院。好在是走廊最后的一间，倒也还不至于太过扰民。

如是一段时间，傅景和再去问医生情况，医生非但没给出好消息，还委婉劝说让长辈住到医院附属的疗养院去，好歹环境好一些。

傅景和怎么可能听不懂这句话的弦外之音？

然而正是听懂了才觉得荒谬：“你的意思是，我父亲完全没有再活下去的欲望？”傅景和几乎要气笑了，“他生活优渥，子女孝顺，有朋友、有亲人、有学生、有师长，你告诉我他因为早就不想活了所以身体越来越差？这么多年每年两次体检，怎么从来没有检查出过什么问题？”

被这样不客气地质问，医生大约也有些气恼，然而这是他们唯一能够给出的合理解释，只好苦笑一声，诚实道：“小傅先生，我可以理解您的愤怒，将心比心，我也会接受不了这个答案，然而这真的是我们科室几个人商议过后认为最有可能的原因。傅先生大约会在一两个月内出现多器官衰竭的情况，我们也确实没办法阻止。很抱歉，也请您节哀。”

傅景和不知道自己是怎么回到的傅闻声的病房，今天大家都不在，病房里只有傅闻声一个人，坐在床上，靠着靠垫翻看着那个从不示于人的小箱子里的东西。见傅景和进来了，他把盒子盖上，问他：“医生是不是说我可以换地方了？”

傅景和这才发现，父亲的东西已经全都收拾得整齐，堆放在床头的塑料箱子里，只等他点头应是，便要随着去新的房间。

傅景和坐下来，沉默了半晌，忽然问道：“是因为妈妈吗？”除了这条，他实在想不到有什么能让父亲心存死志的理由。

傅闻声点点头：“我陪你已经够久啦，阳阳，该去陪她了。”

傅景和捂住面颊，痛苦地弓下脊背，擦去涌出的泪水，声音有些哽咽：“对不起，爸爸。”

这么多年，我竟然一点都没有察觉。

这么多年，您竟然比我以为的更痛苦。

“好了好了。”傅闻声翻身下床，穿上鞋子，抱起自己的衣物，“快点帮我搬箱子，我这老胳膊老腿的经不起折腾了，我还想多活上一阵子呢。听说中心医院疗养院的花园不错，正是春天，想必风景更是上佳，能住进这样的地方，该高兴才对。”

傅景和沉默不语，抱起一大一小两个箱子，跟在傅闻声身后，帮他把新的房间整理好，忽然问他：“爸爸，你有什么愿望没实现吗？”

“有啊。”傅闻声环顾四周，笑着道，“小学时候不懂事，夸口说要给燕佳摘一颗星星来着，可惜直到现在也没能实现，大概永远也实现不了了。”

傅景和点点头：“我记下了。”

三月过去，四月里华阳正式迎来了春日，万事万物都开始生长，就连阳光也恰到好处，光华灿烂又不至于太晒。傅闻声也真的像医生说的那样，开始出现一些症状，身体日渐虚弱，天气好的时候就更愿意去院子里坐坐。

他最钟爱的是一处两边都是落地玻璃的长廊，日光毫无顾忌地大片大片倾泻下来，让这里光明通透到像是一整块水晶。

傅闻声坐着电动轮椅出来，找到最合适的那个角落停下，闭上眼睛感受阳光晒在身上那种暖意融融的触感，觉得若是现在静静地在这里去世，其实也不错。

转而又想，若是在这里走了，对病友们来说总归是个忌讳，这个绝佳的晒太阳地点以后可能就渐渐没有人会来了，这对这块地方来说似乎也不是太公平。

傅闻声睁开眼睛晃了晃，思考着自己什么时候搬进安宁照顾病房比较合适，然而他的身体状况也不是他说了算，想了半晌，发现自己想再多也没有用，到时候还是要听医生的安排，失望地叹了口气。

有高跟鞋轻触地面的声音响起，傅闻声好奇地望过去，想知道是谁在这里还穿着高跟鞋。

入目的竟是位满头银发的老太太，穿了件宽松的平裁旗袍，肩膀上搭着厚厚的羊毛披肩，整个人有种时间沉淀后的优雅美感。

也正因为如此，不太好估算她的年龄，傅闻声只能看出她至少年逾花甲，再多的就无法判断了。

按理说这时候他应该把目光从这个全然陌生的老太太身上移开，然而说不出为什么，傅闻声有种强烈的预感，她就是为了他而来的。

果然，她在傅闻声前面站定，上下看了傅闻声几眼，忽而道：“没想到我和你爸爸两个薄情至此的人，会有你这样的一个儿子。”

傅闻声骤然明白过来，闭上眼睛笑了笑。那瞬间，过往所有对“母亲”这个角色有过的想象和猜测尽数翻腾出来又被他压下去。

他睁开眼看过去：“我比您和傅忠先生都要幸运得多。

“我有爱人、有师长、有朋友、有学生，虽未体会过父母亲情，却尽力给了我的孩子我能给出的最好的教育和引导，我是个很好的父亲，我可以这么说。而现在我还有了一个可爱的孙女。我的儿子给她取名傅晚晴，我和燕佳本来要留给我们女儿的名字。”

傅闻声又笑：“你看，我什么都有，而我有的一切都和你们没什么关系，您是否要一项一项地感叹过去呢？”

一阵难言的沉默，她别开脸，似乎有些难堪：“身为我自己，我做出了我一辈子都不会后悔的选择。身为你的母亲，我并没有尽到我的责任。闻声，抱歉。”

“不必。也感谢您来，我们不必再会。”

傅闻声欠身致意，随后按下按钮，坐着轮椅离开了。

他能感觉到“母亲”站在他身后，久久地看着他。这个未出现在他生命里的角色，却在他要走到生命尽头时就这样出现在他的面前，或许也算是一种圆满？

这一次见面没有惊动任何人，傅闻声和往常一样，没有一点点反常。他依旧严格按照医生的叮嘱作息、吃饭、出门晒太阳，尽管他的严格遵守在外人看来总带着迁就的味道。

严格到规定了他每一分钟需要做些什么的叮嘱没有延缓他的病情，他还是一点一点地衰败下去，在四月的末尾住进了临终关怀病房。

称得上漫长的时间里大家已经逐渐接受了这个事实，时不时有亲朋过来探望，随意说几句话，多数是回忆，少数是说说现在。

偶尔傅景和会带着傅晚晴过来，小姑娘看着已经显得有些陌生的爷爷仔细辨认了一会儿，然后凑到傅闻声身边，握住他的手，认真道：“给爷爷呼呼，爷爷马上好起来！”

傅闻声就揉揉她的发丝，笑着答应：“好，爷爷马上好起来。”

华阳市的五月依旧阳光灿烂，傅闻声略有些吃力地坐起来，在床上小桌上铺开信纸，顿一顿笔，慢慢写下去。

燕佳：

见字如面。

我怀着无尽的欢喜想告诉你，你留下的一百封信我已经全数看完，很快就可以和你再次见面了。

很久之前我就盼望着这一天的到来，盼望着按照你最后的叮嘱走完这段路，盼望着了解完你留在这世上的所有的东西，然后带着欢喜走向你。

燕佳，我总觉得我无时无刻不在想念你，但同时觉得我忘了你。

忘记从什么时候开始，你好像成了一个模糊的影子。我记得我们经历过的一切的事情，记得我们在一起时安心又舒适的惬意，却怎么都没办法想起你的样子，只有看到照片时，才恍然发现原来这是你。

有时候我甚至有一种感觉，你是我幻想出来的，世界上根本没有叫作燕佳的一个人，你是我在贫瘠的生活里给自己的一点安慰。而幸运的是，每当我陷入这种感觉时，总有一些你的痕迹提醒我，你是真的，总有一些扎根在记忆里的事情跳出来告诉我，你是真的。

可是真奇怪，这些事情、这些痕迹不是全因为有了你的参与，才能留存在我的脑海里成为对我来说永远不应该忘记的事情吗？我偏偏却对这一切的来源和支点记忆越发模糊。

可惜我是个百无一用的书生，涉及这些事情总是没办法用合理的理论来解释。不过到了现在，这大概也不重要了。从某个记不清的节点开始，我相信我们终有一天会重逢，这个时刻马上就要到来了。到那个时候，你会向我解释这一切的，对吗？真希望这么多年过去，你还没有忘记少年时学过的东西。

燕佳，你从小就很聪明，是我一贯欣赏而又敬佩的聪明。你太会和不同的人交往了，有时候我甚至觉得你应该去做个老练的政客，而不是整日对着电脑敲敲打打。

你知道吗燕佳，这种特质有时候会让你显得有些冷酷无情，好在你在面对亲近的人时从来都是真诚的，我何其有幸能感受到你的真诚和温暖。

可是燕佳，我没想到你终于也会向我展现出你的政客特质。

你知道我永远会听你的话，任何时候，任何话。

我按你所希望的那样，严格按照你规定的时间间隔，每隔一段时间打开一封信，在这个过程里照顾好了阳阳，看着他长大成人，有了自己的生活。可唯独一样，我实在没办法答应你。

燕佳，这是我第一次没有听你的，大概也是最后一次。

真希望你不会生气。

燕佳，燕佳，我来了。

生活终将继续，而我也再不会有遗憾了。

信纸慢慢被折叠起来，傅闻声坐得久了，靠在床头休息，微微偏头看向窗外，想着自己有没有办法从这房间里走出去，走到就在医院附近拐角的邮筒处，然后把这封信放进去。

窗帘完全被拉开，外面花园里花开得喧闹，有两只蝴蝶一前一后从窗前飞过去，把傅闻声全部的目光吸引过去。

他含着笑看着那两只蝴蝶，慢慢闭上了眼睛。

这一刻时间倒回，数十年前的那个春日的裙摆再次随春风摇摆。

三岁不知事的他趁着傅忠不在家，溜出了门，遇到一个同样矮矮小小的小女孩儿。

小女孩儿脸上是他从来没见过的笑意，他们蹲在花坛边，聚精会神地看了很久很久的蝴蝶。

久到有人喊着她的名字找过来，是很温和的腔调："你怎么又乱跑啊，让妈妈找了快半个小时了，下次不许这样了知道吗？"

小女孩儿甜甜地喊了一声妈妈，伸出手，在傅闻声手里放了一颗牛奶糖："妈妈来找我了，我要走啦！"

那是傅闻声和徐燕佳的第一次见面，当然，他们都不记得了。

从第一次见面算起，傅闻声度过了人生中有徐燕佳的二十六年。

从徐燕佳离开他算起，他又度过了人生中没有徐燕佳的二十六年。

现在，他们永远在一起了，此后的日子里，他们永远拥有彼此。

·全文完·

番外一

直觉是一种很玄妙的东西，从这个不太寻常的春日起，傅景和一直这样坚信着。

又结束一场和护理人员之间气氛有些沉重的对话，他推开门，和其他所有房间都不一样的装修由近而远落入眼底，先是进门处柜子上放着的不知名小花，再是浅黄的壁纸，随后是米黄色印满了花朵的窗帘。此时窗帘全部被拉开，阳光大片大片泼洒进来，映照在浅蓝的床单和被子上，傅闻声靠着床头，偏头看向窗外，像是睡着了。

窗外鸟鸣声阵阵，微风送来花香，房间里一片安静，静得连呼吸声都听不到。

傅景和刚想说话，声音却噎在了喉咙里，像有一团棉花卡在那里，堵得他上下不得。一股来势汹汹的悲痛席卷过他全身，不过几步路的工夫，泪水已经夺眶而出。

傅景和颤抖着上前，一滴水珠落下去，砸在傅闻声手背上，迅速沿着他皮肤的纹理晕染开来，湿湿的一小团。

傅闻声神态安详而平和，嘴角甚至带着笑，他明知道父亲早已经无甚留恋，也知道这一天终要到来，还是觉得胸口堵得难受。

床上桌还没有收起来，桌上一支拔开了笔帽的钢笔甚至笔尖的墨还没干，傅景和去拿笔时被蹭了一手的黑。他收好钢笔，把小桌子折叠好收起来，扯了纸巾把手擦干净，这才侧身坐到床沿，慢慢让傅闻声平躺下来。

就在这时，他看见了傅闻声对着窗户那侧身体旁放着的东西。

——被折叠得整整齐齐的两张信纸。

又是一种莫名的感觉促使着他，他在心里告诉自己，不忙着去找院方，就耽搁这么一会儿，把这信纸上的东西看完了再说。

于是他伸出手，取过那两张轻飘飘的纸，放在手里慢慢展开。

看着看着，这两张轻若无物的信纸在他手里慢慢沉重、沉重，直到重逾千金。

“生活终将继续，而我再也不会有遗憾”，爸爸，这么多年的遗憾，你从此终于可以不用再经受了。

傅闻声的葬礼低调而盛大，傅景和只请了和他生前关系比较密切的人来参加，即便如此，预备好的房间也被闻讯赶来的人逐渐填满。

傅晚晴小小的人儿，还不理解这到底是为了什么，却也全程乖乖的，窝在外婆的怀里，安静地看着这一切。空气中有无形的沉重压下来，在她幼小的灵魂上刻下一道痕迹，即便这道痕迹会随着她的长大而逐渐变浅，然而这毕竟是她经历的第一场死亡，是她人生里面临的第一场彻底的离别。

送走了来吊唁的人们，傅景和深吸一口气，终于有了心情也有了时间，好好看看那天从傅闻声病房里拿回来的那个装满了信的小箱子。

父母之间竟然有着这样的约定，傅景和又心酸又好奇，母亲对他来说早已经成了个无比模糊的影子。他知道妈妈很爱他，也知道小时候妈妈曾抱他在怀里、哄他睡觉，给他唱过摇篮曲，他们一家三口曾一起出去玩，去拜访林爷爷，妈妈或许还向所有朋友炫耀过她有了一个可爱的儿子，可这些他全都不记得了。

有关于妈妈的所有印象，他几乎都是从爸爸的口中拼凑而来，曾经最喜欢的事情就是从那些厚厚的相册里捕捉他们相处过的证明，而直到前几天，他才知道，妈妈其实一直在以另外一种方式陪着他成长。

一箱信件其实并没有多少，连着箱子一起提在手里也轻飘飘的，傅景和几乎是带着些虔诚地打开箱子，在小鹿的注视下慢慢取出这些信件。

卧室灯光温馨，晴晴早在一旁的小床里睡着了，夫妻两个并肩坐在床上，慢慢开启这些珍贵的回忆。

或许因时间久远，信封都已经显得有些陈旧，封面上的字迹也已经有些褪色，每个信封的封口处都写着个小小的数字，傅闻声拆信时显然极其小心，字迹都完整地保存着，傅景和也因此得以判断出来这些信件的顺序。

整整齐齐的一百封信，跨越二十六年的时光终于第一次被放到傅景和面前，他不可抑制地有些激动，拿起第一封信慢慢展开，猜测着里面的内容。

妈妈会在信里猜测我的模样吗？会就教育问题提前跟爸爸做好约定吗？会提醒爸爸换季时要买新衣服吗？爸爸呢？他看这些信时候会是什么心情？

小鹿凑到他身边，两人沉默着，一封封看完了这些信件。

一字一句慢慢读完，天光已经渐渐明亮，晴晴翻个身，发出几声意味不明的呓语，两人却依旧只是沉默。

良久，傅景和慢慢把这些信重又收进去，有满腔的话要说，却又一句也说不出来。整夜没睡，眼眶干涩得难受，他眨眨眼，忽地转身搂住身旁的小鹿，下巴抵在她肩窝，声音也涩涩的：“我们何其幸运。”

命运又对我的父母何其不公。

傅景和不敢想，刚刚步入婚姻殿堂几年，正在兴致勃勃计划未来生活的父母，在得知这个突如其来的噩耗时该是怎样的心情。

不过短短几个月，母亲的字迹已经虚弱凌乱到不像从她笔下流出，可见病势有多么汹涌。他更不敢想，在写第一封信时要求父亲永远不要忘了她，永远记得她、爱着她的母亲，在这短短的几个月里经历了什么样的心态转变，会诚挚鼓励父亲去寻一个新的人，开启一段新的人生。

写下这段话时你在想什么呢，妈妈？知道父亲最终没像您希望的那样长命百岁时您又会怎么想呢，妈妈？

通红的眼睛里还是有泪水夺眶而出，落在小鹿肩膀上一片湿湿的凉，小鹿抱紧他："我们一定要好好的。"声音也是哽咽的，她看着那些信，忽地想到了什么，"景和，爸爸应该也写了回信吧？我们好像只见到了最后的那一封。"

傅景和眨眨眼，如梦初醒，看看晴晴依旧睡得熟，两人起身，踏着黎明天光进了不远处傅闻声的居所。

沈徐两位老人临到晚年又经历了一场白发人送黑发人，这段时间下来已经身心俱疲，此刻正沉睡着，丝毫不觉两个小辈轻手轻脚进了屋在家里书房四处翻找。

傅闻声的卧室已经看过一遍，书房里也四处都没有信的踪迹，两人对视片刻，都有些失望，小鹿打起精神，拍拍阳阳肩膀："也许是在爸爸学校的办公室呢？等天亮了我们去看看。"

阳阳垂头慢慢应了一声，余光透过抽屉打开的缝隙看见里面还未用完的信封和信纸。天知道他发现这些信封时有多高兴，翻看了一遍才发现全是父亲没有用过的，正出神，翻看时的一点记忆涌回脑海，他突然上前拉开抽屉，果然在信封信纸的掩盖下看到半版还没使用的邮票。

小鹿吓了一跳："怎么了？"

“邮票，小鹿，你看，是邮票！”傅景和举着它们，像举着一张藏宝图，“只有寄信才能用到邮票，小鹿，爸爸肯定把那些信寄出去了。”

“你们俩怎么一大早到这儿来了？”门口传来徐致远有些无精打采的声音，傅景和忙把邮票放下，转过身扶住他：“我们过来找点东西，把你吵醒了吗，外公？”

徐致远在沙发上坐下，摆摆手：“行了，东西找到了就赶紧先回去吧，还不知道晴晴现在醒了没，别留她一个人在家。”说到这里，他忽然沉默一瞬，“今天还有的要忙呢。”

傅景和鼻尖一酸，知道他说的是今天要去给傅闻声下葬，喉间又有些难受，倾身抱了抱他：“外公你也要注意身体，你还有外婆、我、小鹿和晴晴这一大家子人呢。”

“行啦，我比你知道，快回去吧。”徐致远接过小鹿递过来的一盏温水，再次赶人。

夫妻二人呼吸着晨间带着凉意的空气，还在思索着傅闻声会把那些信寄到哪里去，徐家、以前的高中、华阳大学甚至是徐燕佳曾经租来办公的办公室，最后皆被两人一一否决。

临近家门，傅景和看向小鹿，迟疑道：“你说，会不会寄到公墓里去了？”

无论这个猜测听起来有多么不靠谱，在排除了其他的选项后，它也暂时成为两人心中最有可能的猜测。

今天依旧是个好天气，阳光灿烂，适宜出行。

举办葬礼时这些人悲伤的神情还印在他脑海里，无论怎么回想都看不出半点演戏的痕迹，他们是真的为亲人的离世而悲痛万分。然而这又与此刻的情境并不相符，他想了半晌想不出解释，最终只能归结为这家人奇特的性格。

骨灰盒被慢慢放进那个早已预备好的紧挨着徐燕佳的空墓地，墓碑上也已经贴上了照片，是傅景和从相册里找出的父亲二十几岁时的照片。傅闻声难得表情明显，看着镜头笑意止不住从眼睛里流淌出来，和一旁徐燕佳的照片恰是一对。

这里葬着一个人，活过，爱过，给世间留下了一件宝物，然后又走了。

这里也葬着一个人，活过，爱过，去找旁边那个人了。

以路人的眼光看，这对夫妻实在是非同一般地般配，甚至连墓志铭都昭示着两人情深，不过生卒年份昭示着这大概又是个悲伤的故事，临走时这位在场唯一的路人一看再看，把这两行字深深印在脑海里。

尘埃落定，傅景和反倒有些莫名的轻松，放不下的也唯有父亲的信这一桩事了，示意小鹿和长辈们去车里略等一等，便拐向公墓管理处。

今天正是周末，办公室里唯有一位已经有些上了年纪的阿姨在，听明白了傅景和的来意，一双眼睛瞬间明亮起来，转身进了杂物间，不过五分钟，拿出来一个小小的纸箱子。

“喏，都在这儿了！我当时刚来这儿工作不久，忽然收到信可把我吓坏了，可这信封上也没写寄过来的地址，我就是想寄回去也没法儿，又觉得要是丢了万一有人来找可怎么好。这么多年隔上几个月就有封信寄过来，我就都给收到一起了，你数数吧，总有小一百封信了。”

傅景和打开箱子，陈旧纸张的气息混合着灰尘扑面而来，许是尘土迷了眼，傅景和只觉得眼睛又难受起来，有光照过来在信封堆上打下一道阴影，半明半暗间他认出那上面的笔迹正是自己父亲的。

不多不少，正好九十九封信。

傅景和实在没想到事情顺利至此，诚挚道了谢，临走时悄悄在窗口处留下一个包着现金的信封，抱着纸箱恨不得马上回到家里去，从这些信里了解这些年他错过了什么，误解了什么，他敬爱的父亲背负着什么，又是怀着怎样的心情一步步走到如今。

身为人子，他不止一次责怪过自己，为什么朝夕相处这样长的时间，他甚至从不知道父亲早从二十几年前就下定决心奔赴死亡。

从母亲的信件里他知道了一半，而现在，他马上可以得知另一半。

又是一个不眠的夜晚，傅景和作为这些信真正意义上的第一个读者，沉默着把它们好好同母亲的信收在一起。

回到卧室时小鹿搂着晴晴正在沉睡，夜晚哭闹了许久的小姑娘在母亲的安抚下终于进入梦乡，哄得女儿睡着的小鹿也禁不住沉沉睡去。

墙壁上小夜灯散发着昏暗的光，母女两个相拥而眠，像一幅静谧的油画。

激荡了许久的心情渐渐平复，所有的想法在这一刻归于虚无，阳阳靠着门框静静看着，心想，不必再想。

缺少了一半的灵魂，人要怎么才能好好地活着呢。

大抵也是永远不会快活的吧。

又是一年春日，傅景和在自家信箱里发现了他早就期待着的那封薄薄的证书。

傅景和先生：

星光不灭，唯爱永存。

按照您的意愿，我们将于2035年4月25日由Kris首次发现的小行星以“燕佳”的名字命名。

星空协会

傅景和把这证书同父母的信件放在一起，轻轻拍了拍，看着桌上父母的照片，笑起来：爸爸，你看，你许给妈妈的承诺，我帮你实现了。

番外二

闻声：

见字如面。（信件开头是要写这个对吧？）

不过不管是不是，我都决定以后每一封信的开头都要写上这个，所以就算格式是错的，你也得长久忍受下去了。

你收到这封信时会是惊讶还是高兴抑或伤怀呢？我叮嘱护士姐姐一定要等我脑死亡之后再把东西给你，所以没办法看到你的表情了，真遗憾。

你也许会有点惊讶吧，那可以慢慢看看，了解我为什么会给你留下这样的一些东西。

我记得小时候看过一句诗，叫“人生到处知何似，应似飞鸿踏雪泥”。我当时看到觉得既喜欢又不喜欢。喜欢是因为我也觉得人所经之处都必然会留下痕迹，哪怕如雪上印爪，轻轻浅浅，不喜欢却也是因为这个。雪一化，印迹就都消失了，让我有种失落感。

所以这段日子以来，我一直在想，要用什么方式给你留下点东西，让你永远忘不掉我，让我留给你的印记不会太阳一晒就消失了。想来想去没什么头绪，毕竟待我去世了，我所有的东西都会被你继承。从这些里指定一些，赋予他们专门的意义，好像也没什么意思。

今天出门晒太阳时，看到一病友正在读信，突然有了灵感，我决定也要给你写一些信。还要让你答应我每隔段时间看一封，这样至少在信看完之前，我都会被你记在脑海里。

当然，你要是执意忘掉，我也没办法，毕竟我也没方法监督你。

总而言之，我还是着手给你写信了。到目前为止，计划是写一百封，不知道以我贫乏的想象力和匮乏的词汇量能不能支撑我写完这么多。我勉力为之吧，请你一定要以收到的实际数量为准。我的计划里，你每三个月只能看一封信，这样可以足足看二十五年，虽然那时候可能信纸都发脆了。

这样看来，我可真是个霸道的女人，自己死了也不放过老公，一定要他在之后的二十五年里都长久地记住我。

若是你愿意，也可以给我写一些回信，聊聊生活近况，权当我能看到吧。说不定我写给你的信真的能对照上你最近的生活呢？

唉，闻声，想来想去，我还是有点接受不了我们会以这样的方式进行我们相见后第一次别离，这实在太像小说情节了。

不对，小说作者应该不会安排一个像我一样的女主角，更不会让这个女主角一出场就死亡，从此只是一幅挂在墙上的照片。

好像扯远了，让我重新回到惋惜情绪里来吧。

真可惜啊。

我们阳阳生得那么好看，可惜我看不到他迷倒万千少女的样子了。我都想好了，要是阳阳能像我一样爱到处交朋友，说不定谈恋爱的时间会比我们俩还早。

你也生得那么好看，从小第一次见到你的时候我就觉得你是天底下最好看的男孩子，后来高考结束，我们在一起了，我没告诉过你吧？我当时高兴了好久，为着这样一个人从此以后属于我了。有时候我还会想，你是不是无论什么时候都很好看？

为了验证这个想法，有时候早上醒来你还在睡，我偷偷趴在你身旁看你，失望地发现你就连睡着了也那么好看。更可惜，可惜我也看不到你老之后满头白发，满脸皱纹，终于变丑时的样子了。

这么想一想，现在我们家只有我最丑了，以往还能算得上天生丽质，此时算是什么都没了，真有点接受不了。

你以后看信的时候，看到见字如面四个字，记得看看我最好看的那张照片，不许想我现在的样子，真的太丑了唉。

要是我们刚在一起时我就长这个样子，只怕我就不会再傻乎乎地追求你了，毕竟完全没有胜利的希望。反倒是努力学习、工作，争取获得更高收入的愿望会更强烈——毕竟会想试试要是钱足够多的话，能不能跟你在一起。

好像又越说越远了，让我正经一下吧。

闻声，有人说，“生命是有光的”，我很高兴曾照亮过你那么几年。我也很希望，我留下的这些信能作为我光亮的死灰余烬，在往后的二十五年里，给你带来些微弱而不足道的光，照亮一些你们前行的路。

闻声，你和阳阳一定要幸福，愿你们的生活没有遗憾。

闻声，我爱你，你要记得我。

闻声：

见字如面。

我有点算不清楚你和阳阳现在都应该多大了，只能从信封上的编号看出现在应该是冬天。你知道，我的记忆力有点衰退，计算能力也不如从前。

华阳的冬天向来不怎么冷，不知道这个冬天会不会有什么变化。

到华阳十年之久，此刻回想，似乎还没见过一场像样的雪，真是不愧于这个名字。华夏之阳，果然是轮不着寒冷侵袭的。

不过到底是冬天，你记得天气晴好时把被子拿出去晒一晒，日落前再收回来，这样更暖和些。

这么多年过去，不知道你会不会有些变化，有没有变得更能说话些？我走之后，一切都要你自己来承担，想必是会有些的吧。

我试图想象你现在的样子，却总觉得想象不出来。在我眼里，你大抵永远是那个笑起来会羞涩的青年，想到你时永远是你在月光下等我的样子，早上醒来把我拥到怀里的样子，或者是举着相机等待我摆好姿势，要帮我拍张照片的样子，谈天说地挥洒自如抑或是八面玲珑长袖善舞都跟你沾不上什么关系。

也或许正是因为你的这些印象实在太过根深蒂固，我才丧失了想象的能力吧。

闻声，我实在有些苦恼，我能说的东西太匮乏了，一封封信件写下来，感觉像把我整个人倒了个干净，能说的、想说的、可以说出来的，几乎都被我说了一遍。

好像几年前我就在提醒你冬天天晴时晒被子、下雨时记得带伞、不要放阳阳一个人在家、没空接他时可以拜托花店的钱老板夫妻，几年后我还是在提醒你这些，只除了阳阳长大了，可以一个人在家不需要你再操心了。

但你到底还需不需要我的提醒呢？我不能确定。

闻声，真希望那些玄幻的情节可以发生在我们身上一次，至少让我看看，你们现在的样子。

闻声：

见字如面。

今天又是个好天气，可惜我越来越没力气了，今天起床时觉得头晕目眩，只被你推着出去转了转，晒了会儿太阳，还在短短二十分钟后就有些头晕，不得不回到阴凉的地方去。

你今天待在医院陪在我身边的时间实在太长了，长到我一整个白天都没有时间拿出纸笔写上一两句话，以至于现在不得不顶着护士姐姐不赞成的眼神，坐在床上，给你写这封信。

长时间的执笔写作让我最近总感觉胳膊疼，当然，我不确定是这个病的症状终于显现出来，还是确实单纯因为写字太多导致的。但鉴于我逐渐有些难受，我决定缩减此后每封信的长度，以让我稍稍轻松一些。

而在这么坚持着写下厚厚一沓信之后，我终于开始想，我一厢情愿地给你留下这些信，到底是为了你能够好受一些，为了你在失去我之后多少有点东西可以用来暂时缓解伤悲，还是只感动了我自己。

一百封信，三个月一封，听起来就是个很可笑而又矫情的约定。

人死如灯灭，我死之后，我这盏灯又怎么能凭着这只字片语，这零星的一些纸片，长久地燃烧下去？

闻声，你知道，我从来不曾怀疑过我们对彼此的感情，也从来不认为有任何人能替代我们在彼此心中的地位，可是现在我不得不承认，面对死亡，面对时间，我还是有些犹疑了。

从两个人携手同行，到一个人承担所有的风雨，这中间你经历的所有事都将没有我的陪伴，你会一个人走下去，还是被风雨摧折呢？我想象不出来。

就像我现在看着自己细瘦的手腕、枯萎的面容，总也想象不出来当年那个大笑起来神采飞扬的徐燕佳是什么样的。更多的时候，我会想到再往前些时候的事情，想到我们青涩的高中时期，对视一眼都要狼狈躲开。那个时候谁能想到我们会经历这些呢？

闻声，我记得我们之前也谈论过死亡。我说，我一定要走在你后头，因为你实在太让人不放心了，我担心留你一个人在世上，你会受不了这孤独。你点头赞同，说你确实会受不了，所以让我一定要长长久久地活下去，你要在我的目光中离开人世。

说这话时，谁能想到我们会面临眼下的局面呢？也许这就是我那天突发奇想要给你留下些信件的部分原因吧。

闻声，对你来说，时光此刻已经过去了二十年了吧？或许更短，在你已经厌倦了遵守那个我单方面的霸王条款时，你可能已经看到了这封信。

不过不管怎么样，我希望你不要去想那个我单方面制定的霸王条款了，把信看完，然后去寻找新的那盏灯吧。

前路漫漫，你总不能一个人这么孤独地走下去。

闻声：

见字如面。

这大概是最后一封信了，希望你还能看清楚我的字迹。

我真心地希望，在看这封信时你已经找到了新的属于你的灯，你们彼此信任、彼此忠贞，你们经历过许多回想起来就会一同微笑的事情。

你们，和阳阳，或许还有阳阳的孩子，我希望你们所有人都能幸福。

我衷心地祝福，并且，希望你已经忘了我。

忘了我吧，闻声。

番外三

正是工作日，往常就门可罗雀的书店更加冷冷清清，偌大的店面里只有角落里坐着一个少女。

她窝在书店的沙发里，发丝柔顺地垂下来披在肩上，有时有碎发挡到视线，她就伸手别到耳后，继续一字一句认真地读下去。明亮的灯光打到她身上，衬得她温和而沉静，带着些许从仕女画卷中走出来一般的气质。

这是已经上了高中的傅晚晴。

天意怜幽草，人间重晚晴。

傅晚晴很喜欢她的名字，更喜欢与这个名字相联系的那个故事。她曾经很奇怪为什么爸爸妈妈会给她起这样的名字，一点都不像他们的风格，于是才得知这个名字是爷爷奶奶取的。

在知道了爷爷奶奶的故事过后，她对这个名字更多了几分说不清的珍重，所以严肃宣告："以后请叫我晚晴，尊重一下我的全名谢谢。"

傅景和与钱丛露作为父母一向乐意支持孩子的决定，听到她这么说，虽然不解，还是委婉提醒了亲朋好友中会叫她小名的人，从此，晴晴成了晚晴。

正是高考的时间，傅晚晴的学校要全部腾空给高三做考场，学校干脆给高一高二都放了四天的假，这也是为什么工作日的下午，身为高中生的傅晚晴可以坐在书店里，优哉游哉地看上一下午的书。

你觉得什么是爱呢？

这本书的最后一句话这样问道。

傅晚晴手指划过这句话，心想，爱怎么能说得准，又怎么能形容得出呢？爸爸妈妈那样的是爱，爷爷奶奶那样的也是爱，这世间有那么多种爱的形式，无论是否身在其中，大抵都是无法细致说出来的吧。

合上书，傅晚晴把这本已经被翻阅旧了的书放回店家专门用来放已开封书籍的书柜，去拿了本新的，然后又挑出了今天下午她简单翻过的几本，抱在怀里去前台付了钱。

中午起外面就一直阴雨绵绵，大块的灰色云朵堆积在一起压下来，不远处大厦的最高层甚至像是淹没在云里。此刻雨下得已经小多了，傅晚晴看看书店公交车站之间的距离，最终还是懒得打伞，于是抱着书，小跑着去往车站。

水花在她脚下四溅，落到积水里就激起一圈涟漪，落到地面上就添上一层晶莹，有些溅得高的水花打湿了她的裙摆，好在裙子不是浅色，她也就丝毫不在意。脚下的路面飞快从眼前闪过，傅晚晴低着头看得出神，好奇自己什么时候会开始头晕眼花。

比头晕眼花来得更早的是额头忽然碰到的坚硬触感，傅晚晴几乎站不稳，连连倒退了几步，抱好书稳住了身形，意识到撞到了人，连忙道歉，抬起头却发现眼前已经空无一人，几步之外有一个清瘦的背影。

那个人也没有打伞，走在雨中如闲庭信步，姿态悠然而舒展，像一只在雨中漫步的仙鹤。

烟雨朦胧中那个人转头看了她一眼，细碎的刘海下是一双雪山湖泊一样沉静的眼睛。

不过是短短一瞬，他从头到尾一丝一毫多余的情绪都没有泄露，惊鸿一瞥间，傅晚晴却如同被钉在了原地，连绵不断的雨润湿了她的发丝，湿漉漉贴在背上。

她怔怔地走向车站，刷卡上车找了地方坐下之后还在愣愣地出神，仿佛想了很多又好像什么都没有想，额头抵着玻璃，湿发在车窗上留下一道明显的痕迹。那双湖泊一样的眼睛在她眼前回荡。

回到家时天竟已晴朗，天光乍破，厚重的积云边缘成了耀眼的金色，夕阳余晖照进这个全然蒙上一层水意的城市，触目所及都像镀上了一层金光。

傅晚晴推开门回了家，钥匙放在鞋柜上发出一阵清脆响声，傅景和正在厨房做饭，听到门口有声音，立刻喊了一声："晚晴去阳台喊你妈妈吃饭，这个菜马上炒好可以上桌了！"

声音在抽油烟机的响声中显得有些微弱。

傅晚晴应了一声，回到自己房间把书取出来放到书架上，所幸包装够严实，书都还没有淋湿。

把整理好的包装袋扔到垃圾桶里，傅晚晴找出一条干毛巾，坐在椅子上有一搭没一搭地擦着头发，那个人在雨中的眼神还是浮现在她眼前。

漫无目的飘移着的目光在触到桌上摆着的一张照片时停顿下来。

照片上是她亲爱的爷爷奶奶，一个在她出生很久之前就去世了，一个在她出生之后不久去世了。

爸爸妈妈从来不忌讳谈及这些，在她学会认人并发现这张照片上的人从没见过时，就给她讲了那个故事。

她记得当时爸爸笑着跟她说："所以我们活着的时候晴晴一定要好好珍惜，等我和你妈妈去世你也不要太伤心，好好地活下去就好了。死后的时间是停滞的，生者却还要继续走下去，爸爸妈妈只是换了种方式，在照片里陪着你而已。"

那时的她看着照片里两个看起来比爸爸妈妈还要年轻，却是她爷爷奶奶的人，似懂非懂地点了点头，问爸爸："所以人去世之后就会永远年轻吗？真好呀。”

引来爸爸妈妈一阵笑。

后来这张照片被她拿到了自己的卧室，摆在书桌上，是一抬头就能看见的距离，已经熟悉到不能再熟悉。

然而这次却好像有什么不一样了。

傅晚晴看着照片上，还很年轻的爷爷看向奶奶的那个眼神，说不清为什么，也许是空调风太冷，她忽然战栗了一下。

门外妈妈的声音像远隔一层时光传过来：“晚晴出来吃饭啦！”

傅晚晴应了一声，把那一眼抛之脑后。

看起来这只是她漫长生命中的一次偶然遇见，而实际上，也不过是一次偶然遇见罢了。

番外四

1.

傅闻声和徐燕佳两个人的大学生活异常规律。有课时就上课，没课就一起自习，周末看任务繁重程度和完成情况决定要不要去周边景点观光。

这天上午没课，两人早早到了自习室各自看书，安静的室内只有翻书的沙沙声清晰可闻。

不知过了多久，傅闻声抬起头，正对上徐燕佳的目光，顿时愣住。

“怎么了？”他写纸条过去。

“没什么，就是想看看你嘛。”徐燕佳递纸条回来。

傅闻声看了，微微一笑，不动声色地叠好收起来。

等到了吃饭时间，两人一前一后出了自习室，傅闻声牵住她的手，还是忍不住问：“怎么突然看我？”

徐燕佳晃了晃手：“就是想到有些小说情节嘛，女主角和男主角一起学习，看男主角看呆了之类的，就突然想看看你。结果不看不知道，一看就发现……”

“什么？”

“发现还是书更好看欸！”

傅闻声为这句话足足生气了十分钟，直到徐燕佳绷不住亲了他的脸颊一下才大度地原谅了她。

2.

夜晚的时候，两个人喜欢去操场上散步。

体育场的夜晚总是分外热闹，天气好的时候，中间的草地上总是有许多人分成一小团一小团围坐在一起谈天说笑。

跑道上穿着运动服的同学们听着MP3呼啸而过，留下一阵听不大清的尾音被操场无人角落传来的歌声冲散。

两人就走在跑道的最外圈，有时候说些话，有时候就安安静静什么也不说，只是一直沿着跑道走下去。

整个体育场靠场边被一盏高高的路灯照亮，从路灯下走到场地的另一边时就像一步步走进黑暗里，影子短了又长，随后融化进一片夜色。

徐燕佳难得文艺一把，忽地背起了诗：“我想和你一起生活，在某个小镇。”

傅闻声自然地接下去：“共享无尽的黄昏，和绵绵不绝的钟声。”

“在这个小镇的旅店里——古老时钟敲出的微弱响声，像时间轻轻滴落。”

“有时候，在黄昏，自顶楼某个房间传来笛声。”仿佛为了应和，自操场角落盘旋而起一阵悠扬的笛声。

徐燕佳低笑一声，缓缓念道：“吹笛者倚着窗牖，而窗口大朵郁金香。”

他们完全走进操场上最暗的角落了，傅闻声拉住徐燕佳，低下头看她：“此刻若你不爱我，我会非常在意。”

徐燕佳和他对视，绽出一个笑：“我爱你。”

3.

大学时候，徐燕佳做过一个闯关小游戏。

名字非常老土，叫《拯救可爱公主》，画风也非常老土，符合现在人们对那个年代游戏的认知。做完后同组的师兄跃跃欲试要做第一个玩的人，美其名曰帮徐燕佳测试。

师兄一路死去活来通过了三个关卡，在岔路口遇到一个NPC（非玩家角色），NPC问他："你认为最可爱的人是谁？"

旁边一行小字提醒：正确回答问题，即可立刻通关到达终点。

师兄自信满满，轻敲键盘，对话框里立刻出现四个大字：可爱公主。

拯救可爱公主嘛，最可爱的人不是可爱公主还能是谁。

屏幕缓缓变黑，师兄等待着终点的胜利音乐声响起，却看到屏幕上出现加粗的一行大写红色字母：GMAE OVER！

下面一行小字：很遗憾，您回答错了这个问题，请从头再来。

师兄不服，问徐燕佳："你这个游戏在前面关卡中根本没有对这个问题答案的提示，怎么能把奖惩力度设置这么大呢，会严重影响玩家体验的。"

徐燕佳大笑，把游戏回到初始页面，进入第一关，光标移到代表游戏角色的小人头上示意师兄去看。

师兄顺着看过去，只见小人头上有三个宋体字"傅闻声"。

"都设定好游戏角色是傅闻声了，傅闻声心中最可爱的人除了我还能有谁？"徐燕佳抱臂看他。

师兄心悦诚服，拱手表示自愧不如，师妹的段位实在太高。

徐燕佳大手一挥，表示你们跟我就差一个男朋友或女朋友了，努努力三年内也不是不能赶上。

引起一片声讨。

4.

傅闻声和徐燕佳不声不响就去登记结了婚，后知后觉知道这件事的朋友们都有些惊讶。

“怎么这么早就结婚？不再看看？”有朋友好奇地问徐燕佳。

“看这么多年啦！这么多年还看不出他是什么人，那我也太笨了吧。”

“也是。”

于是大家转而开始声讨：“结婚都不告诉我们，连顿饭都不给吃啊？”

徐燕佳笑眯眯地拿了喜糖发给大家：“扯平啦扯平啦，我们也没收大家礼金啊。大家都省事了，这不是很好吗？”

傅闻声那边亲近朋友不多，倒少有人开玩笑，可惜有林先生在，一个人的战斗力倒顶得上几个人。

“哎呀，不愧是我的学生，行动力就是强，颇有几分当年我的风范啊。就是这偷懒的功夫可不像我，我跟你师母当年也是颇浪漫了几天。”林先生揶揄几句，见傅闻声有些赧然的样子，立刻不容抗拒道，“周末带小徐来家里吃饭，也认认门，你师母可是早盼着见见小徐呢！”说罢摆摆手说回见。

拒绝的机会都没有，傅闻声只好去找徐燕佳，得到徐燕佳嗔怪的一眼：“本来林先生就是不说我们也要上门拜访的，你可真是。”

说着说着又笑起来，踮起脚尖揽住傅闻声的肩膀，晃来晃去地笑他：“你可真是个呆子。”

5.

结婚后一段时间他们搬出了学校，开始过上在安平小区居住的日子。

某天阳光灿烂，徐燕佳拉开窗帘，朝着外面伸了个懒腰，突然转过头来看傅闻声："我们来大扫除吧！"

于是他们换了床单被罩，揭了沙发罩，唯独在面对窗帘时犯了难。

傅闻声盯着看了会儿，去阳台取来晾衣服的竿子，一个个把窗帘钩子从横杆上取下来。他取得认真，徐燕佳看得也认真，两个人谁都没注意到他们正踩在垂在地上的窗帘上走路。

用来支撑窗帘的横杆支撑不住这么大的力道，终于在一声不堪重负的悲鸣下与墙体分离，连带着窗帘轰然落下来，兜头砸了两人一脸。

骤然陷入黑暗，傅闻声手忙脚乱丢下晾衣竿，伸手去寻徐燕佳，两人手牵着手从窗帘布里挣脱出来，发丝都被带得四处乱翘，显出几分狼狈。

窗帘上积攒的灰尘飞舞得到处都是，还在阳光下熠熠生辉，两个被这一出弄蒙了的人却在下一刻几乎同时笑出声。

说不清是谁先拥抱住了谁，总之等回过神时，他们已亲吻在一起。窗帘堆叠在脚边，阳光毫无顾忌地泼洒进来，映出满室金辉。

这是一个充满了灰尘、阳光和洗衣粉味道的吻。

6.

阳阳刚出生那会儿，两位新晋父母很是手忙脚乱了一段时间。

新生儿小小软软的，尽管傅闻声已经拿枕头偷偷练习了许久，但真正把孩子抱在怀里的感觉还是让他无所适从，浑身僵直着把那小小一团拢在怀里的表情让徐燕佳嘲笑了他好久。

傅闻声很是无奈，只好私底下又向沈文华请教，注意事项和小窍门列了整整两张纸。

幸好亲身指导足够有效，阳阳刚满月时，傅闻声已经能够轻车熟路地给阳阳换尿布、喂奶粉，反倒让有心做些什么的徐燕佳觉得插不进手，只好凑上去在父子两个脸颊上各自亲吻一下，权当奖励。

傅闻声就不满："怎么他才刚跟你在一起十一个月，待遇已经要跟我平齐了呢？"

徐燕佳大笑着在他嘴唇上吻一记："这下待遇比他好了。"

7.

众所周知人类幼崽在一两岁时候几乎看不出男女差别。

众所周知傅闻声和徐燕佳夫妻两个都想要个女孩。

于是在徐燕佳终于克制不住对小裙子的喜爱而买了两条回来之后，傅景和迎来了他人生中第一次穿异性衣服的机会。

当然，他完全不知情。

傅景和是个很"会长"的孩子，具体表现在他被妈妈穿上了一身粉红色小裙子、眉心点了一点胭脂痣之后半点不显得怪异，白白胖胖，眉目又清秀，看着活脱脱是一个可爱小姑娘。

过年时一家三口回了剪霞市，抱着被打扮成小姑娘的阳阳进门，沈文华差点把手上的东西摔了，看了许久才嗔怪道："你们怎么做父母的？把我们阳阳打扮成个小姑娘做什么？"

徐致远凑过来看了一圈，乐了："别说，我们家阳阳就算是小姑娘也是个好看小姑娘，你看看，长得多像燕佳小时候？"

徐燕佳仔细看了看，顿时眉开眼笑："哎呀，真不愧是我生的，就是会长，知道像妈妈。”说着朝傅闻声得意一笑。

阳阳听见了，挥舞着手臂扑进徐燕佳怀里，左右看了看，“吧唧”一口亲在她脸上：“爸爸，像妈妈，亲！”

小孩子说话还不连贯，这几个字倒是发音都很清楚。几人愣了愣，顿时轰然笑开，留下猝不及防被说蒙了的徐燕佳郁闷地看着已经到了徐致远怀里的自家孩子，发愁道：“这孩子长大了不会天天跟我顶嘴吧，怎么办，一家之主尊严要扫地了。”

傅闻声忍住笑，揽住她的肩膀，跟着一同坐到沙发上：“没事，我们有他的把柄，不听话就把他现在的照片给他看。”

徐燕佳顺着想了想，霎时大笑，过了许久，捂着笑疼的肚子靠在傅闻声肩膀上，声音都有些发飘：“那你可得记住这是你的主意啊，傅爸爸同志。”

“记住了，徐妈妈同志。”

我见过她豆蔻梢头，见过她风华正茂，也见过她被病痛折磨，苍白消瘦像一朵要凋零的花。

最想见的，是她满脸皱纹白发苍苍，对我展颜笑一笑。